Romance
sur ordonnance

ERIN
McCARTHY

Romance sur ordonnance

ROMAN

Traduit de l'américain
par Agathe Nabet

J'AI LU

Titre original
HOUSTON, WE HAVE A PROBLEM

Brava Books published by Kensington Publishing Corp., New York

Pour Pat et Jude, dont les mails d'encouragement ont été inestimables.

REMERCIEMENTS

Je tiens à remercier le Dr Ola Gaith, le Dr Loretta Isada, et surtout Sandra Lawer dont les conseils sur le plan médical m'ont été précieux. Toute erreur qui aurait pu subsister est entièrement de mon fait.

1

Si Karin Adkins persistait à remuer son adorable postérieur sous son nez, Houston ne pourrait bientôt plus réprimer l'envie d'y poser les mains, se rendant ainsi coupable de harcèlement sexuel pur et simple. Il imaginait déjà les titres des journaux : *L'État de Floride porte plainte contre le Dr Houston Hayes. Un chirurgien coupable d'attouchements sexuels sur une interne radié de l'ordre des médecins*.

La délicieuse Karin ne se doutait pas une seconde que le Dr Hayes projetait de faire courir sa langue sur son corps avec la gourmandise d'un chat lapant un bol de crème. Elle ne se rendait absolument pas compte de l'effet que ses fesses rebondies avaient sur lui, il ne pouvait donc pas lui reprocher les pensées coquines qu'elle lui inspirait. Mais qu'une chirurgienne soit aussi maladroite, voilà qui le dépassait. Dix fois par jour, il se retrouvait confronté à la vision de Karin courbée en deux, occupée à ramasser ce qu'elle avait laissé tomber. Ce jour-là, la situation était plus troublante que jamais.

Sous prétexte d'étudier la radio d'un patient, ils s'étaient isolés dans un recoin obscur et la radio avait évidemment échappé des mains de Karin. À présent, à quatre pattes sous le bureau, elle se contorsionnait pour essayer de la récupérer.

— Elle m'a littéralement glissé des mains, docteur Hayes, expliqua-t-elle d'un ton guilleret.

Une femme dotée d'un corps aussi désirable n'aurait dû se retrouver dans cette position qu'entièrement nue, et dans le cadre de préliminaires sexuels. Houston compta de zéro à dix puis de dix à zéro, le temps de se ressaisir. En présence de cette fille, il passait son temps à dissimuler tant bien que mal ses érections, et ressortait de l'épreuve en nage.

Karin n'était pourtant pas son genre. Trop petite. Et puis cette coiffure ! Ses cheveux châtain clair entouraient son visage selon des angles qui défiaient les lois de la gravité. Trop gamine, aussi. Quand elle souriait, des fossettes lui creusaient les joues ; on ne lui aurait guère donné plus de vingt ans. C'était en outre un vrai moulin à paroles, et il avait surpris des confrères faire allusion à elle en la traitant affectueusement d'andouille. Malgré tout cela, il ne parvenait pas à détacher les yeux de sa silhouette, douloureusement conscient des formes voluptueuses que sa blouse avait du mal à contenir.

— Elle ne peut quand même pas s'être envolée, poursuivait Karin, la tête toujours enfouie sous le bureau. Qu'est-ce que c'est que ce truc ?

Elle recula, et Houston vit qu'elle tenait à la main une croûte de pain moisi.

— Berk ! s'exclama-t-elle en la lâchant avant de disparaître de nouveau sous le bureau.

Houston distinguait très nettement sa culotte à travers le fin pantalon d'hôpital, d'autant que sa position plaquait le tissu à l'emplacement stratégique. Il laissait apparaître la naissance de la raie et révélait une petite bouche rouge imprimée sur chaque fesse. La plénitude de ce postérieur le fascinait et lui donnait envie de glisser la main entre ses cuisses pour sentir la chaleur de son entrejambe pulser sous ses doigts.

Houston aurait bien aimé savoir si une petite bouche rouge figurait également sur le devant de sa culotte. Si tel était le cas et s'il s'avisait d'y poser la bouche, sa fente emperlée de désir s'offrirait-elle à sa voracité ?

L'irrépressible désir que Karin lui inspirait l'embêtait sérieusement. Houston avait en effet toujours mis un point d'honneur à garder ses distances avec ses patientes et ses collègues du sexe opposé, et il ne comprenait pas comment cette petite empotée s'y était prise pour le tirer de sa réserve. Cette pensée l'irrita et il jeta un coup d'œil à sa montre. Depuis combien de temps était-elle à quatre pattes sous ce bureau ? Ce supplice n'en finissait pas.

— Voulez-vous que je revienne quand cette radio aura accepté de se montrer docile, docteur Adkins ? suggéra-t-il.

Une vision de Karin se soumettant docilement à tous ses caprices lui traversa aussitôt l'esprit. Une vision digne d'un film X. Il avait voulu s'exprimer froidement, mais sa remarque lui parut soudain extrêmement suggestive.

Ce qui sembla cependant échapper à Karin. Il l'entendit rire sous le bureau, comme s'il plaisantait. Puis son rire se transforma en quinte de toux.

— C'est plein de poussière, là-dessous !

Sa tête émergea le temps d'un sourire.

— Laissez-moi encore une seconde. Je vais l'avoir !

— Nous pouvons remettre à plus tard, lui assura-t-il.

Il aurait certes pu la pousser et récupérer la radio lui-même, mais il craignait de la vexer. Karin mettait un tel entrain à rattraper ses maladresses. En outre, son instinct masochiste appréciait d'endurer la vision de ces adorables rondeurs tout en sachant qu'il ne pourrait jamais leur infliger le traitement dont il rêvait.

Il endura donc son calvaire en se maudissant, incapable de détacher les yeux des fesses de Karin.

— Je la sens ! déclara-t-elle en lui souriant par-dessus son épaule tandis qu'elle étirait le bras.

Les poings sur ses hanches, Houston se dit une fois de plus qu'une liaison avec une interne, aussi adorable soit-elle, serait un véritable cauchemar.

— J'aimerais bien avoir le bras élastique, comme ce super héros dont mon cousin avait une figurine. L'homme élastique des Quatre Fantastiques, vous vous souvenez de ça ?

Houston secoua la tête. Les figurines de superhéros ne faisaient pas précisément partie de ses préoccupations actuelles.

— C'était rigolo ! Des figurines en latex qu'on pouvait étirer dans tous les sens. Quels étaient vos jouets préférés ?

Houston réprima un gémissement. Karin avait des courbes de rêve, une intelligence supérieure et une personnalité alliant la candeur à l'excentricité. Une combinaison originale, et parfaitement irrésistible. Surtout dans cette espèce d'alcôve à peine éclairée, où Karin n'était qu'à quelques centimètres de lui.

— Quand vous étiez petit, je veux dire. À quoi jouiez-vous ? poursuivit-elle en continuant à étirer le bras. À des jeux de société ? Je parie que vous jouiez à *Risk*. Dominer le monde, ça devait être votre truc, non ?

Devait-il s'offenser de cette remarque ?

— Non.

— À quoi, alors ? À *Twister* ? Aux échecs ?

Houston croisa les bras et se passa la main sur le menton. Il avait oublié de se raser et sa barbe naissante l'irritait. Si un autre de ses confrères s'était avisé de lui poser cette question, il ne se serait même pas donné la peine de lui répondre.

— Je jouais au docteur.

À elle d'imaginer en quoi cela consistait. Mais Karin semblait imperméable aux sous-entendus sexuels.

— Je l'ai ! s'exclama-t-elle en faisant glisser la radio vers elle.

Elle se redressa et souffla en l'air pour chasser les cheveux qui lui retombaient sur les yeux.

— Oui, c'est logique. Il y a ce jeu, *Docteur Maboul*, où une sonnerie retentit quand on se trompe.

Houston la regarda s'épousseter les genoux sans répondre. Il avait lu le dossier de Karin Adkins et savait qu'elle possédait un Q.I. phénoménal ; il ne pouvait pourtant s'empêcher de la voir comme une nymphette sexy, babillarde et maladroite qui mettait ses sens en ébullition sans même avoir besoin de lever le petit doigt.

— Merci, docteur Adkins.

Il lui prit la radio des mains et se demanda quand se terminait son internat. Avec un peu de chance, elle quitterait bientôt l'hôpital d'Acadia Inlet, emportant son adorable postérieur avec elle. Puis il se souvint qu'elle venait tout juste d'entamer sa deuxième année d'internat, il était donc plus probable qu'elle resterait encore au moins un an. D'ici là, dissimuler que le simple fait de la voir entrer dans une pièce déclenchait chez lui une érection s'avérerait de plus en plus difficile. Il mettait un point d'honneur à appliquer deux règles depuis qu'il avait rompu avec sa dernière petite amie presque sérieuse, quatre ans auparavant. Jamais de liaison durable. Jamais avec quelqu'un de l'hôpital. Jusqu'ici, cela avait parfaitement fonctionné. Quand il sortait avec une femme, il se mettait d'accord avec elle et se contentait d'une relation sexuelle sans lendemain. Seulement voilà, quand il avait rejoint l'équipe de l'hôpital d'Acadia Inlet, trois mois auparavant, il avait rencontré Karin, et ses hormones avaient semblé considérer que les règles n'existent que pour être transgressées.

Accepter ce poste lui avait semblé positif pour sa carrière. Cela lui permettait de se concentrer sur la chirurgie orthopédique réparatrice et il s'entendait bien avec l'équipe. C'était une décision intelligente et il n'était pas question qu'une petite interne, aussi sexy soit-elle, bouleverse son plan de carrière.

Il approcha la radio de l'écran lumineux, se concentra sur le cliché et eut la satisfaction de constater qu'il confirmait son diagnostic.

— Exactement ce que je pensais. Programmez l'intervention pendant que je vais prévenir les parents de la patiente.

— Pour quand ? demanda Karin en tripotant le badge accroché à sa taille.

— D'ici à une semaine.

— Très bien. Je m'occupe de tout, répondit-elle en souriant.

Son sourire était si éclatant qu'il sentit poindre un début de migraine. Comment pouvait-on être perpétuellement aussi enjoué ? Le pire, c'était qu'il trouvait cela séduisant. Tout le séduisait en elle. Comme si elle lui avait plu.

Il fronça brusquement les sourcils à cette idée.

Le badge de Karin se décrocha et tomba par terre. Elle se pencha pour le ramasser à l'instant précis où il s'apprêtait à tourner les talons et son front lui heurta la cuisse. Il sentit la chaleur de sa peau à travers la fine étoffe de son pantalon. Karin déglutit de surprise et la tiédeur de son souffle caressa son entrejambe. Houston recula vivement.

— Désolée, c'est ma faute, dit-elle en repoussant ses cheveux.

S'il avait eu le malheur d'ouvrir la bouche, le seul son qui en serait sorti eût été un grognement primitif, aussi s'appliqua-t-il à pincer les lèvres.

Karin s'engagea dans le couloir et trébucha. Sur rien, autant qu'il puisse en juger. Comme elle chancelait, il tendit instinctivement le bras pour l'aider à garder l'équilibre.

— Merci, souffla-t-elle.

La pointe rose de sa langue brilla entre ses dents blanches et les coins de ses yeux se plissèrent comme elle souriait. Si elle s'était doutée qu'il avait été à deux doigts de baisser son pantalon et de la pénétrer sauvagement, elle n'aurait sans doute pas souri ainsi, mais se serait plutôt sauvée en courant.

À moins qu'elle ne l'ait laissé faire en gémissant.

Houston s'empressa de la lâcher.

— Il n'y a pas de quoi.

Il lui tourna le dos pour dissimuler l'érection qu'il ne pouvait plus maîtriser et demeura immobile tandis que ses pas décroissaient dans le couloir, ses semelles grinçant sur le carrelage.

Jamais il n'avait ressenti un tel besoin d'assouvir ses pulsions sexuelles. Il avait perdu tout empire sur lui-même et se sentait vulnérable.

Il avait horreur de cela.

Il n'était pas prêt à enfreindre la première des règles qu'il s'était imposées. Jamais de liaison durable. Jamais plus d'une nuit. Karin Adkins semblait cependant bien partie pour l'inciter à balancer la seconde règle par-dessus les moulins.

Il n'avait jamais couché avec une collègue, cela dit, aucune d'elles n'avait possédé un arrière-train aussi déstabilisant. Sortir avec Karin Adkins serait désastreux pour un millier de raisons. Mais il n'en restait plus qu'une centaine quand il envisageait de partager une folle nuit de passion avec elle.

Y avait-il des risques à coucher avec elle ? Oui. Mais opérer la rotule de Mme Kransky en comportait aussi, surtout dans un état d'érection aussi avancé que le sien.

Coucher avec Karin ne reviendrait pas seulement à prendre des risques, ce serait une erreur pure et simple. Houston avait commis des erreurs dans sa vie. La plus monumentale d'entre elles ayant été de demander sa première petite amie en mariage sous le coup d'une inspiration éthylique à l'âge de seize ans. Il avait évité la catastrophe de justesse, cette fois-là – et n'avait plus jamais bu une goutte d'alcool depuis. Il pourrait l'éviter cette fois-ci s'il faisait preuve de discrétion. Dès lors que personne n'était au courant et qu'il ne s'agissait que d'une nuit ou deux…

La radio à la main, Houston se dirigea vers la porte.

Non. Il ne céderait pas à ses bas instincts charnels.

À moins que Karin ne lui laisse entendre qu'elle était intéressée. Auquel cas, il n'était pas certain de résister à la tentation de goûter à ses lèvres pulpeuses.

— C'est absurde ! déclara Karin à son amie Sara en essayant de décoller le couvercle de sa barquette de fromage fondu. Je ne sais pas ce qui m'arrive. Dès que je suis à moins d'un mètre du Dr Hayes, je fais tout tomber.

Quand il n'était pas là, elle était compétente et sûre d'elle. Mais il suffisait que la haute silhouette du chirurgien la domine et qu'elle sente son regard pénétrant sur elle pour que tout lui échappe des mains. Il fallait que cela cesse ! Elle avait vingt-sept ans, un diplôme de médecine, et elle jouissait du respect de ses confrères et de ses patients. Mis à part ce syndrome de maladresse induit par le Dr Hayes, sa deuxième année d'internat en chirurgie orthopédique s'annonçait sous les meilleurs auspices.

Sara haussa un sourcil et versa de la crème dans son café.

— Cela s'appelle de la tension sexuelle, Karin.

Le seul mot que celle-ci capta fut *sexuelle*. Le couvercle se décolla brusquement et la barquette de fromage lui échappa des mains. Elle atterrit sous une table occupée par deux médecins qui déjeunaient face à la fenêtre donnant sur la plage. Karin se figea, sous l'œil moqueur de Sara.

— Ça n'a rien à voir, chuchota-t-elle d'un ton excédé avant de se lever pour aller récupérer la garniture désormais inutilisable de son bagel.

C'était un gros mensonge. Quoi qu'ait ressenti le Dr Hayes, en ce qui la concernait, il s'agissait bel et bien de tension sexuelle.

Et ce pour une raison toute simple.

Le Dr Hayes était un dieu! De ses courts cheveux bruns, à ses yeux bleu acier en passant par son corps musclé, il était une allégorie vivante de l'autorité masculine. Il savait ce qu'il voulait et le prenait sans se poser de questions et sans délai. Le désir d'être ainsi prise par lui avait fait son chemin en elle jusqu'à ce qu'elle en vienne à souffrir de maladresse chronique en sa présence.

Elle se pencha sous la table voisine en s'excusant auprès des deux médecins qui ne semblèrent pas surpris. Le personnel de l'hôpital commençait à s'habituer à sa maladresse. En l'espace d'un trimestre, elle s'était débrouillée pour gâcher huit ans d'études! C'était la faute du Dr Hayes. Elle n'aurait pas été aussi nerveuse si elle n'avait senti son regard bleu la sonder en permanence. Elle se rassit à côté de Sara en soupirant.

— Je fiche ma carrière en l'air avant même de l'avoir commencée! Le Dr Hayes craint de me confier un scalpel, et comment l'en blâmer?

— Tu es prise dans un cercle vicieux, expliqua Sara. Comme il te rend nerveuse, tu deviens maladroite, ce qui le fait douter de tes compétences. Du coup, ça te rend encore plus nerveuse, et ainsi de suite.

C'était vrai. La compétence, l'assurance et la froideur de Houston Hayes l'intimidaient depuis le premier jour.

— Et qu'est-ce que je suis censée faire? Il ne me laisse même pas approcher de la table d'opération. Ce n'est pas demain la veille qu'il m'autorisera à opérer. Je ne peux quand même pas me plaindre auprès du Dr Sheinberg! Je passerais pour une râleuse et le Dr Hayes dirait à Sheinberg que je suis une empotée qui mérite d'être révoquée.

— Quand quelqu'un t'intimide, déclara Sara, il faut l'imaginer dans une situation humiliante. En slip, par exemple.

En slip ? Karin sentit ses joues devenir brûlantes. La vision du corps nu, athlétique et bronzé, du Dr Hayes s'imposa à son esprit et mit ses sens en déroute.

— Tu cherches à me torturer, c'est ça ? s'étrangla-t-elle.

— Tu peux aussi coucher avec lui, s'entêta Sara en haussant les épaules. Cela devrait suffire à lui redonner une dimension humaine.

Sara avait beau laisser entendre que ce serait aussi excitant que de faire ses courses au supermarché, la climatisation n'empêcha pas Karin de devenir écarlate.

— Ce serait encore pire ! Je ne peux pas coucher avec mon mentor.

C'était peut-être même interdit par le règlement. De plus, elle n'avait pas l'impression d'intéresser le Dr Hayes. Que ce soit physiquement ou intellectuellement. Elle avait l'habitude que les hommes ne fassent pas attention à elle et le Dr Hayes ne semblait pas faire exception à la règle.

— La seule idée de coucher avec moi le ferait certainement hurler de rire. Je ne lui plais même pas. Je n'en ai pas l'impression, en tout cas.

Il fronçait toujours les sourcils quand il la regardait. Il devait se demander comment pareille abrutie avait survécu à sept ans de médecine. Et il ne lui souriait jamais. Bon, d'accord, il y avait parfois ces regards appuyés qui lui donnaient envie de vérifier qu'elle n'avait pas oublié de mettre son pantalon. Elle avait fini par se convaincre que ces regards n'étaient que le fruit de son imagination et de sa frustration sexuelle, mais peut-être se trompait-elle.

— Quoique… Je l'ai parfois surpris en train de me regarder d'un air bizarre. Non, ce n'est pas possible, conclut-elle en s'éventant le visage au souvenir du Dr Hayes détaillant ses formes.

— Bizarre comment ? voulut savoir Sara.

Karin jeta un coup d'œil autour d'elle pour s'assurer que personne ne les écoutait et expliqua à voix basse :

— Comme s'il brûlait d'envie d'arracher mes vêtements. Tu vois ce que je veux dire ?

Karin avait rarement eu l'occasion d'être confrontée à ce genre de regard. En général, les hommes la considéraient comme une bonne copine, une fille sympa, rigolote et grassouillette. Une sorte de mascotte. Mais les quelques fois où elle avait surpris un éclair de désir dans le regard d'un homme étaient restées gravées dans sa mémoire.

— Tu es sûre ? demanda Sara en reposant sa tasse.

— Non.

Elle se faisait certainement des illusions. Le Dr Hayes était hyper séduisant, il pouvait avoir toutes les femmes qu'il voulait, pourquoi se serait-il intéressé à elle ?

— Ma vie est fichue, se lamenta-t-elle.

Fallait-il qu'elle soit godiche pour s'enticher de l'homme qui tenait sa carrière entre ses mains !

— Arrête un peu ton cinéma, Karin.

— Évidemment, toi, tu n'as pas ce genre de problèmes !

Avec sa longue silhouette mince et ses lunettes, Sara dégageait une aura de sérieux qui impressionnait tout le monde.

— On te respecte, toi. Alors que je dois tout le temps faire mes preuves si je veux qu'on me prenne au sérieux.

C'était le prix à payer quand on avait une frimousse comme la sienne. Karin était petite, portait les cheveux courts parce que c'était plus pratique, et les fossettes qui creusaient ses joues quand elle souriait ne plaidaient pas plus pour sa cause que son caractère naturellement enjoué. Les gens avaient spontanément tendance à sous-estimer son intelligence.

— Tu ne t'es jamais demandé si, en choisissant de devenir chirurgienne, tu n'as pas renié ta véritable personnalité ? Tu aurais peut-être dû choisir une carrière plus… fantaisiste.

— Fantaisiste ? s'exclama Karin en se demandant comment elle avait pu penser que Sara était sa meilleure amie. Qu'est-ce que j'aurais dû faire selon toi ? Trapéziste ? Décoratrice d'intérieur ? J'avais dix-huit de moyenne générale à l'université et j'ai décroché une mention très bien, je te rappelle !

Peu lui importait d'avoir haussé le ton. Karin avait fièrement porté le galon doré qu'on lui avait passé au cou le jour de la remise des diplômes.

— Ce n'est pas ce que je voulais dire, fit Sara en secouant la tête. Tu es sociable et chaleureuse, et tu t'es engagée dans une profession essentiellement exercée par des hommes arrogants et imbus d'eux-mêmes. C'est peut-être parce que tu es perpétuellement obligée de gommer ta vraie nature que tu perds ton sang-froid.

Une théorie intéressante, et nettement moins insultante que ce que Karin avait d'abord compris. Elle savait cependant que ce n'était pas le fait de devoir se brider qui la rendait maladroite.

— Je vous remercie pour ce diagnostic, docteur Phil, mais je crois que vous compliquez inutilement les choses.

Elle avait envie de s'envoyer en l'air avec le Dr Hayes. C'était aussi simple que cela.

— La chirurgie n'est peut-être pas un domaine particulièrement rigolo, mais il est trop tard pour revenir en arrière. Si je faisais une croix sur toutes mes années d'études, on me prendrait pour une folle – et on aurait raison vu ce que ça m'a coûté. Non, ce que je veux, c'est que le Dr Hayes me traite en véritable confrère. En confrère *masculin*.

— Je me demande vraiment ce que tu lui trouves, observa Sara. Il est si affreusement distant.

— Et brillant, Sara. Tu comprendrais si tu l'avais vu au bloc. Quand il opère, il est d'un calme olympien. Il dégage une assurance prodigieuse, sans pour autant se montrer arrogant. Il est tellement concentré sur ce qu'il fait que plus rien d'autre n'existe.

— Je ne trouve pas ça follement excitant, contra Sara. Je préfère la pédiatrie. Les ego boursouflés n'encombrent pas trop mon service.

— Eh bien, moi, ça m'excite, soupira Karin. Mais j'aurais préféré que tu ne me suggères pas de l'imaginer en slip. À cause de toi, la prochaine fois que je le verrai, je vais encore tout faire tomber !

— J'ai fait ça par jalousie, mentit Sara en souriant. Toi au moins, il te couve d'un regard bizarre. Moi, ça fait plus d'un an que je ne suis pas sortie avec un homme. Les seuls pénis qui me passent sous les yeux sont ceux de bébés de huit mois !

— J'imagine que ça ne fait pas le même effet, s'esclaffa Karin.

— Pas vraiment, non.

Sara se pétrifia soudain sur sa chaise, les yeux écarquillés.

— Mon Dieu ! Je l'ai *vu* !

— Quoi ? demanda Karin en se retournant à demi. Qu'est-ce que tu as vu ?

— Ne te retourne surtout pas, siffla-t-elle. Le Dr Hayes vient d'entrer !

Karin se figea dans une attitude évoquant une étrange posture de yoga.

— Et alors ? Qu'est-ce qu'il fait ?

— Il t'a regardée. D'un air *très* bizarre. Je l'ai vu, déclara Sara comme si elle avait aperçu une soucoupe volante. La température de la pièce a dû monter d'au moins dix degrés.

Karin sentit ses poils se dresser sur sa nuque. Elle pinça les lèvres et fit face à Sara, bien décidée à ne pas accorder un seul regard au Dr Hayes.

— C'est ridicule, commenta-t-elle. Je n'ai pas l'impression d'être à la cafétéria de l'hôpital mais à la cantine du lycée. Je fantasme sur un type que je ne connais même pas et qui ne s'adresse à moi que pour me reprocher ma maladresse.

— Dans certains cas, les mots sont superflus.

Karin imagina le Dr Hayes portant seulement son stéthoscope autour du cou, en train de pratiquer sur elle un examen gynécologique.

Sara n'imaginait pas à quel point elle avait raison.

2

Incapable de supporter plus longtemps le poids du regard désapprobateur du Dr Hayes sur sa nuque, Karin quitta la cafétéria en hâte et gagna la salle de réveil du bloc chirurgical.

— Comment vous sentez-vous, monsieur Davidson ? s'enquit-elle en se penchant au-dessus du lit à roulettes numéro trois.

Karin avait assisté le Dr Hayes pour le changement de rotule qu'il avait pratiqué sur M. Davidson. C'était la cinquième fois depuis le début de son internat à l'hôpital d'Acadia Inlet qu'elle l'assistait pour ce genre d'intervention, et bien que le Dr Sheinberg l'ait déjà autorisée à opérer, le Dr Hayes se passait systématiquement de ses services.

M. Davidson fixa sur elle un regard acéré, bien qu'il n'ait émergé de l'anesthésie que depuis deux heures.

— Je vais bien, docteur Adkins. Encore quelques heures de repos et je serai prêt à tester ma nouvelle prothèse.

Sachant qu'il plaisantait, Karin sourit et vérifia le système d'autotransfusion.

— Vous savez que de longues séances de rééducation vous attendent. Pas question de danser la gigue ni de jouer au golf avant un bon moment, monsieur Davidson.

— Bien, m'dame, répondit-il en lui décochant un clin d'œil.

Charlie Davidson était un joyeux drille.

— Je préfère ça, dit-elle en pinçant sa jambe valide à travers le drap.

— Vous savez bien que je ne viens ici que pour avoir le plaisir de contempler chaque jour votre joli minois, lui assura-t-il. Et pour la qualité gastronomique des plateaux-repas, bien sûr.

Karin ne put réprimer un sourire tandis qu'elle vérifiait ses signes vitaux.

— Cela fait bien des souffrances à endurer simplement pour me voir.

— Quelles souffrances ? Je n'ai mal nulle part !

— Attendez que l'anesthésie cesse de faire effet, le prévint-elle, une fois de plus surprise par sa vigueur.

— Bah ! Je demanderai à l'infirmière de me donner ces petites pilules bleues, riposta-t-il. Elles sont très efficaces. Mais assez parlé de moi. Et vous ? Je constate que vous ne portez toujours pas d'alliance.

Karin leva les yeux de son dossier.

— Vous n'avez pas l'impression que je suis un peu jeune pour vous, monsieur Davidson ?

Le rire de ce dernier s'acheva sur une toux post-chirurgicale.

— Je vous ai fait tousser, remarqua Karin d'un ton guilleret en l'aidant à s'asseoir. Tant mieux. Ça vous dégagera les bronches.

— Vous n'êtes pas mon genre, déclara-t-il en souriant quand il eut repris son souffle. Je préfère les blondes. Non, c'est à mon petit-fils que je pensais. Il a à peu près votre âge et il est avocat. Le genre Tom Cruise, vous voyez. Les femmes sont folles de lui !

Karin accrocha sa feuille de température au pied du lit en éclatant de rire. Elle ne se sentait pas seule au point d'accepter des rendez-vous arrangés par les patients !

— Si vous êtes sage, l'infirmière vous remmènera dans votre chambre et autorisera votre femme à vous rendre une petite visite. Je passerai vous voir demain matin pour m'assurer que vous êtes sage.

Elle lui adressa un petit signe de main, pivota sur elle-même pour quitter la salle de réveil et entra en collision avec quelque chose de dur. Elle avait si scrupuleusement observé chaque parcelle de son corps qu'elle sut immédiatement qu'il s'agissait du torse du Dr Hayes.

Enfin, *presque* chaque parcelle. Certaines d'entre elles n'avaient subi un examen attentif qu'en imagination. Sa joue frôla ses pectoraux sous la fine tunique bleue et elle recula comme si elle s'était brûlée. Ce mouvement brusque lui fit heurter le plateau posé sur la table de chevet de M. Davidson. Son verre d'eau se renversa et ses lunettes tombèrent par terre.

— Oh ! Excusez-moi, monsieur Davidson, fit-elle en se baissant vivement pour les ramasser.

Quand elle se redressa, elle surprit le soupir excédé du Dr Hayes. Sa maladresse lui tapait visiblement sur les nerfs. S'il s'imaginait que ça lui plaisait, à elle !

— M. Davidson va bien. Sa tension est parfaite, annonça-t-elle avec un grand sourire.

Elle excellait à ce petit jeu : sourire comme une hôtesse de l'air chevronnée face au visage le plus rébarbatif qui soit. Le Dr Hayes ignora sa remarque et parcourut le dossier qu'elle venait de remplir. Elle attendit qu'il ait terminé, et sentit l'humiliation céder le pas à la colère. Il ne la croyait tout de même pas incapable d'effectuer une simple lecture de tension ? Une élève infirmière savait le faire au bout d'une semaine d'études !

— Comment vous sentez-vous, monsieur Davidson ? demanda-t-il d'un ton pincé en inspectant la perfusion.

— Bien. Encore un peu endormi. Vous n'allez pas me reposer les questions que le Dr Adkins vient de me poser, j'espère ? Parce que si ça ne vous dérange pas, j'aimerais mieux dormir.

— Excellente idée. Nous allons demander qu'on vous ramène dans votre chambre.

— Je m'en suis déjà occupée, lui apprit Karin, incapable de réprimer une pointe de satisfaction juvénile. L'infirmière est en route.

— Vous êtes une vraie petite abeille.

Ce commentaire anodin n'aurait pas dû l'agacer à ce point. Le Dr Hayes aurait pu le faire à n'importe qui, il n'y avait pas là de quoi fouetter un chat. Mais elle était dans un tel état de frustration qu'elle ne put s'empêcher de riposter.

— Bzz, bzz !

Elle ponctua cette onomatopée d'un autre sourire étincelant. Le Dr Hayes plissa les yeux, puis jeta un coup d'œil à M. Davidson, qui avait fermé les paupières, et lui fit signe de quitter la salle avec lui.

Consciente du poids de son regard dans son dos, Karin poussa les portes battantes de la salle de réveil et sortit dans le couloir. Avait-il l'intention de la suivre tout au long de sa tournée ? Elle aurait préféré nettoyer le four de sa cuisinière avec une brosse à dents plutôt que d'endurer un tel supplice.

C'est alors qu'il la rattrapa et lui frôla le coude. Elle s'immobilisa abruptement en réprimant un petit cri fort embarrassant.

— Puis-je vous parler un instant ? s'enquit-il.

— Heu… Oui, bien sûr.

— En privé.

— Mais certainement, parvint-elle à articuler.

Elle avait des ennuis. Il n'y avait pas d'autre explication possible. Il allait la renvoyer.

— Dans votre bureau ? proposa-t-elle en s'efforçant de se conduire comme l'adulte responsable qu'elle était parfois.

Le Dr Hayes balaya du regard le couloir désert et secoua la tête.

— C'est à l'autre bout du bâtiment. Entrons plutôt ici, dit-il en ouvrant la porte de la réserve de matériel.

Il referma la porte sur eux. La petite pièce était plongée dans l'obscurité. Le Dr Hayes alluma la lumière, puis se retourna vers elle et la détailla d'un air étrange. Lentement. De la tête aux pieds.

— Quelque chose ne va pas ? se força-t-elle à demander.

Il croisa les bras, et se caressa le menton. Il avait visiblement oublié de se raser et Karin ne put s'empêcher de trouver que sa barbe naissante le rendait encore plus séduisant.

— Je me demande si vous dormez assez, docteur Adkins, déclara-t-il. Vos horaires sont peut-être trop lourds.

Karin se dit qu'elle devait avoir des cernes sous les yeux avant de comprendre qu'il faisait allusion à sa maladresse.

— Tout va très bien, s'empressa-t-elle de répondre d'un ton confiant. Mes horaires me conviennent parfaitement.

À ce stade de sa carrière, elle ne pouvait pas espérer mieux, de toute façon.

— Je vous avoue que je suis un peu perplexe. Vous êtes diplômée avec mention et votre dossier est celui d'un excellent praticien.

Karin se détendit légèrement.

— Pourtant, reprit le Dr Hayes, votre excellence ne m'apparaît pas comme une évidence depuis mon arrivée.

— Je ne comprends pas ce que vous voulez dire, fit-elle en baissant les yeux. Un patient ou un membre de l'équipe s'est-il plaint de moi ?

Il secoua la tête et recula pour s'adosser à une étagère.

— Non, mais vous me semblez distraite. Vos gestes manquent de précision, vous n'arrêtez pas de faire tomber ce que vous tenez à la main.

— Je ne suis pas maladroite quand je m'occupe des patients, se défendit-elle, alors qu'est-ce que ça peut faire ?

Le Dr Hayes plissa les yeux et la dévisagea sans répondre. L'intensité de son regard la troubla profondément et elle se dit qu'il aurait fait un excellent policier. Quand il la regardait ainsi, elle était disposée à s'accuser de tous les maux de l'humanité.

— Si vous avez des problèmes, vous devriez en parler à quelqu'un. Ce ne sont pas les médecins qui manquent ici. Vous trouverez facilement l'écoute et l'aide nécessaires.

Il tapota du doigt sa lèvre inférieure et la bouche de Karin s'assécha d'un coup.

— Je suis disposé à vous écouter, Karin. Si quelque chose ne va pas, vous pouvez me le dire.

Il s'était exprimé d'une voix douce et persuasive, et le simple fait de l'entendre prononcer son prénom lui arracha un frisson. Jamais encore il ne l'avait fait.

— Je vous assure que je n'ai aucun problème, docteur Hayes.

— Des ennuis avec un petit ami, peut-être ? Une rupture récente ou un partenaire qui vous… maltraite ?

Cette conversation prenait un tour de plus en plus absurde. Il semblait fermement décidé à élucider les raisons de sa maladresse, mais elle pouvait difficilement lui avouer la vérité.

— Je n'ai pas de petit ami, répondit-elle. Et si j'en avais un, cela n'interférerait pas avec mon travail à l'hôpital.

Il fit un pas en avant, la dominant de toute sa taille.

— Il arrive qu'on ne veuille pas laisser ce genre de choses interférer avec son travail, déclara-t-il d'un ton insidieux, et pourtant, quelque chose… ou quelqu'un nous distrait, nous déconcentre.

Aïe ! Elle était piégée. Il avait deviné qu'elle mourait d'envie qu'il la renverse sur le premier lit à roulettes venu. C'était aussi gênant et impossible à dissimuler qu'une odeur corporelle.

— Je… ne comprends pas ce que vous voulez dire, commença-t-elle d'une voix si haletante qu'on avait l'impression qu'elle venait d'avaler de l'hélium.

— Vraiment ?

Il avança encore d'un pas et fut soudain si près d'elle qu'elle frissonna. L'odeur qui émanait de lui était un mélange de savon antiseptique et de virilité. Karin se demanda quelle perception olfactive le Dr Hayes avait d'elle. La peur et le désir qu'il lui inspirait la faisaient abondamment transpirer. Mortifiée, elle se racla la gorge et porta la main à son cou.

Comment avait-il pu deviner qu'elle avait envie de lui ?

Et que comptait-il faire à ce sujet ? La forcer à avouer ? Plutôt subir une hystérectomie sans anesthésie !

À moins qu'elle ne se soit pas trompée sur la nature de son regard. Et qu'elle l'intéresse ! Auquel cas, elle serait bien bête de ne pas lui avouer ce qu'elle ressentait.

Restait à déterminer avec certitude s'il était ou pas intéressé.

Houston savait qu'il devait mettre un terme à cette conversation. Quitter cette pièce avant d'enfreindre ses règles de conduite. Mais il n'y arrivait pas. Karin était beaucoup trop désirable, avec ses rondeurs généreuses, ses grands yeux écarquillés et sa respiration haletante.

— Non… je ne comprends vraiment pas, balbutia-t-elle. Je vous assure que… je n'ai absolument aucun problème.

Ignorant son bredouillement, Houston fit courir son pouce sur sa lèvre inférieure dont il apprécia le doux renflement. Ce geste fit sursauter Karin.

— Docteur Hayes ?

— Appelez-moi Houston.

En cet instant, il n'avait pas envie d'être médecin. Il avait envie d'être un homme. Un homme qui s'apprêtait à embrasser la jolie femme qui se trouvait devant lui.

— Houston… dit-elle avant de se passer la langue sur les lèvres, nous avons un problème.

Les doigts du Dr Hayes s'immobilisèrent sur sa joue.

— J'imagine que ce n'est pas la première fois qu'on vous fait cette plaisanterie, ajouta-t-elle avec un petit gloussement.

L'éclair de malice qui fit briller ses yeux était si charmant qu'il ne ressentit pas l'agacement qu'il éprouvait habituellement quand on faisait allusion à Apollo 13 en sa présence.

— C'est arrivé, en effet.

Un bon millier de fois. Se penchant sur elle, il déposa un baiser au coin de sa bouche, puis sur le coin opposé. Karin ne bougea pas d'un millimètre. Ses lèvres étaient douces et humides, et elle les entrouvrit quand il les effleura des siennes.

Elle soupira, et se détendit, réceptive.

Sa bouche avait un goût de jus de pomme, sucré et piquant. Houston dut faire un violent effort pour garder les yeux ouverts et s'empêcher de poser les mains sur elle comme il s'écartait d'elle.

Ce n'était pas ce qu'il avait prévu de faire en l'emmenant ici, mais il ne pouvait se résoudre à regretter de l'avoir embrassée.

Pas plus qu'il ne regrettait ce qu'il allait lui proposer.

— Le problème, Karin, c'est que vous me rendez fou.

— Vraiment ? fit-elle en clignant des yeux. Remarquez, je le comprends. C'est agaçant de voir quelqu'un tout laisser tomber et trébucher en permanence. Mais je ne le fais pas exprès, vous savez.

— Ce n'est pas ce que je voulais dire, répondit-il en enfouissant le nez dans ses cheveux, près de son oreille, pour respirer son parfum. Vous me rendez fou parce que je vous veux.

— Vous me voulez ? Vous me voulez pour quoi ? demanda-t-elle pour masquer son trouble.

Qu'elle puisse demander cela si innocemment le fit durcir.

— Ça, répondit-il, et, plaquant la main sur la nuque de Karin, il l'attira à lui pour l'embrasser à pleine bouche.

Ce baiser ardent et moite les laissa aussi stupéfaits et pantelants l'un que l'autre.

— Oh, souffla-t-elle en levant le regard sur lui avant de le reporter sur la porte.

Ils n'avaient rien à faire dans la réserve. Houston aurait dû être inquiet à l'idée qu'on puisse les surprendre, mais il ne s'en souciait absolument pas.

— Vous êtes sérieux ? demanda-t-elle.

— Très sérieux. Vous me plaisez énormément, Karin, c'est pourquoi il faut que nous en discutions.

— Je pensais que vous ne pouviez pas me supporter, avoua-t-elle avec un petit rire gêné.

— À peine. À présent, dites-moi que je vous plais aussi.

Qu'il puisse la plaquer contre la porte pour empêcher une éventuelle interruption et l'embrasser de nouveau. Karin se mordilla la lèvre, puis laissa échapper un petit soupir.

— Je vais vous dire la vérité. Je suis un peu maladroite, mais je ne le suis pas autant d'habitude, et c'est votre faute. J'ai l'impression que vous me surveillez en permanence, comme si vous guettiez la moindre erreur de ma part. C'est d'autant plus déstabilisant que vous me plaisez beaucoup.

Ses pommettes avaient rosi, mais elle le regardait bien en face. Houston ne dit rien. Ce qu'il venait d'entendre lui faisait très plaisir et il mourait d'envie de savoir où cela mènerait. *Il lui plaisait.*

— C'est idiot, bien sûr, vu que vous êtes...

Elle agita la main devant lui.

— ... alors que je suis...

Elle agita la main devant elle et exhala un long soupir. Houston n'avait aucune idée de ce que cela était censé signifier et s'apprêtait à le lui demander quand elle regarda de nouveau la porte d'un air inquiet.

— Mais peu importe, je crois que l'endroit est mal choisi pour parler de ça, conclut-elle en reculant hors de portée.

Houston lui attrapa la main. Pas question de la laisser lui échapper maintenant qu'il y avait goûté. Elle avait reconnu qu'il lui plaisait ; c'était le feu vert qu'il attendait.

Il savait qu'il aurait mieux fait de s'arrêter là. Sauf qu'il allait devenir fou s'il ne couchait pas avec elle. Le désir qu'elle lui inspirait était si puissant, si brûlant, si profond qu'il n'était plus lui-même. Il fallait à tout prix qu'il possède cette femme.

— Dînons ensemble ce soir. Et passez la nuit avec moi ensuite.

— Quoi ? s'exclama-t-elle.

Certes, la formulation manquait cruellement de romantisme. Mais Houston ne voulait pas de malentendu entre eux. Tout ce qu'il désirait, c'était coucher avec elle. Assouvir ses pulsions sexuelles pour redevenir maître de lui et se consacrer sereinement à son art.

Karin savait qu'elle aurait dû se sentir monstrueusement insultée. Mais c'était la première fois de sa vie qu'un homme lui proposait de coucher avec lui aussi crûment et cela lui ôtait tous ses moyens.

Cette proposition confirmait certes la bizarrerie de son regard, mais elle demeurait convaincue qu'il ne l'appréciait pas particulièrement. Elle réfléchit malgré tout sérieusement à la proposition qu'il venait de lui faire. Après tout, combien de fois dans sa vie un homme aussi séduisant exigerait-il aussi impatiemment ses faveurs ? Elle était prête à parier que cela ne lui arriverait plus jamais.

— Vous n'y allez pas par quatre chemins, commenta-t-elle, histoire de gagner du temps.

— J'ai envie de vous, vous avez envie de moi. Pourquoi attendre ? La tension entre nous est de plus en plus gênante, vous ne croyez pas ?

— Je ne vois pas en quoi le fait de coucher ensemble changerait quoi que ce soit.

De son point de vue à elle, ce serait même le contraire.

Houston sourit. C'était la première fois qu'il lui souriait et Karin en fut toute chamboulée.

— Cela dissiperait la tension sexuelle. Nous passons la nuit ensemble et le lendemain, la vie reprend son cours normal, expliqua-t-il en caressant du pouce la face interne de son poignet.

Le baiser passionné qu'ils avaient échangé lui avait fait perdre tout sens commun et Karin eut furieusement envie d'accepter sa proposition, aussi froidement rationnelle fût-elle. Mais sa carrière était en jeu. Quel que soit le message que lui transmettait son entrejambe brûlant, son cerveau ne l'oubliait pas.

— Je ne suis pas certaine que cela me guérirait de ma maladresse.

— Les choses ne pourraient être pires qu'elles ne le sont déjà.

Un point pour lui.

— Il y va de ma carrière, docteur Hayes. Si cela venait à se savoir… Vous êtes mon supérieur.

— Pas du tout, répliqua-t-il en se raidissant. C'est le Dr Sheinberg qui est le chef des internes. Je ne suis qu'un confrère plus expérimenté. Cela fait une grosse différence. Je ne peux rien pour votre avancement.

— Ce n'est pas ce que je voulais dire ! C'est juste que je suis nouvelle dans l'équipe et que je ne voudrais pas qu'on pense que je suis une femme facile. Cela entacherait ma carrière.

— Non. Cela préserverait nos carrières, la vôtre comme la mienne. Nous passons une nuit ensemble, entre adultes consentants, et personne n'en saura jamais rien. Si nous n'agissons pas, nous finirons par nous faire pincer en pleine action dans un endroit comme celui-ci !

Pour donner plus de poids à son raisonnement, il tira légèrement sur la main de Karin. Sans qu'elle leur ait ordonné quoi que ce soit, ses pieds se mirent en mouvement et elle se retrouva plaquée contre son corps. Les mains de Houston glissèrent le long de son dos, lui pressèrent doucement les fesses. Elle frissonna. Elle aurait voulu sentir ces mains sur sa peau nue.

Elle n'aurait pas dû ressentir une telle excitation. Houston ne se donnait même pas la peine de se montrer aimable, et elle avait toujours détesté les hommes trop sûrs d'eux. Mais c'était plus fort qu'elle. Quand ses mains effleurèrent ses seins à travers sa tunique, elle sentit les pointes durcir. Avec un soupir, elle renversa la tête en arrière. Il devait sûrement y avoir une raison pour qu'elle refuse, mais elle était incapable de se rappeler laquelle.

— J'adore le parfum de votre peau, murmura-t-il en laissant ses lèvres courir le long de son cou. Son goût aussi.

Une pensée déplaisante s'insinua dans l'esprit de Karin. Le Dr Hayes avait peut-être couché avec des tas de femmes de cet hôpital sans qu'elle en sache rien. Cette perspective humiliante la glaça.

— Vous vous comportez ainsi avec toutes les internes ?

— Non, répondit-il contre son cou. Vous êtes la seule à me faire cet effet.

Il rit doucement et approcha la bouche de son oreille.

— Cela dit, ajouta-t-il, les internes que j'ai croisés jusqu'ici étaient tous des hommes. Il n'y a pas beaucoup de chirurgiennes. Mais aucune infirmière, aucun médecin, aucune assistante ne m'a jamais donné envie de m'envoyer en l'air dans une réserve.

Karin ressentit une sorte de vertige. Elle ne savait plus où elle en était. Houston lui inspirait un désir irrationnel, et elle avait besoin d'air, de prendre ses distances avec lui.

— J'ai besoin d'y réfléchir.

— Réfléchissez à cela, Karin, souffla-t-il avant de plaquer sa bouche sur la sienne avec avidité.

— Comment pouvez-vous être certain qu'une seule nuit suffira ? haleta-t-elle, les jambes flageolantes, quand il s'écarta.

— Je n'ai jamais envie de plus, répondit-il avec un haussement d'épaules.

L'absence d'égards et la désinvolture de cette réponse auraient dû horrifier Karin. Au lieu de quoi elle se sentit intriguée. La façon dont son sexe en érection pressait contre sa cuisse lui fit douter de sa sincérité, et elle décida de démontrer au beau et arrogant Dr Hayes qu'il se trompait.

Avec elle, une nuit ne suffirait pas.

Il voudrait recommencer.

Et il n'était pas le seul à aimer gagner, surtout quand les chances étaient contre lui. D'ordinaire, Karin aussi obtenait ce qu'elle voulait, et ce quels que soient les efforts ou le temps qu'il fallait y consacrer pour y arriver.

3

Bob Andrews et Dave Jablonski étaient en train de bavarder quand Karin émergea dans le couloir, essoufflée et remettant de l'ordre dans sa coiffure. Houston était juste derrière elle, et elle rougit en réalisant qu'il n'y avait aucune raison plausible pour qu'un médecin et une interne s'enferment dans une réserve de matériel.

Les deux médecins tournèrent la tête dans sa direction et elle les gratifia de son plus radieux sourire en souhaitant de toutes ses forces qu'ils ne devinent pas qu'elle venait de passer dix minutes à se faire examiner par le Dr Hayes. Dave lui rendit son sourire.

— Hé, Karin, on va tous boire un verre au *Coconut* dans une heure ! Tu nous rejoins ?

Il s'aperçut tout à coup que quelqu'un se trouvait derrière elle.

— Vous êtes également le bienvenu, docteur Hayes, s'empressa-t-il d'ajouter. Plus on est de fous, plus on rit.

Karin remarqua que tous les employés de l'hôpital s'appelaient entre eux par leur prénom à l'exception du Dr Hayes. Le badge accroché à sa ceinture ne mentionnait même pas le prénom en question. C'était là, soupçonnait-elle, une façon de garder ses distances avec ses confrères… à l'exception d'elle-même. Désormais, Houston voulait qu'il n'y ait rien entre eux, pas même des vêtements.

Cette perspective l'alarma. Pouvait-elle seulement envisager de se montrer nue devant lui ? Un seul regard sur son corps l'inciterait à rédiger un article sur la surabondance de graisses dans l'alimentation américaine pour le bulletin de l'Association Médicale.

— Non, merci, répondit Houston. La tempête a levé de belles vagues cet après midi et je vais en profiter pour aller surfer.

Surprise, Karin pivota d'un bloc pour le dévisager. Houston ? Surfeur ? Sans compter que c'était bien la première fois qu'elle l'entendait parler de lui aussi longuement.

— Ah, oui ! acquiesça Bob. Elles font bien un mètre cinquante de haut. Amusez-vous bien !

— Et toi, Karin ? s'enquit Dave. J'imagine que tu ne vas pas surfer ?

Soulagée que personne n'ait remarqué qu'elle était sortie de la réserve en même temps que le Dr Hayes, elle s'autorisa à rire. Ses seuls exploits en matière de sport consistaient à sauter sur place sur le sable brûlant quand elle oubliait ses sandales de plage.

— Non, pas de surf pour moi. Mais je ne pourrai pas vous rejoindre, je suis de garde aux urgences.

— Tant pis, ce sera pour une prochaine fois !

Ils agitèrent la main et continuèrent leur chemin. Restée seule avec Houston, Karin baissa les yeux, ne sachant que dire.

— Votre cote de popularité est au beau fixe, à ce que je vois, commenta-t-il, rompant le silence le premier.

— Pardon ?

On pouvait interpréter cette remarque de mille façons, mais aucune ne semblait convenir.

— Quel que soit le service dans lequel vous vous trouviez, tout le monde vous connaît.

Karin l'observa, perplexe. Il avait prononcé ces paroles d'un ton presque amer. Était-il possible qu'il se sente rejeté ? Non, c'était absurde. Le Dr Hayes émettait en permanence des vibrations visant à tenir à distance respectueuse tous ceux qui l'approchaient. Il devait plutôt la considérer comme une petite nénette qui flirtait avec tout le monde. Ou qui couchait avec tout le monde, à en croire la proposition qu'il venait de lui faire. Sa nervosité céda soudain la place à la colère.

— Cela fait plus d'un an que je travaille ici, et j'ai passé neuf mois aux urgences de chirurgie orthopédique, j'ai donc croisé pas mal de monde. Et réparé pas mal d'os, déclara-t-elle en le regardant droit dans les yeux. D'autre part, j'effectue un double service afin d'acquérir le plus d'expérience possible, et je suis de garde aux urgences deux fois par mois au lieu d'une seule.

— Vous êtes sûre que vous dormez assez ?

— Je pense avoir été claire sur les raisons de ma maladresse, répliqua-t-elle.

La tension entre eux était soudain palpable.

— Ne prenez pas trop de temps pour vous décider.

Karin eut tout à coup l'impression qu'elle avait déjà pris sa décision.

— Je vous en ferai part dès que ce sera fait.

— À demain, dans ce cas. Je ne repasse pas à l'hôpital aujourd'hui, annonça-t-il en l'enveloppant d'un regard possessif. À moins que vous ne preniez votre décision d'ici à ce soir. Auquel cas, appelez-moi.

— Et vous arriverez en courant ?

— En quelque sorte, répondit-il avec un sourire crispé.

Il y avait fort à parier que ce serait elle qui le rejoindrait ventre à terre.

Karin n'avait pas couché avec un homme depuis une éternité. Le fait que ces derniers la considèrent comme une bonne copine ne lui fournissait guère d'occasions. Au fil des ans, cela lui était arrivé, bien sûr, mais ses histoires avaient ressemblé à de chaleureuses amitiés, jamais à de folles passions.

Houston s'apprêtait à la contourner quand elle se retourna pour partir dans la direction opposée, et se heurta une fois de plus à son torse. L'impact la fit vaciller et elle tituba en arrière. Spontanément, il tendit les mains pour la retenir.

— Désolée, fit-elle en se dégageant en hâte.

Elle lui marcha sur les pieds, se cogna l'épaule contre le mur et laissa échapper un rire nerveux.

— Je crois que je ne suis pas encore guérie de ma maladresse.

— Je vous ai indiqué le remède. Une nuit, une seule nuit, Karin, dit-il sans sourire. Je vous promets que vous aimerez cela.

Elle n'en avait jamais douté.

— Je suis certaine que cela me plaira… heu… plairait. Mais je ne suis pas aussi certaine que ce soit une bonne idée. Je dois faire mes preuves dans cet hôpital et je suis déjà en train de tout gâcher en me conduisant comme une empotée. Imaginez que ça ne fasse qu'empirer les choses et que ça fiche toute ma carrière en l'air ?

— Je n'ai pas l'intention d'insister pour vous convaincre. Si vous avez besoin de moi, vous savez comment me joindre, déclara-t-il en reculant d'un pas. Si toutefois vous décidiez de refuser, vous seriez bien aimable de cesser de porter ces culottes avec des petites bouches rouges imprimées sur les fesses. Et de vous mettre à quatre pattes. Vous avez des fesses à damner un saint, Karin, et quoi qu'en disent les patients, je n'en suis pas un.

Cela lui semblait une évidence. Elle posa instinctivement les mains sur ses fesses et rougit. Depuis combien de temps voyait-il sa culotte à travers son pantalon ?

— Je ne la porte que le vendredi. Ce sont des culottes avec les jours de la semaine imprimés dessus. Le vendredi, c'est le jour des petites bouches rouges.

— Mon Dieu, souffla-t-il en regardant son entrejambe comme si une parade de petites culottes imprimées défilait sous ses yeux.

Karin se figea, les mains toujours plaquées sur les fesses. Le flot de désir qui l'inonda subitement lui donna l'impression d'avoir le niveau intellectuel d'une amibe.

— Et quels sont les motifs des autres jours ? demanda Houston, intrigué.

Le petit démon qui sommeillait en elle lui souffla sa réponse.

— Puisque nous ne passerons pas plus d'une nuit ensemble, vous n'êtes pas près de le savoir !

Houston se rendit à Acadia Beach au volant de sa Jeep et jeta un coup d'œil à la mer. La vue était magnifique. Les vagues du sud de la Côte Ouest sont généralement peu élevées et ne permettent qu'un surf gentillet par rapport à celles qui déferlent sur les plages d'Hawaï ou d'Australie. La tempête qui avait sévi dans le courant de la nuit avait cependant donné naissance à des vagues exceptionnellement hautes et il avait hâte de s'y frotter. Il coupa le moteur de sa Jeep et inspira à fond. Il adorait la plage, le contact du sable sous ses pieds et de l'eau tiède clapotant autour de lui. Il trouvait cela merveilleusement apaisant. C'était le seul endroit où il acceptait de se laisser aller, de s'en remettre aux éléments. Mais même là, quand il grimpait sur sa planche de surf, il s'agissait de défier la nature, de dompter les vagues.

Enfant, les rares fois où son père faisait une apparition au domicile conjugal, empestant la bière aigre et la sueur, Houston s'était senti affreusement impuissant de le voir maltraiter sa mère, se défouler sur elle sans raison. Le jour où son père les avait quittés pour de bon avait été le plus beau de sa vie. À partir de là, Houston avait pris le contrôle. Sur son existence, celle de sa mère et celle de sa petite sœur, Kori.

Il n'avait que quatorze ans, mais n'avait plus qu'une idée en tête : réussir et subvenir aux besoins de sa mère et de sa sœur. Il avait atteint son but. Il était devenu chirurgien, un métier qui lui plaisait et pour lequel il était doué. Il aimait réussir ce qu'il entreprenait. Il s'était parfois demandé si c'était pour cela qu'il n'avait jamais envisagé de se marier. Il avait horreur de l'échec.

Houston luttait pour garder le contrôle du début à la fin de chaque combat qu'il livrait, et il se savait bien trop cynique pour faire un bon époux. Maintenant que sa sœur avait épousé l'un de ses meilleurs amis et que sa mère s'occupait de ses petits-enfants, il préférait se consacrer à sa carrière. Permettre à des personnes âgées de retrouver leur autonomie était une grande source de satisfaction. Il prenait son métier très au sérieux, vérifiant et revérifiant méticuleusement son propre travail et celui de ses collègues. Ses patients lui accordaient leur confiance et il s'attachait à s'en montrer digne.

Au fil des ans, il s'était bien rendu compte que ses manières avec les femmes manquaient de moelleux, mais les échanges lui avaient toujours posé problème. Il n'aimait pas bavarder, faire la conversation. Cela lui demandait des efforts, il oubliait souvent de sourire et négligeait de répondre aux questions qu'on lui posait. Il était tout le contraire de Karin Adkins. Cette femme aurait certainement trouvé le moyen de bavarder avec une souche.

Après avoir quitté l'hôpital, il était passé chez lui prendre un T-shirt et un bermuda. Il retira sa chemise, la posa sur le siège de sa Jeep en secouant la tête. Karin. Qu'est-ce qui lui avait pris ? Au lieu de lui donner des conseils, comme il en avait l'intention, il l'avait passionnément embrassée et lui avait proposé de coucher avec lui. Il était pratiquement certain qu'elle refuserait. Son statut d'interne était précaire et il était évident qu'elle craignait qu'une aventure ne mette sa carrière en péril. Il n'arrivait pas à croire que l'attirance qu'il lui inspirait était la seule explication à sa maladresse. Il pensait qu'elle n'avait pas vraiment la vocation pour exercer ce métier. Il l'aurait plutôt vue s'orienter vers une spécialisation où la relation avec les patients est plus directe. C'était pour cette raison qu'il refusait de la laisser prendre les commandes au bloc opératoire.

Cette fille était une énigme qu'il n'était pas encore parvenu à déchiffrer. Elle était surtout adorable, et la perspective de lui retirer cette aguichante petite culotte l'intéressait bien plus que celle de la psychanalyser.

Il sortit sa planche de l'arrière de la Jeep et se concentra résolument sur le surf, cantonnant Karin à l'univers froid de l'hôpital. À lui le soleil radieux et les plus beaux rouleaux de l'été !

— Hé ! Houston !

Levant les yeux, il aperçut Dennis et Christian qui se dirigeaient vers lui. Il surfait avec eux depuis le lycée et se doutait qu'ils seraient au rendez-vous, même s'ils avaient désormais tous plus de responsabilités qu'autrefois.

— Salut, les mecs ! Quoi de neuf ?

— Qu'est-ce qui t'a retenu si longtemps ? lui reprocha Dennis en laissant tomber sa planche avant de s'affaler de tout son long sur le sable.

— Un patient, qu'est-ce que tu crois ? répliqua Houston en lui flanquant un petit coup de pied dans la jambe. Qu'est-ce que tu fais, allongé là ? Je suis prêt, moi !

— Je fais une pause. Je suis fourbu.

— Regarde-moi cette mamie ! s'exclama Houston, incrédule. Ce sont les plus belles vagues de l'année !

Dennis ferma les yeux et posa les mains à plat sur son torse.

— Tu ne peux pas comprendre. Je suis marié, moi ! Tammy m'a tenu éveillé toute la nuit.

— Je t'en prie, épargne-moi les détails.

Houston n'avait pas envie de parler de sexe.

— Qu'est-ce qui t'arrive ? ricana Dennis. Un embryon de sens moral aurait-il enfin germé dans ton esprit ? Tu adorais te vanter de tes exploits, dans le temps, si j'ai bonne mémoire.

— Difficile de parler de ce qu'on n'a pas.

Pas régulièrement, en tout cas. Sur ce plan, il enviait Dennis et Christian. Ces derniers s'esclaffèrent, et Houston fit mine de vérifier la cire de sa planche en grommelant :

— Du reste, ce n'était pas moi qui me vantais de mes exploits avec les filles, mais toi.

— Tu as besoin d'avoir une vie en dehors de cet hôpital rempli de microbes, déclara Christian. Kori a d'ailleurs l'intention de te présenter l'une de ses copines.

Houston se rembrunit. Cela faisait plus de vingt ans qu'il connaissait Christian, bien avant qu'il ne tombe amoureux de sa sœur Kori. Il avait depuis longtemps digéré le fait que son meilleur ami couche avec sa sœur et appréciait de savoir celle-ci entre de bonnes mains, mais son amitié avec Christian était désormais liée à Kori et c'était parfois pesant. Il aimait profondément Kori, mais celle-ci avait tendance à croire que la réponse à tous ses problèmes passait forcément par le mariage, de préférence avec l'une de ses amies. Houston n'avait pas le cœur de lui avouer qu'il ne se marierait jamais et que si la compagnie d'une femme ne lui déplaisait pas le temps d'un dîner et d'un après-dîner, il était hors de question qu'il la revoie ensuite. Plus d'un rendez-vous et les femmes commençaient à se faire des illusions.

De toute façon, il n'avait jamais eu envie d'en revoir aucune.

— D'accord, répondit-il en haussant les épaules.

Christian lui donna une tape dans le dos.

— C'est ce que j'aime chez toi ! Tu es accommodant, et pendant que Kori est occupée à dénicher la femme de ta vie, elle ne pense plus à avoir un autre enfant.

— Elle n'en a pas assez de deux ?

Houston adorait ses nièces âgées de quatre et deux ans, mais elles l'épuisaient. Il doutait sérieusement de sa propre capacité à endurer ce genre de chaos permanent où les seuls points de repère étaient les lingettes et les changes complets.

— Moi, ça me suffit, lui assura Christian. Mais Kori s'épanouit dans la maternité, tu comprends. Abby ne dort plus dans son berceau et elle le voit comme une place à remplir.

— Prends un chien, suggéra Dennis. Un chien fait presque autant caca qu'un bébé, mais ça revient moins cher.

— Pas bête, s'esclaffa Christian. Je vais lui proposer ça exactement dans ces termes. Je sens qu'elle va adorer.

Tandis que Christian et Dennis se lançaient dans une discussion animée sur les mérites comparés des labradors et des setters irlandais, Houston se surprit à penser à Karin. Il ne la connaissait pas très bien, mais il la suspectait d'être le genre de femme qui s'épanouit dans la maternité.

Ce qui le perturba énormément. Il pouvait s'estimer heureux qu'elle n'ait pas semblé vouloir donner suite à sa proposition. Karin n'était pas le genre de femme à se contenter d'une aventure sans lendemain et il se serait retrouvé impliqué dans un imbroglio sentimental qui n'aurait fait qu'accroître la tension qui régnait entre eux.

— Tu es sûr que tu ne veux pas venir te mesurer à ces vagues ? demanda-t-il à Dennis, interrompant la conversation sur les chiens.

Dennis confirma sa décision d'un hochement de tête.

— Assez perdu de temps comme ça. Tu viens ? ajouta-t-il à l'adresse de Christian.

Celui-ci acquiesça. Houston se débarrassa de ses chaussures, lança sa serviette à côté de Dennis, ainsi que son portable. Il n'était pas de garde et ne s'attendait pas vraiment que Karin l'appelle, mais au cas où…

Il s'approcha du rivage, posa sa planche sur le sable et attacha la corde qui les reliait à sa cheville. Après s'être allongé à plat ventre dessus, il battit des mains pour s'élancer tranquillement vers le large, le dos chauffé par le soleil. Christian était à côté de lui, mais ils ne parlaient pas. L'heure était au silence. Au plaisir d'écouter la mélodie régulière du ressac. Les cris d'autres surfeurs qui chevauchaient les vagues avec plus ou moins de bonheur retentissaient également, mais Houston avait décidé de ne pas les entendre, préférant se concentrer sur le battement de ses mains à la surface de l'eau tiède. Quand il atteignit une vague, il creusa le ventre pour laisser passer l'eau entre la planche et lui.

Karin occupait à nouveau son esprit, telle une présence dérangeante qui flottait constamment dans ses pensées et dont il ne parvenait pas à s'expliquer la puissante attraction.

Elle avait une démarche sautillante. Comme elle mesurait trente bons centimètres de moins que lui, elle devait presque courir pour rester à sa hauteur. Comment ce petit corps tout en courbes s'adapterait-il au sien ?

Sa volumineuse poitrine se presserait contre ses côtes, ses lèvres glisseraient sur sa peau nue et l'agaceraient par de savantes caresses. Elle s'agenouillerait devant lui, le prendrait dans son adorable bouche. Les mains posées sur sa tête, il caresserait ses cheveux qui pointaient dans tous les sens…

Houston laissa échapper un grognement dégoûté. Fantasmer sur Karin lui avait donné une érection.

Avec son caleçon mouillé, il allait choquer tous les surfeurs quand il se redresserait sur sa planche.

Il s'ordonna de cesser de penser à Karin et se concentra sur la vague qui s'élevait devant lui. Elle était énorme. Il bondit sur la planche, se courba en deux et sentit des gouttelettes d'écume lui picoter le visage tandis qu'il faisait rapidement pivoter la planche d'avant en arrière par la seule force de ses jambes.

Il surfait sur la crête de la vague, fendait l'air face à l'étendue couleur moutarde de la plage, éprouvant l'équilibre précaire de la planche qui ne reposait sur rien d'autre que de l'eau.

C'était une sensation exaltante.

Il réussit à tenir huit secondes d'affilée avant que la vague s'enroule sur elle-même et qu'il se retrouve au creux du rouleau. Une seconde plus tard, la vague déferla sur sa tête et il dégringola dans l'eau. Fermant la bouche, il laissa sa planche rebondir plusieurs fois sur lui jusqu'à ce qu'il atteigne le rivage.

Il avait déjà réussi des atterrissages plus flamboyants.

Il s'essuya le visage, détacha le lien de sa cheville et retint sa planche avec un sourire satisfait. Il venait de se prendre une bonne claque.

— Waouh ! Tu t'es fait rétamer, Iceberg !

Assis dans cinquante centimètres d'eau, Houston leva les yeux et vit trois adolescents qui le dévisageaient d'un air goguenard. Peu lui importait. Le temps qu'il avait passé au sommet de la vague compensait sa chute et ces gamins le savaient aussi bien que lui. Ils venaient pratiquement tous les jours sur la plage et l'avaient surnommé Iceberg parce qu'il ne bougeait pratiquement pas quand il était sur sa planche.

Un des adolescents ne s'était visiblement pas baigné ; il avait le pied bandé.

— Qu'est-ce qui t'est arrivé, Andy ? Tu t'es fait piquer par une méduse ?

— Non, je me suis fait mordre par un requin. Six points de suture.

— Sans blague ? fit Houston en se redressant. Ça fait mal ?

— Non, répondit Andy en haussant les épaules. Pas plus qu'une coupure. C'était un petit requin. Un pointe noire d'à peu près un mètre.

Les requins pointe noire n'étaient pas rares dans les eaux d'Acadia Beach. Ils n'hésitaient pas à s'approcher du rivage à la recherche de poissons qu'ils confondaient parfois avec les membres des baigneurs. En général, ils se contentaient d'y planter les dents et le relâchaient quand ils réalisaient qu'ils s'attaquaient à plus gros qu'eux.

— Baignade interdite tant qu'on ne t'a pas retiré les fils, d'accord ?

— Compris.

— On en est à combien ? demanda Christian en les rejoignant. Six personnes mordues en quelques semaines, non ?

— Quelque chose dans ce goût-là.

— Ils ont parlé de fermer la plage, annonça un des adolescents, mais c'est complètement nul ! Une morsure de pointes noires n'est pas plus grave que de toucher une méduse, et on n'a jamais parlé de fermer la plage à cause des méduses.

Houston songea que le gamin n'avait pas tort. Les requins et les méduses n'empêcheraient jamais les surfeurs de fréquenter cette plage.

— Tu as vu le panneau qu'ont planté les gardes-côtes ? fit Christian en désignant ledit panneau. « Attention. Animaux marins dangereux dans cette zone. » N'importe quoi !

Houston approuva. Il n'allait pas se priver des meilleures vagues qu'il ait jamais vues sous prétexte qu'il risquait une petite morsure au talon. Tant que personne n'aurait été mordu par un prédateur sérieux, comme le requin taureau, par exemple, il continuerait à se baigner.

Il s'apprêtait à taquiner une nouvelle vague quand il aperçut Dennis qui lui faisait signe depuis la plage.

Bien qu'agacé par cette interruption, il alla néanmoins le retrouver. Il commençait à se faire tard et il voulait surfer encore un peu avant que le soleil ne se couche. En outre, sa tactique de diversion fonctionnait. Pendant qu'il fendait l'air sur sa planche, il avait réussi à chasser Karin de ses pensées pendant plus d'une minute. Un véritable record !

— Qu'est-ce qu'il se passe ? demanda-t-il.

— Ton portable, répondit Dennis.

Houston baissa les yeux. Sur sa serviette bleu marine, son téléphone avait l'air parfaitement innocent. Ça ne pouvait pas être elle.

À moins que si. Il se raidit, soudain noué par le désir. Dennis, qui s'était levé et époussetait le sable de son caleçon lui coula un regard en coin.

— Tu ne regardes même pas qui c'est ?

— Je ne sais pas…

Il n'aurait pas dû désirer cet appel à ce point.

— Tu as vraiment besoin de sortir, commenta Dennis en secouant la tête. Tu vas devenir barjo si ça continue.

Ignorant sa remarque, Houston ramassa son portable et lut le message.

Appellez-moi. Karin.

Yes ! Vacillant sous l'effet conjugué du soulagement et de l'impatience, il enfila ses chaussures sans même s'essuyer les pieds et récupéra sa serviette.

— Où est-ce que tu vas ? s'étonna Dennis. Tu viens à peine d'arriver !

Houston lui flanqua une tape sur l'épaule.

— J'ai rencard. Les célibataires aussi ont droit à leur part de bonheur !

4

Son tour de garde aux urgences avait été annulé et Karin y avait aussitôt vu un signe – la permission divine de s'octroyer une nuit de passion débridée avec Houston Hayes. Pourtant, elle hésitait encore. Sara, qui était passée lui demander si elle voulait dîner avec elle, avait deux ou trois choses à lui dire à ce sujet.

— Si tu refuses, c'est que tu es folle.

— Je te remercie de ton soutien.

Karin sortit un short de son vestiaire et l'enfila sous le regard effaré de Sara. C'était un short d'un style difficilement définissable, pas complètement grunge, mais pas loin.

— Rassure-moi : tu n'as pas l'intention de porter cette horreur ?

Pour Sara, la critique était aisée. En tant que pédiatre, elle pouvait se permettre de venir travailler vêtue d'une jolie robe à fleurs.

— Qu'est-ce que ça peut faire puisque je rentre chez moi, riposta Karin. Seule.

Elle n'appellerait pas Houston.

— Les tuniques de chirurgien m'ont toujours fait penser à des camisoles de force, répondit Sara d'un ton détaché. Les murs de ta chambre sont capitonnés, je suppose ?

— Ce n'est pas une bonne idée, Sara. Je ne peux pas prendre un tel risque.

— Dans ce cas laisse-le-moi.

Sara plaisantait, bien sûr, mais Karin ne trouva pas cela amusant. Elle n'avait pas envie de sortir avec Houston, mais il n'était pas question pour autant de céder sa place.

Qu'est-ce qu'elle racontait ? Évidemment qu'elle crevait d'envie de sortir avec lui !

— Réfléchis bien, Karin. Dans combien de temps aurez-vous de nouveau tous les deux la même soirée de libre ? Le destin t'ordonne de prendre le taureau par les cornes et de coucher avec lui ! Avec Hayes, pas avec le taureau.

Sara avait peut-être raison. Rien qu'une nuit. Le temps de concrétiser un fantasme. Ensuite, la vie reprendrait son cours normal. Ou alors elle tomberait éperdument amoureuse de lui, et passerait le restant de son internat à lui courir après en le suppliant de recommencer.

Non. Elle était bien trop fière pour se comporter ainsi. D'ordinaire.

— Je n'arrive pas à me décider. C'est aussi horrible que de contempler une grosse part de gâteau au chocolat quand tu es au régime. Tu sais que ce n'est pas bien, tu sais que tu le regretteras, mais ce sera tellement bon.

— Vas-y, Karin. Fais-le pour toutes celles qui n'ont même pas une miette de gâteau au chocolat à se mettre sous la dent !

Karin ramassa sa tunique sale et sortit son sac à dos de son vestiaire.

— Allons dîner. Je réfléchirai mieux l'estomac plein.

Elles se dirigèrent vers la sortie et Karin ne put s'empêcher de penser aux belles mains habiles de Houston… Elle trébucha contre un banc et heurta les vestiaires métalliques qui vibrèrent sous le choc. Légèrement sonnée, elle se tourna vers Sara. Les lignes parallèles des fentes d'aération d'un des placards lui striaient la joue de rouge vif. Sara secoua la tête et Karin poussa un soupir de défaite.

— D'accord. Je l'appellerai.

Houston parviendrait peut-être à la guérir de sa maladresse.

Houston arpentait son salon en attendant que Karin réponde au téléphone. Elle décrocha au bout de six sonneries.

— Allô ?

Haletante, elle modula ces deux syllabes d'une voix si sensuelle qu'il se demanda quels sons elle produisait quand elle atteignait l'orgasme. Il ferma les yeux très fort pour chasser cette pensée.

— C'est Houston, annonça-t-il sèchement.

— Oh, salut, c'est Karin. Karin Adkins.

Comme s'il ne le savait pas.

— C'est gentil de me rappeler, ajouta-t-elle.

Un long silence suivit cette déclaration.

— Vous souhaitiez que je vous rappelle pour des raisons professionnelles ou personnelles, Karin ?

— Personnelles, avoua-t-elle après un autre silence.

Houston s'immobilisa. Son caleçon encore mouillé lui collait à la peau. Des gouttelettes d'eau coulaient le long de ses jambes.

— Bonne réponse.

Il se dirigea vers sa chambre dans l'intention de se changer et de la rejoindre où elle voudrait aussi vite qu'il le pourrait dans la mesure où il ne disposait pas de super pouvoirs.

— J'aimerais vous voir. Ce soir.

Sa voix était différente. Elle avait perdu ce côté enjoué pour laisser place à une douceur vibrante d'impatience terriblement séduisante. Elle avait sur lui le même effet qu'une danse sensuelle.

— Nous sommes déjà le soir, Karin. Je passe vous prendre dans dix minutes.

Il coinça le combiné contre sa joue pour se débarrasser de son caleçon, l'envoya voltiger dans la salle de bains d'un coup de pied et se dirigea vers la commode, entièrement nu.

— Où irons-nous ? s'enquit-elle. Comment dois-je m'habiller ?

« Mettez quelque chose de transparent et de facile à retirer », faillit-il lui répondre.

— Comment êtes-vous habillé ? reprit-elle avant qu'il en ait eu le temps.

Houston baissa les yeux et aperçut son érection.

— Si vous tenez vraiment à le savoir, je ne porte rien.

— Rien ? glapit-elle. Vous voulez dire que vous êtes nu ?

Houston sortit un caleçon et un jean délavé d'un tiroir.

— Entièrement nu, oui.

— Je suis sûre que vous plaisantez ! C'est une blague genre téléphone rose.

L'innocence de Karin, non dénuée d'un intérêt coquin, avait le don de le désarmer. Elle semblait tout à la fois horrifiée et curieuse.

— Non, si c'était une blague genre téléphone rose, j'en profiterais pour vous dire des cochonneries.

Il y eut un silence. Houston attendit, les muscles bandés. Il lui accordait trois secondes. Il ne doutait pas qu'elle foncerait dans le panneau tête baissée. Un… deux…

— Quel genre de cochonneries ?

Bingo.

— Je vous demanderais ce que vous portez. Je décrirais les parties de votre corps que j'aimerais caresser, je vous dirais que je bande comme un fou… tous les trucs qu'on dit dans ces cas-là, quoi.

— Oh, souffla Karin avant de s'éclaircir la voix. Mais vous n'allez pas faire cela, n'est-ce pas ?

Houston serra le combiné dans sa main et lança son pantalon sur le lit. Il ne pourrait pas en remonter la fermeture dans l'état où il était.

— Peut-être que si. À moins que vous ne préfériez que je décrive la tenue que j'aimerais vous voir porter ?

Terriblement excité par cette idée, il ne lui laissa pas le temps de répondre.

— Je vous vois bien avec une petite jupe en jean très courte, genre taille basse, que je puisse voir vos hanches. Bien moulante, et si courte que je pourrai sans peine glisser la main dessous. Sur la culotte avec les petites lèvres rouges. Je rêve d'embrasser vos lèvres, Karin.

Il ne parvenait pas à imaginer Karin dans l'un de ces ensembles qu'on voit dans les vitrines des boutiques de lingerie et qui coûtent les yeux de la tête. Même pour une soirée coquine, Karin était le genre de femme à porter ces dessous de coton qu'on trouve dans les supermarchés au rayon jeunes filles. Il ne savait pas pourquoi ça l'excitait autant, mais la pression au niveau de son entrejambe en était la preuve indiscutable.

— En haut, je vous verrais bien avec un de ces trucs blancs. Je ne sais pas comment ça s'appelle… C'est un peu ample, avec un petit nœud entre les seins. Et plutôt transparent.

Il l'imagina d'abord avec un soutien-gorge à balconnet, puis remplaça cette vision par celle de ses seins nus, dont les pointes roses se détachaient sur l'aréole plus foncée à travers le fin tissu.

Sa main se posa sur son sexe en érection, l'enserra pour juguler l'atroce souffrance que cette évocation éveillait.

— Le blanc ne me va pas, négocia Karin. Disons rose vif. Moulant. Sans soutien-gorge en dessous.

Sa main enserra plus fortement son sexe.

— D'accord.

— Peut-être que je ne devrais pas non plus mettre de culotte. Comme ça, lorsque vous glisserez la main sous ma jupe, vous pourrez me toucher. J'aimerais sentir vos doigts entre mes cuisses.

Karin avait prononcé ces mots de cette voix sensuelle qui affolait Houston, et son audace inattendue le prit de court. Perdant le contrôle, il ferma les yeux, et sa main se mit à aller et venir le long de son sexe sans qu'il s'en rende compte. Chacune de ses caresses avivait sa souffrance et accroissait son désir. Il avait envie d'autre chose – la posséder, elle –, mais il ne pouvait s'arrêter. Elle le rendait dingue.

— Moi aussi, j'aimerais ça, murmura-t-il.

— Vous êtes prêt ?

Houston ouvrit brusquement les yeux. Il aperçut sa main, serrée autour de son sexe rigide, eut conscience des pulsations qui parcouraient ce dernier, et en rougit de honte. Qu'est-ce qui lui prenait ?

Karin avait-elle deviné ce qu'il faisait ? Elle avait posé cette question d'un ton amusé, presque ironique. Il desserra les doigts.

— Prêt à quoi ?

— À passer me prendre ! On est déjà le soir, vous vous souvenez ?

Il prit une profonde inspiration, exhala lentement.

— Je m'en souviens. Donnez-moi l'adresse, je suis chez vous dans dix minutes.

D'ici là, il arriverait peut-être à remonter la fermeture de son jean.

Tandis qu'il l'écoutait lui expliquer en détail comment venir chez elle, Houston eut conscience, pour la première fois depuis l'adolescence, de penser avec sa queue.

Si elle ne l'avait pas vu procéder à d'innombrables interventions chirurgicales, Karin aurait juré que Houston était aveugle. En étudiant son reflet dans le miroir, elle n'y vit rien qui fût susceptible de plaire à un homme aussi beau et intelligent que le Dr Hayes. Après avoir passé en revue sa garde-robe, elle avait opté pour la tenue la moins moche : un short beige et un débardeur à rayures marines et blanches. Et des tongs.

Pas étonnant qu'elle soit encore célibataire ! Il ne serait venu à l'esprit d'aucune femme dotée d'un grain de bon sens de se présenter en tongs à un rendez-vous avec un chirurgien ! Le problème, c'était qu'en dehors des chaussures à semelle de crêpe qu'elle mettait pour travailler et d'une paire d'escarpins noirs qui ne pouvaient aller qu'avec une robe, elle n'avait que des tongs.

Elle se sentait plus grosse que d'habitude. Ses cuisses frottaient l'une contre l'autre et la chair tremblotait quand elle marchait. Elle tourna le dos au miroir et un rapide coup d'œil par-dessus son épaule l'incita à se demander comment elle arrivait à franchir les portes en trimballant un machin aussi volumineux derrière elle.

Elle avait enfilé et retiré tellement de vêtements que ses cheveux étaient chargés d'électricité statique, quant à sa peau, elle était de ce blanc pâle de tous les gens de moins de soixante-cinq ans vivant en Floride. Le choc contre l'armoire du vestiaire avait laissé une marque rouge sur sa joue et ses tentatives pour la dissimuler donnaient l'impression qu'elle avait loupé sa bouche en mangeant son porridge.

Elle répondit à la sonnerie de la porte d'entrée dans un état proche de la panique.

Houston portait un jean, un T-shirt bleu marine et des sandales. C'était la première fois qu'elle le voyait en dehors de l'hôpital ; le look décontracté lui allait bien.

— Je n'ai pas de jupe, lâcha-t-elle sans préambule.

Houston sourit, laissant apparaître des dents impeccablement blanches, ce qui fit réaliser à Karin qu'il ne souriait pratiquement jamais. C'était plutôt une bonne chose, en fin de compte. Parce que lorsqu'il souriait, elle se faisait l'effet d'un glaçon dans une poêle brûlante.

— Du moment que vous portez la culotte avec les lèvres, c'est sans importance, répondit-il.

— Elle est toujours sur moi.

— Pour le moment, observa-t-il en haussant les sourcils.

Karin se mit à triturer l'ourlet de son débardeur.

— Vous voulez entrer ?

Et me retirer ma culotte ?

— J'aimerais mieux aller dîner, si ça ne vous dérange pas. Je n'ai rien mangé et je connais un resto que les touristes n'ont pas encore découvert.

Cela prolongerait son agonie, mais elle pourrait en profiter pour commander un verre de vin, histoire de se détendre un peu. Pour l'instant, elle se sentait aussi souple et malléable qu'une tige d'acier. Tenir des propos audacieux au téléphone était une chose, regarder Houston dans les yeux en était une tout autre.

— Bien sûr, s'empressa-t-elle d'acquiescer.

Le claquement de ses tongs, tandis qu'ils se dirigeaient vers sa voiture, rendit Karin épouvantablement consciente du silence qui s'était établi entre eux. Elle avait toujours eu tendance à bavarder – voire jacasser – et avait une sainte horreur du silence.

— Comment s'est passée cette séance de surf ?

— Bien. Des vagues énormes.

Elle hocha poliment la tête, s'attendant qu'il développe. Au bout de six secondes, elle comprit qu'il n'en ferait rien. Il déverrouilla la Jeep et elle grimpa sur le siège passager.

— Je n'ai jamais surfé… Ça a l'air sympa, mais je ne suis pas très sportive, et j'ai entendu tellement d'histoires horribles, genre maillot de bain arraché, morsures de requin et coups de soleil, que j'ai préféré m'abstenir.

Ça y est : elle jacassait.

— Il ne m'est jamais rien arrivé de ce genre, dit Houston sans quitter la route des yeux. Si vous aimez l'eau, vous devriez essayer. Ça fait un peu l'effet d'être sur des montagnes russes.

— C'est vrai ? Vous pourriez peut-être m'apprendre à en faire.

— Je ne me portais pas volontaire, répondit-il en secouant la tête. Je n'ai pas envie de me noyer accidentellement.

— C'est censé vouloir dire quoi ? répliqua-t-elle, piquée au vif.

Houston se gara dans un parking, puis se tourna vers elle, un petit sourire lui retroussant les lèvres.

— Rien. J'adorerais vous voir surfer. Je serais même prêt à payer pour ça.

Vexée, Karin ne trouva pas de réplique appropriée et se contenta de lui tirer la langue. À sa grande surprise, Houston saisit prestement sa langue entre le pouce et l'index.

— Mmm... fit-elle avant de réaliser que parler sans bouger la langue était impossible.

Le désir le disputait à l'amusement dans les yeux bleus qui la dévisageaient.

— Vous avez bien mieux à faire avec cette langue, Karin.

Il la lâcha, mais avant qu'elle ait eu le temps de refermer la bouche, il introduisit le bout de *sa* langue entre ses lèvres. Un frisson secoua Karin et le désir pointa entre ses cuisses. Elle laissa échapper un soupir, consciente d'avoir déjà perdu la bataille. Il l'avait domptée d'un simple baiser. Elle était partagée entre l'envie de le repousser et celle de l'attirer contre elle.

Ses bras demeurèrent suspendus en l'air, reflétant son indécision, et elle ferma les yeux. Houston la laissa aller et s'écarta.

— Vous aimez le crabe ?

Karin le dévisagea en s'efforçant de retrouver son souffle.

— Hein ?

Il désigna du pouce le restaurant qui se trouvait devant eux. *La paillote à crabe du vieux loup de mer*, pouvait-on lire sur l'enseigne. Pour ce que ça intéressait Karin, ça aurait aussi bien pu s'appeler *Au crabe cracra*.

— Bien sûr, du crabe, ce sera parfait. Du moment qu'ils acceptent les clients en tongs.

— Aucun problème. La plupart des tables sont à l'extérieur. La salle donne sur une plage privée.

Une fois dans le restaurant, Karin traversa derrière lui la salle mal éclairée et franchit la porte donnant sur la terrasse. Après s'être brièvement entretenu avec l'hôtesse, Houston la prit par le coude et la guida jusqu'à une table qui permettait de contempler le soleil couchant sur l'océan.

— J'adore regarder la mer, déclara Karin dans un soupir. Et c'est agréable de se passer un peu de l'air conditionné.

— Vous êtes originaire de la région ?

— Pas exactement, non. Nous avons quitté le Michigan pour venir ici quand j'avais treize ans.

— Dans ce cas, je m'étonne que l'air conditionné vous déplaise. La plupart des touristes se plaignent de la chaleur et de l'humidité.

— De même que lorsque nous allons dans le Nord, nous enfilons un pull à la moindre brise alors que les gens du coin se baladent en short.

— Certes, admit-il avec un sourire.

Karin attrapa le menu qui se trouvait devant elle et étudia Houston. Sa réserve alliée à son regard brûlant la laissaient perplexe. Elle se sentait jeune et gauche en face de lui. C'était la première fois qu'elle sortait avec un homme aussi sérieux et viril. Elle ne savait absolument rien de lui, en dehors du fait qu'il avait envie de coucher avec elle.

Elle s'éventa le visage avec son menu et s'efforça de penser à autre chose.

— Qu'y a-t-il de bon à manger, ici ?
— Du crabe.
— Ah, oui, bredouilla-t-elle en rougissant. Je prendrai donc du crabe.
Et un grand sac pour me cacher la tête dedans.
Houston sentait qu'il la mettait mal à l'aise. Il la dévisageait ouvertement et ne faisait aucun effort pour alimenter la conversation. Mais c'était plus fort que lui. Il était conscient de manière aiguë de sa présence, et n'était pas mécontent que la table dissimule son érection !
— Quel âge avez-vous, Houston ? Ça fait longtemps que vous êtes chirurgien ? Moi, j'ai vingt-sept ans, bientôt vingt-huit, débita-t-elle en tortillant une serviette en papier entre ses doigts.
— J'ai trente-trois ans. J'ai exercé à l'hôpital de Daytona pendant cinq ans avant de venir ici.
Il savait qu'elle avait envie d'en savoir plus et aurait aimé satisfaire sa curiosité, mais il n'avait aucun talent pour la conversation. Karin ne ressemblait pas aux autres femmes avec qui il était sorti. Sa candeur l'attirait et le rebutait tout à la fois. Elle l'effrayait. Non, en fait, c'était la profondeur des sentiments qu'elle lui inspirait qui l'effrayait.
— J'ai choisi cette spécialité parce que j'apprécie les patients d'un certain âge, se contraignit-il à ajouter. Ils ont moins peur que les jeunes et sont plus reconnaissants. C'est appréciable.
Karin sourit et il comprit que sa réponse lui avait plu. Gêné, il se tortilla sur sa chaise et fut soulagé de voir approcher le serveur. Quand celui-ci s'éloigna avec leurs commandes, le sourire de Karin était toujours accroché à ses lèvres.
— Donc, vous avez vingt-sept ans, reprit-il en ayant l'impression que ces six années de différence avaient fait de lui quelqu'un de blasé. Qu'est-ce qui vous a décidée à devenir chirurgienne, Karin ?

— Mon père. Il était lui-même chirurgien, répondit-elle en baissant les yeux. Il est mort quand j'avais quinze ans et l'idée que je suive la même voie que lui le rendait très fier. Et puis, comme vous, ajouta-t-elle en le regardant, j'aime aider les gens. Je suis quelqu'un de très sociable.

Houston la regarda froncer son adorable petit nez, contempla les taches de rousseur sur ses joues, et sentit son embarras s'estomper. Il lui sourit.

— Vous êtes très communicative, en tout cas.

— Façon polie de dire que je suis bavarde ! s'esclaffa-t-elle.

— Non, j'aime bien vous écouter, assura-t-il, et il était sincère.

— Votre famille habite près d'ici ?

— À Acadia même. Ma mère, ma sœur, son mari et leurs deux filles. C'est en partie pour cette raison que je suis venu travailler ici. Même si Daytona n'était qu'à vingt minutes.

Quand on lui posait des questions sur sa famille, Houston avait des réponses toutes faites. S'entendre formuler mécaniquement ces réponses lui fit soudain réaliser que même s'il avait voulu entretenir une relation durable, aucune femme n'aurait jamais succombé à son charme. Il s'efforça de poursuivre, tout en se demandant pourquoi il se donnait autant de mal.

— Mes nièces, Miranda et Abby, ont quatre et deux ans, et ce sont de vraies boules d'énergie.

— Racontez-moi une anecdote amusante à leur sujet.

— Comment cela ?

— Allez, on a toujours une histoire drôle à raconter sur les enfants !

— Eh bien…

Houston se représenta Miranda et Abby, leurs cheveux bruns encadrant leurs petits visages, leurs moues tour à tour séductrices ou boudeuses.

— Elles trouvent amusant de m'appeler Tonton Rouston.

Karin éclata de rire.

— Je parie que vous les gâtez outrageusement.

— Absolument pas. Ma sœur peut bien dire ce qu'elle veut, la maison gonflable que j'ai offerte à Miranda pour son anniversaire n'avait rien d'excessif. Trois mètres sur trois, c'est un minimum.

Karin secoua la tête, visiblement amusée. Houston étendit les jambes sous la table. Il ne s'en tirait pas si mal que ça, finalement. Il se sentait presque détendu avec Karin. Une sensation qu'il n'éprouvait normalement qu'en surfant ou en mangeant des lasagnes préparées par sa mère.

— Je suis fille unique. Je regrette de ne pas avoir de neveux et de nièces.

— Quand vous serez trop gravement en manque, je vous prêterai les miennes. Les changes complets et les aventures de Dora l'Exploratrice n'auront plus aucun secret pour vous.

— Vous aimeriez avoir des enfants, Houston ?

Il avait toujours détesté qu'une femme lui pose cette question. Elle impliquait que sa réponse l'intéressait – qu'elle projetait, espérait, supputait. D'ordinaire, il se contentait d'un « non » froid, et observait le changement d'expression de son vis-à-vis. Certaines s'aventuraient à lui demander pourquoi, d'autres s'efforçaient de le faire changer d'avis, d'autres enfin le regardaient comme s'il venait de flanquer un coup de pied à un chiot. Toutes, cependant, le laissaient tranquille une fois qu'il avait expliqué être bien trop égoïste pour s'occuper de mioches ingrats. Il n'avait jamais avoué la vérité à aucune d'entre elles. À savoir, qu'il avait désespérément envie d'être père, de sentir un petit corps chaud s'abandonner contre lui en toute confiance, mais qu'il était terrifié à l'idée de ne pas être à la hauteur.

Son propre père ne lui avait pas vraiment offert un modèle à imiter.

Quelque chose – il n'aurait su dire quoi – l'incita à dire la vérité à Karin Adkins.

— Oui, j'aimerais bien avoir des enfants.

Elle hocha la tête d'un air pensif.

— Ça se voit. Vous serez un père dévoué. Heureux enfants !

Sauf qu'il n'en aurait jamais. Cette perspective l'irrita soudain et il haussa les épaules, feignant une désinvolture qu'il était loin de ressentir.

— Sauf que je ne peux pas avoir d'enfants sans femme, et comme je n'ai pas l'intention de me marier…

— Pour le moment, vous voulez dire ? demanda-t-elle en soutenant son regard.

— Non. Je veux dire jamais.

5

Karin était fichue. Réduite à l'état d'épave, tel un vaisseau qui se fracasse contre les rochers à minuit. Elle était tout simplement en train de tomber amoureuse de Houston.

Il marchait sans mot dire à côté d'elle sur la plage et elle était repue de crabe, de vin et de sensations. Les silences qui ponctuaient leur conversation ne la dérangeaient plus autant qu'avant, même si elle prononçait dix mots quand Houston en lâchait un.

Elle avait appris un certain nombre de choses sur lui au cours du dîner, mais jamais, à aucun moment, la tension sexuelle qui ne laissait planer aucun doute quant à l'issue de cette soirée n'avait disparu. Le fait qu'il voulait lui faire l'amour transparaissait dans ses propos les plus anodins, la déstabilisant, et accroissant son désir.

Ses tongs à la main, Karin laissait le sable couler entre ses orteils et regardait le soleil rouge plonger sous la ligne d'horizon. Hormis les cris des mouettes, le souffle régulier de Houston et les battements affolés de son cœur, la nuit était calme.

— Je croyais que cette plage était privée, remarqua-t-elle en se rapprochant de lui pour éviter un morceau de bois flotté.

— Elle l'est. Elle appartient à une association de copropriétaires dont je fais partie, répondit-il en désignant un bloc de maisons blanches. J'habite là-haut.

Karin se sentit gagnée par la panique. Ils étaient tout près de chez lui. Dans cinq minutes, elle ne pourrait plus reculer.

— Ça a l'air charmant. La vue doit être splendide et il y a beaucoup de fenêtres pour l'admirer, commenta-t-elle pour meubler le silence.

Houston s'immobilisa et se tourna vers elle. Elle s'attendait qu'il lui prenne la main pour la rassurer, mais elle aurait dû savoir que ce n'était pas son genre. Il glissa la main derrière sa tête pour l'inciter à se rapprocher de lui et s'empara de sa bouche. Son baiser était exigeant, habile et impatient. Karin lâcha ses tongs et perdit dans la foulée le peu de contrôle qu'elle exerçait encore sur elle.

Non pas qu'elle ait prévu de lui résister, ni cru une seconde qu'elle pourrait mener la danse. Houston était bien trop dominateur et habitué à parvenir à ses fins.

Il interrompit leur baiser et la libéra.

— Ramassez vos tongs, on est presque arrivé.

Karin cligna des yeux en se demandant comment il pouvait passer si rapidement d'une chose à une autre. Le souffle court, elle se pencha pour récupérer ses tongs. Houston grommela un juron et les attrapa avant qu'elle en ait eu le temps.

— Je vous interdis de vous pencher ainsi avant d'être chez moi !

Karin n'avait absolument pas cherché à l'exciter, mais puisque la fascination que son postérieur exerçait sur lui était la seule arme dont elle disposait pour le dominer, elle décida de le taquiner. Comme il lui tendait ses tongs, elle retira la main au dernier moment si bien qu'elles tombèrent de nouveau sur le sable. Lui adressant un sourire malicieux, Karin se pencha en pliant à peine les genoux et attendit qu'il pousse un juron.

— Nom de Dieu, Karin !

Son sourire s'élargit, mais elle laissa échapper un glapissement en sentant les mains de Houston lui agripper fermement les fesses.

— Houston !

Elle ne s'était pas attendue à autant d'audace de sa part.

— N'entreprenez jamais quelque chose que vous ne soyez pas certaine de terminer, Karin, déclara-t-il en lui palpant amoureusement le postérieur.

Karin n'aurait jamais imaginé que ce simple contact suffise à la paralyser. Incapable de bouger, ne le voulant pas, elle se laissa caresser. Ses grandes mains possessives étaient partout, sur ses fesses, entre ses cuisses, le bout de ses doigts se rapprochant dangereusement de l'épicentre de son désir. Ses jambes se raidirent et les pointes de ses seins durcirent sous son débardeur.

Le gémissement qui lui échappa ressemblait à s'y méprendre à celui d'un chien réclamant d'aller faire ses besoins. Elle aurait dû avoir honte, mais n'éprouva qu'un désir aveuglant. À présent, la main experte de Houston effleurait son clitoris à travers son short.

— Pas ici, le supplia-t-elle dans un sursaut de pudeur, sachant pertinemment qu'elle serait incapable de lui résister s'il continuait.

— Personne ne peut voir ce que je fais, je suis collé à vous. On ne peut pas deviner où est mon doigt, lui chuchota-t-il à l'oreille. Je pourrais vous pénétrer sans que personne s'en rende compte ; on croirait que je vous fais un câlin.

Il allait passer à l'acte et Karin allait jouir devant tout le monde ! Une petite voix lui souffla que le frottement qu'il infligeait à son entrecuisse risquait difficilement de passer pour un câlin gentillet. Et cela risquait d'établir entre eux un précédent gênant. Si elle donnait libre cours à son plaisir au vu et au su de tous, de quoi Houston la croirait-il capable ? Elle allait se retrouver attachée, nue, au lustre de son salon si elle ne faisait pas attention.

Se forçant à garder les yeux ouverts, elle avala douloureusement sa salive et essaya d'ignorer l'insidieux supplice auquel il la soumettait.

— Je crois que personne ne serait dupe, haleta-t-elle en serrant les cuisses pour lui interdire le passage.

Cette tentative ne servit qu'à emprisonner sa main, qu'il pressa plus fermement contre elle. Karin ne put s'empêcher de savourer une longue seconde la délicieuse sensation induite par cette pression. Puis elle fit appel à la volonté qui lui avait permis de mener à bien ses études de médecine pour s'écarter de Houston.

Il ne dit rien, mais elle perçut son souffle haché et la tension qui émanait de lui. Une petite brise venant de l'océan fit voleter ses cheveux quand elle pivota face à lui. Il se tenait raide comme un piquet, les bras ballants ; la braguette de son jean livrait un combat à l'issue incertaine pour contenir son impressionnante érection.

Houston ne lâcha pas une plaisanterie, ne s'efforça même pas de dissimuler son embarras derrière un sourire ni de remuer les hanches comme font généralement les hommes en pareil cas. Plongeant la main dans sa poche, il en sortit son trousseau de clés dont il passa l'anneau autour de son index.

Il ne supplierait pas, n'insisterait pas, ne chercherait pas à pousser son avantage. Karin le connaissait désormais suffisamment pour le deviner. Il se contenterait d'attendre, sûr de son charme, jusqu'à ce que ce soit elle qui le supplie, docile et offerte.

Il n'était cependant pas aussi distant qu'au bloc opératoire. Il était tout aussi à cran qu'elle, mais il se contrôlait mieux.

— La prochaine fois que vous vous aviserez de vous pencher pour m'exciter, je pourrais bien vous donner une fessée au lieu de vous caresser.

Karin écarquilla les yeux et posa instinctivement les mains sur ses fesses. Voyant qu'elle le fixait comme si elle commençait à se demander si elle n'avait pas accepté de passer la nuit avec un pervers, il s'efforça de lui sourire pour la rassurer.

— Une *petite* fessée, rectifia-t-il.

Il aurait dû faire marche arrière et lui présenter ses excuses, mais il avait horreur de reconnaître ses torts. Il considérait cela comme une preuve de faiblesse. Et puis… il avait réellement envie de lui donner une fessée pour la punir de le soumettre à ce supplice sexuel.

Un souvenir de son père l'assaillit soudain. Il revit son énorme paluche s'abattre sur le visage de sa mère, étendue sur le carrelage de la cuisine, et un éclair de haine pure le traversa. L'idée qu'il pourrait un jour se comporter comme ce salaud le hantait. Que se passerait-il s'il découvrait qu'il ressemblait bien plus à son père qu'il ne voulait l'admettre ?

Il contempla la silhouette de Karin qui se détachait sur le couchant et se demanda s'il ne ferait pas mieux de renoncer à cette aventure. Cette femme était bien trop dangereuse.

Elle lui sourit et deux adorables fossettes lui creusèrent les joues.

— Ce ne serait pas très malin, dit-elle en tirant sur le bas de son short. Je basculerais probablement en avant et je me casserais les dents.

Le ton solennel de cette déclaration l'amusa tellement qu'il en oublia ses idées noires. Il fallait peut-être qu'il se méfie de Karin, mais il était incapable de lui résister.

— Ce serait dommage d'abîmer un aussi joli sourire, commenta-t-il en lui effleurant le bout du nez. Y a-t-il autre chose que je doive savoir avant qu'on se mette en route ? Aucun traitement médical particulier ? Aucune allergie ?

— Je suis incapable de toucher mes orteils.

Cette réponse inattendue le fit éclater de rire.

— Je tâcherai de m'en souvenir, promit-il en s'emparant de sa main.

Il s'efforça de ne pas penser que c'était la première fois qu'il s'autorisait un geste aussi tendre avec une femme. Mais tandis qu'ils se dirigeaient vers son appartement, il se surprit à lui caresser la main, et constata qu'il appréciait de sentir son bras cogner contre le sien au rythme de leur marche, de la voir lever vers lui un regard impatient et confiant. Ses yeux reflétaient un bonheur qui anéantissait toutes ses défenses et lui donnait envie de sourire.

Il se passait quelque chose, et cela ne lui disait rien de bon. Sentir la main de Houston dans la sienne lui faisait battre le cœur et l'empêchait de respirer normalement. Elle ne s'était pas attendue à ce qu'il se comporte ainsi. Le silence à la fois tendre et complice qu'ils partageaient lui donnait envie de hurler.

Elle avait fait une erreur. Elle était tout bonnement incapable de jouer les désinvoltes expérimentées et distantes. C'était réservé aux femmes aux ongles impeccablement laqués, obligées de porter un Wonderbra sous leur petite robe Ann Taylor.

— Il fait bon ce soir, babilla-t-elle pour dissimuler son malaise. C'est étonnant pour la saison. C'est pour ça que je porte les cheveux courts. Il fait tellement chaud ici.

Elle laissa passer cinq secondes avant de reprendre :

— Vous n'avez jamais pensé à vous faire faire un tatouage ?

Elle leva la main qu'il tenait toujours pour toucher son épaule nue du bout du doigt. Les phalanges de Houston effleurèrent sa peau, lui arrachant un frisson.

— Moi, j'aimerais bien. Ici. Une rose ou un truc dans ce goût-là. Cela dit, maintenant que j'y songe, ce serait moche. Ma peau est aussi blanche que du fromage blanc. Une rose ressemblerait à une tache de sang.

Houston ne fit aucun effort pour la tirer d'embarras et la conduisit jusqu'à la porte de sa maison sans desserrer les lèvres. Sa main toujours dans la sienne, il introduisit habilement la clé dans la serrure, et Karin se demanda s'il sentait qu'elle risquait de détaler comme un lapin s'il la lâchait. Elle aurait voulu dire quelque chose d'intelligent, de fin, de subtil, mais rien ne lui vint à l'esprit.

La porte s'ouvrit et Houston se tourna vers elle. Il inclina la tête, sa bouche se posa sur son épaule et il aspira sa chair entre ses lèvres. Karin laissa échapper un soupir hoquetant. Il fit courir la pointe brûlante de sa langue sur sa peau et un nouveau frisson la traversa en même temps qu'un tourbillon de désir. Elle avait tout à la fois peur et désespérément besoin de sentir ses mains sur elle.

— Votre peau n'évoque absolument pas le fromage blanc, murmura-t-il contre son oreille. Elle est aussi blanche que du lait et aussi douce que de la crème, et je veux vous lécher partout.

Karin en demeura sans voix. Elle eut seulement la force de hocher la tête. Ses doigts pianotèrent dans son dos avant de venir effleurer son ventre, tandis que, de la pointe de la langue, il traçait une ligne de son épaule à la base de son cou, laissant sa peau humide et frissonnante.

— Vous ne voulez pas qu'on entre ? demanda-t-elle.

L'entrée avait beau être privée, et entourée de buissons, Karin avait l'impression d'être exposée aux regards.

— Pourquoi ? répondit-il en attrapant le bas de son débardeur qu'il fit passer au-dessus de sa tête sans lui laisser le temps de réagir. Seriez-vous timide ?

Profondément choquée de se retrouver en *soutien-gorge* sur le pas de sa porte, elle voulut protester, mais Houston l'en empêcha d'un baiser. Elle fut tentée de le repousser et d'exiger d'entrer chez lui, puis elle se dit que personne ne les regardait et se laissa gagner par les délicieuses sensations que ce baiser éveillait en elle.

Une grande main de chirurgien s'était faufilée sur son sein, uniquement recouvert de dentelle blanche. Karin, qui avait vu plus d'une fois ses doigts à l'œuvre, les avait vus agir avec la plus extrême précision, sentit son pouce soumettre la pointe érigée de son sein à ses soins experts. Quand il interrompit leur baiser pour poser les lèvres sur son décolleté, elle ne songea pas à protester. Bien au contraire. Penchant la tête en arrière, elle savoura la suave sensation.

— J'adore votre corps, souffla-t-il en l'enlaçant. Vous avez les rondeurs qu'il faut, là où il faut.

— Je suis trop grosse.

— Qui a dit cela ? demanda-t-il en rivant ses beaux yeux bleus aux siens.

— Tout le monde. Je suis petite et ronde. J'ai au moins quinze kilos de trop.

Il l'observa en fronçant les sourcils, et elle se demanda pourquoi elle s'ingéniait à gâcher ce qui promettait d'être l'une des expériences les plus érotiques de sa vie.

— Bon, d'accord, je ne suis pas obèse, mais je suis trop blanche et trop molle pour qu'on puisse me considérer comme jolie, s'entendit-elle dire en rougissant.

Elle ne voulait pas dire cela. Mais le fait que le Dr Hayes ait envie d'elle lui apparaissait comme un fantasme devenu réalité. Elle avait autant de mal à y croire que si on lui avait appris qu'elle venait de gagner vingt millions à la loterie.

Houston recula d'un pas dans l'entrée de sa maison et la détailla ouvertement de la tête aux pieds.

— J'ai tellement envie de vous que je n'ai pu penser à rien d'autre de la journée. Je rêve de votre corps et de ce que je pourrais lui faire, et des mille façons dont j'aimerais vous prendre.

Cette déclaration sans détour la fit ciller.

— Quelle partie de votre corps vous semble trop grosse ?

Il passa les mains derrière son dos, dégrafa son soutien-gorge et le fit glisser le long de ses bras pour libérer sa poitrine. Oui, elle aurait aimé avoir de plus petits seins. Elle les trouvait inutiles et encombrants. Houston envoya le soutien-gorge rejoindre son débardeur à ses pieds. Elle se retrouvait à moitié nue sur son paillasson, mais il couvait ses seins d'un regard si intense qu'elle s'en moquait.

— Vous aimeriez qu'ils soient plus petits ? demanda-t-il en soupesant amoureusement ses seins. Ce serait vraiment dommage, parce que je ne pourrais pas faire ça…

Il enroula la langue autour de la pointe dressée en émettant de petits soupirs de bien-être, comme s'il dégustait une glace. Karin s'agrippa aux montants de la porte.

— Oui, ce serait dommage, souffla-t-elle.

— Et là ? poursuivit-il en posant les mains sur ses hanches. Si vous étiez plus étroite, je craindrais de vous faire mal en vous pénétrant.

Cette évocation tira un gémissement à Karin. Elle avança d'un pas. Houston attrapa les passants de la ceinture de son short, l'attira à l'intérieur et referma la porte sur eux.

— Sur quoi pourrais-je fantasmer si vous aviez de plus petites fesses ? lui chuchota-t-il à l'oreille en recouvrant celles-ci de ses mains. Quel plaisir aurais-je à vous donner la fessée quand vous êtes vilaine ?

Elle soupira, inclina la tête de côté comme il introduisait la langue au creux de son oreille. Elle serra les cuisses et ses muscles intimes se contractèrent, anticipant l'instant où il bougerait en elle au même rythme que sa langue.

— Vous avez un corps de femme. Une femme ne doit pas ressembler à un gamin de douze ans, comme ces top models anorexiques.

Il fit lentement glisser ses mains le long de son cou. Karin comprit qu'elle lui plaisait vraiment et, pour la première fois de sa vie, se sentit désirable.

Les doigts de Houston s'activaient sur les boutons de son short et elle nota qu'il ne tremblait pas. Elle préféra éviter de se demander si cela tenait à son expérience de chirurgien ou à ses talents de séducteur. Houston lui avait proposé de passer une nuit avec lui. Une seule.

Elle tressaillit en sentant son sexe en érection se plaquer contre son ventre, brûlant sa chair à travers sa culotte.

— J'ai furieusement envie de vous, Karin.

Elle fut sur le point de répondre, mais les mots restèrent coincés dans sa gorge comme ses doigts se frayaient un chemin sur son ventre et elle ferma les yeux. Houston tira sur son short d'un geste sec et elle le sentit glisser le long de ses jambes.

Une bouche rouge aux lèvres entrouvertes s'étalait bel et bien sur le devant de la culotte de Karin, entre ses cuisses, juste au-dessus de son clitoris. Houston sentit sa gorge se serrer si fort qu'il eut l'impression d'avoir avalé tout rond une orange et se laissa tomber à genoux devant elle. Karin laissa échapper un petit cri de surprise et voulut reculer, mais il l'en empêcha en plaquant fermement les mains sur ses fesses et l'attira à lui pour humer le parfum de son intimité.

Derrière cette bouche, il savait qu'il trouverait sa fente moite de désir et quand il posa les lèvres dessus, il imagina qu'elles franchissaient le rempart de sa culotte et qu'il découvrait la saveur de son sexe. Le gémissement de Karin refléta parfaitement ce qu'il ressentait.

Il aimait la façon dont ses doigts s'enfonçaient dans sa chair, sa douceur, son impatience. Lorsque ses lèvres remuèrent sur la petite bouche rouge, les jambes de Karin l'enserrèrent dans un cocon musqué. Houston mangeait cette bouche, il l'embrassait, la mordait, la suçait. Le désir de Karin trempait autant sa culotte que ses baisers ardents et il ne tarda pas à goûter la saveur épicée de son sexe à travers l'étoffe.

Karin lui avait agrippé fermement les épaules ; elle haletait en murmurant des paroles sans suite ce qui le rendit fou. Il pressa plus fortement les lèvres contre son mont de Vénus et son sexe durcit davantage dans son jean.

— Non ! s'exclama Karin en lui écartant la tête à contrecœur avant de tituber en arrière.

Houston laissa échapper un grognement et essuya ses lèvres humides d'un revers de main. Il s'apprêtait à lui demander pourquoi elle l'empêchait de continuer quand elle poussa un cri qui n'avait rien d'orgasmique et battit soudain l'air de ses bras. Paralysé par la vision de ses seins ballottant à vingt centimètres de ses yeux, Houston ne réagit pas suffisamment rapidement. Ce fut son vélo, appuyé contre le mur, qui réceptionna Karin. Ledit vélo dégringola sur le carrelage et heurta la jambe de Karin, qui bondit en avant pour lui échapper et s'affala sur le sol.

— Ça va ? s'inquiéta-t-il. Que s'est-il passé ?

Karin, les joues roses d'émotion, laissa échapper un gloussement.

— J'avais oublié que mon short était toujours autour de mes chevilles et j'ai trébuché.

Houston fut si soulagé qu'elle n'ait rien de cassé qu'il dut réprimer un fou rire. Karin s'en aperçut et sourit.

— Et voilà ! L'empotée de service a encore frappé !

— Je suis censé vous aider à guérir, non ? déclara-t-il d'un ton suave. De votre maladresse ?

— En effet, répondit-elle.

La vision de son corps étendu à terre, disposé à céder à tous ses caprices, lui tira un grognement. Cette fille était faite pour l'amour. Elle n'était pas bâtie pour être mannequin ou sportive de haut niveau, mais pour donner du plaisir à un homme, tout simplement.

Houston plaça les genoux de part et d'autre de ses jambes et se pencha au-dessus d'elle, les bras en appui près de ses hanches de façon à lui caresser les poignets des pouces.

— Pourquoi m'avez-vous empêché de continuer ? Vous étiez au bord de l'orgasme alors que je ne vous avais pas encore retiré cette délicieuse petite culotte !

— Je sais. C'est justement pour ça.

Houston effleura la pointe de son sein d'un baiser. Elle avait une poitrine superbe, pleine et ferme. Sur sa peau blanche, les larges aréoles couleur pêche lui donnaient envie de planter les dents autour et de les sucer.

— Houston ?

— Mmm ?

Il ne faut jamais prendre les envies dévorantes à la légère. Happer la pointe érigée de son sein dans sa bouche lui était apparu comme une excellente idée, et quand il passa à l'acte, sa saveur aigre-douce vint confirmer cette impression.

— Vous voulez bien m'embrasser encore ? Sur les lèvres.

Cette fois, ce fut lui qui ferma les yeux. Il compta jusqu'à dix en retenant sa respiration. Le ton sur lequel elle avait prononcé ces paroles ne laissait aucun doute quant à la nature des lèvres auxquelles elle se référait.

Quand il rouvrit les yeux, ses seins splendides se tendaient vers lui et un petit sourire impatient lui retroussait la bouche. Le doigt de Karin descendit furtivement jusqu'à sa culotte et désigna les lèvres rouges.

— Je vous embrasserai où vous voudrez, Karin. Je vous embrasserai partout, toute la nuit.

6

Houston écumait presque de désir pour elle, et quand elle le vit dans cet état, Karin se sentit plus séduisante que jamais. Il inclina la tête et ses cheveux bruns se rapprochèrent de son entrejambe, dans l'intention évidente d'honorer sa requête. Changeant subitement d'avis, elle recula avant qu'il ait eu le temps d'atteindre son objectif. Elle avait envie de faire durer le plaisir.

— Où allez-vous ? demanda Houston en la suivant à quatre pattes.

Il la coinça contre le mur, le regard brillant de détermination. Le dos de Karin entra en contact avec la cloison froide ; elle posa instinctivement les mains sur ses seins, d'autant plus consciente de sa nudité que lui était encore habillé, et serra les jambes.

— Enlevez votre T-shirt, Houston.

Il obéit sans discuter et un soupir franchit les lèvres de Karin à la vue de son torse sublime.

— Je préfère vous prévenir… dit-il en se levant et en plaçant la main au-dessus de la tête de Karin.

— Oui ? répondit-elle, retenant son souffle.

Il allait guider sa bouche vers son sexe, elle accueillerait son sexe en érection entre ses lèvres et le sucerait comme une folle…

— … il y a une étagère juste au-dessus de votre tête.

— Quoi ?

Désarçonnée, Karin laissa Houston l'aider à se relever. Lui saisissant fermement son poignet, il l'entraîna vers le salon d'un pas décidé. Arrivé devant le canapé, il la lâcha. Karin pivota sur elle-même, se pencha en avant et tendit les doigts vers ses chevilles.

— Qu'est-ce que vous fabriquez ? s'enquit-il d'une voix rauque.

— Je vérifie que je n'arrive vraiment pas à toucher mes orteils…

Le contact de la toile rêche de son jean la fit sursauter et elle faillit basculer en avant. Houston avait calé son érection contre sa raie des fesses.

— On vous donnerait le bon Dieu sans confession, mais vous savez très bien ce que vous faites, dit-il en l'empoignant par les hanches.

— Moi ? Mais je n'ai rien fait !

— Vous vous amusez à m'exciter ! Je parie que vous avez envie de recevoir une fessée.

Karin tendit instinctivement les mains vers son postérieur, inaccessible puisque Houston le recouvrait, et réalisa que l'idée qu'il mette sa menace à exécution ne la dérangeait pas vraiment. Tout à la fois excitée et choquée par sa réaction, elle voulut échapper à son étreinte, mais il la retint fermement.

— Non, Houston, je faisais ça uniquement pour vous taquiner.

— Puisque vous reconnaissez l'avoir fait exprès, je ne vous donnerai pas de fessée. Mais si vous êtes d'humeur joueuse, je peux vous proposer de jouer au docteur.

Le ton sur lequel il avait dit cela l'excita tellement qu'elle dut s'immobiliser de crainte de jouir sur-le-champ. Son sexe toujours calé entre ses fesses, Houston fit lentement aller et venir sa main entre les cuisses de Karin, puis se mit à pincer nonchalamment l'extrémité de ses seins, et elle crut devenir folle.

— Au docteur ? Vous devez être doué à ce jeu-là ! haleta-t-elle.

Il déposa un baiser brûlant sur sa nuque et un long frisson parcourut sa colonne vertébrale.

— Très doué, en effet, répondit-il. Puisque nous sommes tous deux médecins, voici comment nous allons procéder : je vous examine d'abord et vous m'examinez ensuite.

— À combien s'élèvera ma participation forfaitaire ?

Cette réponse inattendue le fit rire.

— Vu que nous nous rendons mutuellement service, je pense qu'on peut zapper la participation forfaitaire. De toute façon, ça ne fait pas partie du jeu. Vous n'avez jamais joué au docteur quand vous étiez petite ?

— Non. J'étais du genre grassouillette et garçon manqué. Je jouais surtout avec des garçons, mais aucun d'entre eux ne m'a jamais proposé de jouer au docteur.

Cette réponse le déstabilisa. Karin ne se rendait apparemment pas compte que son corps fait pour l'amour lui inspirait un violent désir. Le terme « grassouillet » ne lui serait jamais venu à l'esprit pour la décrire. Certes, Karin n'était pas mince, mais la rondeur de ses hanches invitait irrésistiblement à la posséder par-derrière ; ses os ne saillaient pas et ses seins, merveilleusement fonctionnels, ne ressemblaient pas à des boutons de porte décoratifs.

— À dire vrai, je n'y ai jamais joué non plus, confessa-t-il. C'est vous qui m'inspirez cette envie, ajouta-t-il en glissant la main dans sa culotte.

La respiration de Karin se fit hachée. Avec un détachement feint, Houston insinua les doigts entre ses lèvres pour agacer son clitoris.

Karin était moite. Prête à le recevoir.

— Votre corps me rend fou, murmura-t-il en poursuivant ses caresses. Je veux vous embrasser partout pour vous montrer à quel point il me fascine.

La voix de Karin, ordinairement aiguë et enjouée – naïvement exubérante, pourrait-on dire – descendit d'une octave, sans toutefois se départir de cette sensualité qui lui plaisait tant, comme elle répondait :

— On peut faire ça quand vous voulez. Tout de suite, ce serait bien.

Houston écarta la main, et un petit couinement déçu échappa à Karin, vite étouffé quand il baissa sa culotte d'un seul coup. Il s'accroupit pour lui libérer les pieds, l'un après l'autre, et l'aida à conserver son équilibre en lui maintenant les chevilles. Il en profita pour lui caresser les pieds, remarquant au passage ses adorables orteils, tout ronds et minuscules.

Il glissa sa culotte dans la poche arrière de son jean, bien décidé à ne jamais la lui rendre.

— Pourquoi mettez-vous ma culotte dans votre poche ? s'étonna-t-elle, comme elle avait pivoté face à lui.

— Parce que je me l'approprie, répondit-il en déposant un baiser sur sa cuisse.

Ses lèvres remontèrent lentement jusqu'au triangle sombre. Il glissa l'index dans sa fente luisante d'humidité, le porta à sa bouche et ferma les yeux quand la saveur musquée de son désir explosa sur sa langue.

— Pourquoi voulez-vous vous l'approprier ? demanda-t-elle en cherchant à reculer.

Affermissant sa prise sur ses hanches, Houston enfouit le visage entre ses cuisses, le temps de trouver une réponse. Hors de question qu'il lui avoue la vérité !

La vérité, c'était qu'il considérait que cette culotte lui appartenait parce qu'il voulait conserver un souvenir de ce qu'ils allaient faire au cours de l'unique nuit qu'ils passeraient jamais ensemble.

— C'est un trophée, murmura-t-il en approchant les lèvres de son clitoris gonflé.

Un seul coup de langue suffit à déclencher l'orgasme de Karin, qui laissa échapper un long gémissement voluptueux. Abasourdi, Houston agrippa fermement son corps frémissant sans interrompre ses coups de langue, désireux d'accroître le plaisir contre lequel elle semblait lutter. Son orgasme fut bref, mais intense. Houston sentit ses doigts se détendre sur ses épaules, l'ondulation de ses hanches ralentit et il appliqua un ultime coup de langue à son bouton d'amour avant de s'écarter.

Il plaqua un baiser sur sa cuisse rose, ravi de l'avoir fait jouir si rapidement. Karin était merveilleuse. Plus fabuleuse encore qu'il n'avait imaginé. Elle s'amusait à l'exciter, mais il n'y avait pas de tricheries avec elle. Elle n'essayait pas de dissimuler ce qu'elle ressentait et il pouvait lire ce qu'elle ressentait sur son visage comme dans un livre ouvert. Il leva la tête vers ce visage, persuadé d'y découvrir un langoureux sourire de satisfaction. Il était bien là, effectivement, mais, plus criant de vérité encore que son sourire, le regard de tendre complicité dont elle le gratifia lui brisa le cœur.

Karin éprouvait des sentiments pour lui.

Merde, merde, et merde ! Cela n'aurait pas dû le surprendre ; il avait senti dès le départ que c'était inévitable. S'il avait su ordonner à son sexe de se tenir tranquille, il ne se serait pas retrouvé confronté à ce regard d'adoration qu'il redoutait tant.

Il pinça les lèvres pour éviter de proférer une absurdité – lui proposer de passer la nuit chez lui, par exemple, et de prendre son petit déjeuner avec lui le lendemain matin… et tous les matins du monde, pourquoi pas ?

— Merci, dit-elle d'un ton de profonde gratitude qui ne fit qu'accroître son malaise.

Comment pouvait-il la faire jouir et ne même pas la regarder quand elle avait la générosité de le *remercier* ?

Ployant les genoux, Karin se laissa glisser jusqu'au sol devant lui, ses seins oscillant au niveau de sa bouche.

— Qu'est-ce qu'on fait, maintenant ? souffla-t-elle.

Houston pouvait se comporter comme un abruti et lui demander de rentrer chez elle. Il pouvait aussi rassembler le peu de savoir-vivre qu'il ait jamais possédé et lui faire tendrement l'amour pour se faire pardonner la façon dont il l'ignorerait le lendemain. Il pouvait également la renverser sur le tapis et la posséder brutalement puisqu'elle semblait disposée à se laisser faire et que demain était un autre jour.

Il se redressa. Mieux valait qu'elle parte avant qu'ils ne s'embourbent dans une relation plus profonde.

— Attends, fit Karin.

Elle tira sur la fermeture de son jean, et sortit d'une main tremblante son sexe de son caleçon. Le frais contact de ses doigts attisa le désir de Houston. Il voulut la repousser doucement, mais les mots qu'elle prononça l'arrêtèrent dans son élan.

— Je veux savoir le goût que tu as avant que tu enfiles un préservatif.

Elle approcha ses lèvres entrouvertes de son sexe, exactement comme il l'avait imaginé, et il laissa échapper un grognement sourd. Quand elle le prit en bouche, ses testicules se contractèrent, son estomac se noua et ses jambes se raidirent simultanément.

Karin était divine. Ses lèvres montaient et descendaient le long de son sexe et, de ses mains agrippées à ses hanches, elle l'attirait à elle, l'incitant à envahir profondément sa bouche. Ce fut plus qu'il n'en fallait pour venir à bout de ses réticences. Il n'eut pas le courage de la repousser. Cette nuit, Karin lui appartenait, et il avait le droit de profiter d'elle autant qu'il voulait.

Elle léchait l'extrémité veloutée de son sexe, lapait avidement la goutte translucide que le désir y faisait perler, appréciant visiblement de le sentir palpiter entre ses lèvres. Houston posa les mains sur ses épaules et elle laissa échapper un soupir d'aise.

Il la fit brusquement basculer sur le dos.

— Écarte les jambes, ordonna-t-il.

Il n'attendit pas qu'elle s'exécute. Lui attrapant le genou droit, il lui écarta lui-même les cuisses. Une vague brûlante submergea Karin. Elle avait atteint un tel degré d'excitation qu'elle n'éprouvait aucune honte à offrir son corps imparfait au regard de Houston. Le regard obscurci par le désir, il lui fit plier la jambe gauche, puis déballa un préservatif qu'il enfila avec plus de hâte que de dextérité. Il affichait une expression d'abandon farouche qu'elle n'aurait jamais imaginé voir chez lui et qui l'incita à répondre sur le même mode.

Sans réfléchir, elle écarta les replis de son sexe. Houston émit une sorte de plainte désespérée et elle ferma les yeux.

Elle sentit le poids de son corps contre ses jambes quand il la pénétra d'une seule poussée impatiente et serra les dents pour réprimer un cri.

— Tu aimes ça ? demanda-t-il, le regard rivé au sien tandis qu'il se retirait lentement, pour revenir en force.

Le souffle court, Karin ne répondit pas. Chacun de ses coups de boutoir l'amenait au bord de l'orgasme. Les sensations qui tournoyaient en elle étaient d'une intensité, d'une sauvagerie tellement inouïes, ses muscles intimes se contractaient si follement qu'elle se contenta de hocher vigoureusement la tête.

— Dis-moi que tu aimes ça ! exigea-t-il d'un ton pressant.

— Oh, oui, j'aime ça, répondit-elle sans hésiter.

— Prouve-le. Crie pour moi, Karin !

Les mains plaquées sur ses fesses musclées, elle n'eut aucun effort à fournir pour se laisser aller à gémir, et ses gémissements cédèrent bientôt la place à des sons incohérents, suivis de cris de plus en plus sauvages et puissants. Elle sentit une sorte de nœud se former au creux de son ventre et sut qu'elle allait jouir de nouveau.

Houston se contentait de faire glisser son sexe en elle, et c'était plus divin que tout ce qu'elle avait imaginé. Son expression concentrée et résolue la faisait se sentir plus désirable que jamais. Elle souleva les hanches pour accompagner le rythme de ses poussées, le frottement du tapis sous son dos comme une brûlure. Aucun homme ne l'avait jamais possédée ainsi et elle comprit en un éclair qu'elle ne pourrait plus jamais regarder Houston sans que le souvenir de cet instant ressurgisse en elle. Incapable de résister à l'intensité du plaisir qui déferlait en elle, elle sut qu'elle allait connaître l'orgasme le plus fabuleux de toute sa vie.

— Ne t'arrête pas, Houston ! C'est là ! Je vais jouir !

Elle eut le temps de voir ses narines palpiter et ses lèvres se retrousser en un sourire satisfait avant que la jouissance ne la submerge et que sa vision ne se trouble. Elle s'efforça de ne pas le griffer, mais il ne lâchait pas prise et la passion qui la secouait était intolérable. Elle hurla, frémissant de la tête aux pieds encore et encore.

Houston s'immobilisa un instant avant de lui infliger une ultime poussée, son orgasme succédant au sien. Karin trouva miraculeusement la force de plaquer sa bouche sur la sienne pour étouffer son gémissement. Il palpita longuement en elle, ignorant son baiser, les lèvres trop serrées pour y répondre. Puis soudain, sa langue jaillit entre ses lèvres, franchit celles de Karin, brutale, possessive.

Sans force tout à coup, Karin retomba sur le tapis, mais Houston suivit son mouvement, déposa des baisers voraces entre ses seins, fit glisser sa langue jusqu'à son nombril.

Elle haletait, épuisée, fourbue, mais la pression des mains de Houston sur ses cuisses ne diminua pas. Il promenait sa bouche partout sur son corps, et son sexe persistait à aller et venir en elle avec une telle intensité qu'elle se demanda s'il avait vraiment joui.

La domination que ses lèvres et ses mains exerçaient sur elle lui tirait de longs frissons et faisait naître de délicieuses palpitations au plus intime de son corps. Puis il se retira, et Karin laissa échapper un soupir de satisfaction. Si Houston lui faisait subir ce traitement tous les jours, elle ne laisserait plus jamais tomber quoi que ce soit. Elle se contenterait de déambuler dans les couloirs de l'hôpital en tirant voluptueusement sur une cigarette et en ronronnant comme une chatte.

Houston lui caressait à présent les flancs, si légèrement qu'elle repoussa ses mains en gloussant. Quand elle voulut serrer les jambes, elle s'aperçut qu'elles tremblaient. Ses muscles ne lui obéissaient plus. Elle leva les yeux vers lui, fit courir ses mains sur son torse et lui sourit.

— Je crois que je suis guérie, docteur.

— Vraiment ? demanda-t-il en la couvant d'un regard suspicieux. Vous ne laisserez plus jamais rien tomber ?

— Je ne sais pas. On ne peut jamais dire jamais.

— Allons dans ma chambre. Il y a peut-être moyen de vous détendre davantage, déclara-t-il d'un ton docte en se levant et en lui tendant la main.

— Oui, docteur, souffla-t-elle de cette voix docile et haletante qui le rendait fou.

Houston ne s'inquiétait pas de savoir s'il serait en mesure de l'honorer à nouveau. Il arborait une telle érection qu'il aurait pu faucher du blé avec son sexe en faisant pivoter ses hanches de gauche à droite.

Il décida soudain d'oublier la chambre. Trop loin. Karin l'excitait vraiment prodigieusement. Même après avoir joui, il avait ressenti le besoin dévorant de l'embrasser encore et encore, jusqu'à ce qu'elle accepte de rester avec lui éternellement.

Ce qui impliquait plus d'une nuit.

Houston se débarrassa de son jean d'un geste sec. Il lui ferait l'amour encore une fois, puis il la laisserait partir. Il le fallait. Mais il comptait bien faire en sorte que cette dernière fois soit inoubliable.

Il sortit un nouveau préservatif de sa poche. Karin, qui avait visiblement deviné ses intentions, reposait sur le tapis, les bras levés au-dessus de la tête, les yeux brillants d'impatience. Après s'être protégé, Houston lui caressa les cuisses, puis les écarta largement. Il l'avait tenue si fermement, que ses doigts avaient laissé une marque rouge sur sa peau. Il fallait qu'il se calme, qu'il prenne son temps. Mais les seins de Karin se soulevaient au rythme de sa respiration haletante et pointaient si impatiemment vers lui qu'ils l'empêchaient de se détendre.

Ses lèvres étaient entrouvertes, mais elle ne disait mot, et Houston s'émerveilla d'être parvenu à la réduire au silence. La vision de sa toison humide, de son sexe offert le fit involontairement saliver.

— Karin, dit-il en se penchant pour embrasser l'intérieur de sa cuisse.

— Oui, docteur ?

Sa voix candide et flûtée finirait par le tuer.

— Vous risquez de ressentir un léger picotement, répondit-il avant de refermer les lèvres sur son clitoris pour le sucer avidement.

— Oh ! souffla-t-elle en creusant les reins. Que faites-vous, docteur Hayes ?

Elle était visiblement d'humeur joueuse.

— Ne bougez pas, chuchota-t-il. C'est bientôt fini.

Il fit courir sa langue le long de sa fente, la glissa entre les replis humides, ravi de la sentir frétiller sous ses caresses. Il appliqua un coup de langue vorace à son clitoris, puis s'écarta.

— Voilà. C'est fini.

La frustration qu'il lut sur son visage lui arracha un sourire.

— Je ne me sens pas vraiment mieux, murmura-t-elle en lui caressant le torse. Vous ne pouvez rien faire de plus ?

— Il y aurait bien un remède, répondit-il d'un ton sentencieux, mais je crains qu'il ne vous semble un peu drastique.

Frissonnante, elle cambra les hanches.

— Si vous estimez qu'il faut en passer par là, je m'en remets à votre savoir-faire, docteur, répondit-elle suavement.

Houston aurait pu contempler son corps des journées entières sans être rassasié. Il aimait la blancheur de ses bras quand elle les levait au-dessus de sa tête, la façon dont son ventre s'arrondissait, dont ses seins s'affaissaient légèrement quand elle était allongée. Il avait désiré cette femme pendant des mois, avait fantasmé sur elle en essayant de se convaincre du contraire, et maintenant qu'elle s'offrait à lui, docile et joueuse sur le tapis de son salon, il se rendait compte qu'aucun fantasme ne l'avait préparé à la réalité.

— Vous souffrez donc tant que cela ? demanda-t-il.

— Oh oui, docteur ! C'est insupportable !

Houston eut le toupet de rire. De nicher son sexe entre ses cuisses sans la pénétrer. D'effleurer du bout des doigts ses seins, sa bouche, son nez. De la pénétrer de deux centimètres pour se retirer aussitôt.

— Ce n'est pas drôle, docteur.

— Qui a ri ?

— Vous !

Le sourire de Houston s'envola et il secoua la tête d'un air navré.

— Mon Dieu ! À quelles extrémités me poussez-vous !

Karin ferma les yeux quand il la pénétra, plus tendrement que la première fois, s'arrêtant à mi-chemin. Sentir son sexe palpiter doucement en elle lui tira un gémissement. Houston adorait la faire gémir, elle le savait.

— Vous aimez, docteur ? s'enquit-elle.

Elle connaissait la réponse à cette question, mais elle avait envie de l'entendre. Houston ne répondit pas, se contentant de hocher la tête avant de s'enfoncer en elle jusqu'à la garde. Son sexe se mit en mouvement, tranquillement, la pénétrant à fond, puis reculant lentement, pour mieux recommencer. Karin laissa son corps se relâcher complètement tandis qu'il la pilonnait en rythme.

Un nouvel orgasme monta en elle, prit progressivement possession de son corps, la submergea tel un fleuve se refermant sur elle. Un souffle d'air chaud effleura sa poitrine et elle comprit que Houston avait retenu sa respiration en même temps que son propre orgasme. Qu'il laissa exploser au moment précis où le plaisir achevait de l'engloutir. Il laissa aller sa tête contre son épaule, le mouvement de ses hanches s'emballa et ses poussées se firent de plus en plus violentes. Karin se souleva à sa rencontre afin qu'il sente à quel point elle aimait ce qu'il lui faisait.

Un long frisson le secoua en même temps qu'un juron lui échappait, et Karin soupira de bonheur.

Le baiser qu'il déposa sur son épaule était si inattendu qu'elle se prit à espérer qu'il éprouvait pour elle une certaine tendresse. Peut-être même plus. Alors que c'était précisément ce qu'elle ne devait pas espérer.

Mais le mal était fait. Depuis le début, peut-être.

Elle noua les bras autour de son cou, heureuse de le sentir peser sur elle, apparemment pas pressé de s'écarter.

— Je n'étais pas censé vous montrer ma chambre ? demanda-t-il d'une voix sourde.

— Y a-t-il quelque chose d'intéressant à y voir ?

— Et comment ! lui assura-t-il.

Karin éclata de rire, mais la sonnerie du pager de Houston l'interrompit.

— Je ne suis pas de garde, je ne réponds pas, décréta-t-il en se retirant.

Karin rapprocha les genoux ; ses muscles meurtris lui tirèrent une grimace.

Au même moment, la sonnerie du portable retentit.

Les sourcils froncés, Houston se passa la main dans les cheveux. Karin soupira, devinant qu'il ne lui ferait pas les honneurs de sa chambre, finalement. De toute évidence, l'hôpital essayait de le joindre.

Ses craintes furent confirmées lorsque le téléphone fixe sonna à son tour. Houston laissa échapper un juron, mais se leva pour aller répondre.

Karin se redressa en position assise, partagée entre une intense satisfaction physique et le regret que cette nuit s'achève prématurément. Elle aurait bien aimé voir sa chambre... ainsi que toutes les pièces qu'il aurait estimé nécessaire de lui faire visiter.

— D'accord, disait Houston. Je serai là dans vingt minutes.

Elle chercha ses vêtements des yeux, puis se dirigea à quatre pattes vers son short. Houston interrompit sa progression en plaquant son sexe en érection contre ses fesses.

— C'était l'hôpital ? chuchota-t-elle.

— Oui. Une de mes patientes vient de se fracturer le bassin.

— Il faut y aller, alors, haleta-t-elle comme son sexe se nichait contre sa fente.

— Oui. Dans une seconde.

Une seconde qui s'étira une longue et agréable minute, et qui fit oublier à Karin ses muscles endoloris. Puis Houston recula, et lui donna une petite tape sur les fesses.

— Il faut vraiment que j'y aille.

— Je sais, dit Karin en s'asseyant sur ses talons.

Houston enfila son caleçon et son jean en un clin d'œil.

— Je vous amène vos vêtements, annonça-t-il.

Elle le regarda ramasser son short avant d'aller récupérer son débardeur et son soutien-gorge sur le palier. Il revint vers elle et les lui tendit.

— Désolé, fit-il après s'être raclé la gorge.

— Ne le soyez pas, répondit-elle en enfilant son short sans avoir osé lui réclamer sa culotte. Ce sont les risques du métier. Ce qui est pris est pris, non ? On a eu le temps de conclure. Deux fois, même, ajouta-t-elle avec un sourire, consciente de rougir.

— Trois, en ce qui vous concerne, corrigea Houston en se rengorgeant.

Karin s'empourpra davantage, blessée par cette remarque.

— Ne soyez pas embarrassée, dit-il, ne comprenant visiblement pas qu'il était un peu tard pour y remédier. Je serais allé jusqu'à quatre si on ne m'avait pas appelé.

Karin fut sur le point de lui demander s'il lui offrait de remettre ça, puis se ravisa. Levant les yeux au ciel, elle préféra se rhabiller en silence. Avant d'enfiler son débardeur, elle considéra tristement l'encolure.

— Vous l'avez détendu.

— Et je serais ravi de recommencer.

Elle leva les bras pour le passer et entendit, non sans satisfaction, qu'il retenait son souffle.

— Vraiment ?

— Oh, oui ! Quand vous voudrez.

Karin demeura un instant interdite. *Quand vous voudrez.* Et voilà ! Il ne l'avait pas guérie de sa maladresse. Celle-ci ressurgirait chaque fois qu'elle essayerait de trouver un sens caché aux paroles qu'il prononcerait, d'y déceler l'indice d'un avenir commun, d'une liaison durable, ou au moins d'un autre orgasme…

C'était ce qu'elle avait redouté quand il lui avait fait sa proposition dans la réserve de l'hôpital, et cela la mettait aussi mal à l'aise que prévu.

— Nous allons retourner chercher ma voiture devant le restaurant, et je vous déposerai en chemin.

— Super.

Non, ce n'était pas super. L'atmosphère était tendue, embarrassante, mortifiante, voilée d'une feinte nonchalance dont ils n'étaient dupes ni l'un ni l'autre.

— Voilà vos chaussures.

— Super.

Leurs doigts se touchèrent quand il lui tendit ses tongs et Karin retira précipitamment sa main.

— Je vais chercher une bouteille d'eau dans la cuisine. Je vous en rapporte une ?

— Super, répéta-t-elle pour la troisième fois, consciente qu'un gamin de quatre ans disposait d'un lexique plus étendu que le sien.

Elle leva les yeux et découvrit que le masque froid et indifférent était de nouveau en place. Houston avait disparu. C'était le Dr Hayes qui se tenait devant elle.

— Nous sommes donc bien d'accord au sujet de cette soirée ? Cela n'affectera en rien nos relations de travail ?

— Pas le moins du monde.

Pour la bonne raison qu'elle ne retournerait plus jamais travailler à l'hôpital. Comment avait-elle pu penser qu'elle sortirait indemne de cette aventure ? Elle n'avait plus qu'une envie : se sauver en courant et se cacher la tête dans le sable. Sauf que ça mettrait son postérieur en évidence. Non. Elle avait mieux à faire. Elle devait lui poser la question avant qu'ils ne reviennent aux manières polies et distantes des Dr Adkins et Hayes.

— Pourquoi ne me laissez-vous jamais opérer ? J'ai une certaine expérience, vous savez. Le fait que vous refusiez de me laisser prendre les commandes est très mauvais pour mon image. J'aimerais connaître vos intentions à ce sujet.

— Le moment est mal choisi pour parler de travail, Karin.

Sa réticence l'agaça.

— C'est une simple question, Houston. Si nous devons retourner à l'hôpital demain et faire comme s'il ne s'était rien passé entre nous, j'aurais au moins un aperçu de la direction que va prendre ma carrière et de ce que je peux attendre de vous.

Houston la fixa en silence. C'était précisément pour éviter ce genre de situation qu'il ne couchait jamais avec ses collègues. Les femmes ne savaient pas faire la différence entre le jeu et le travail. Elles mélangeaient toujours tout.

— J'aurais préféré aborder cette question à un autre moment, Karin, mais puisque vous insistez… Le problème, c'est que vous n'avez pas assez confiance en vous. Je ne vous laisserai pas diriger une intervention tant que je ne vous sentirai pas prête.

Les jointures de ses mains, agrippées à l'ourlet de son débardeur, blanchirent et elle plissa les yeux. De toute évidence, elle n'appréciait pas sa réponse. Mais il s'était montré honnête, et il espérait qu'elle s'en tiendrait là.

— Comment vous prouver que je suis prête ?

— Je ne sais pas… En cessant d'hésiter perpétuellement, de voleter comme un fichu oiseau qui ne sait pas sur quelle branche se poser.

— De voleter ? répéta-t-elle en haussant les sourcils.

Houston devait admettre que les termes choisis n'étaient pas les plus appropriés.

— Vous faites sans doute partie de ces gens qui pensent que j'aurais dû m'orienter vers une profession plus fantaisiste que la chirurgie ? cracha-t-elle.

Ses yeux lançaient des éclairs, à présent, et Houston recula d'un pas, pris de court.

— N'allez surtout pas vous imaginer que je vais démissionner pour devenir infirmière ou m'engager dans un cirque !

« Dans un cirque ? Comme dompteuse de singes ou clown de charme ? » s'interrogea Houston.

— Heu… Je ne sous-entendais pas que vous êtes risible.

Karin haussa les épaules et détourna les yeux.

— Mon rêve, ce serait d'être grande, mince, et de ne pas avoir de fossettes afin qu'on me prenne enfin au sérieux.

Houston imagina Karin telle qu'elle venait de se décrire et songea qu'elle ne l'intéresserait pas le moins du monde si elle était froide, maîtresse d'elle-même et qu'elle ne montrait jamais les dents. Il aimait son sourire, son énergie et sa générosité. Sans parler de ses fesses, qui étaient de toute beauté. Il était malheureusement incapable de trouver les mots pour la rassurer. Il n'avait jamais su parler aux femmes. Il savait leur faire l'amour, mais ses compétences se limitaient à cela. Tout ce qui constituait une relation amoureuse lui passait au-dessus de la tête. Il avait senti dès le départ qu'en ayant une aventure avec Karin, il s'enliserait inéluctablement dans les sables mouvants d'une relation sentimentale. Il décida de lui dire la vérité.

— Karin, vous n'êtes pas grande, vous avez des fossettes, et c'est ce qui fait votre charme. Si vous voulez qu'on vous prenne au sérieux, commencez par le faire vous-même.

— Comment cela ?

— En vous comportant comme un médecin. En entrant au bloc opératoire comme si vous étiez propriétaire des lieux. Avec assurance. Arrogance, même.

Karin demeura silencieuse.

— Si vous doutez de vous-même, alors les autres doutent aussi.

Son expression tristement résignée et ses beaux yeux verts embués de larmes lui serrèrent le cœur. Houston comprit qu'il ne supporterait pas de rester en face d'elle une minute de plus. Il fallait qu'il aille à l'hôpital. Là où tout était simple et clair, où on ne lui demandait pas de ressentir quoi que ce soit, juste de faire son boulot avec ce froid détachement qui lui avait permis de devenir un chirurgien de premier plan.

— Pourquoi ne pas reporter cette discussion à lundi ? Un entretien dans mon bureau nous permettrait de débattre plus posément des orientations de votre internat. Le Dr Sheinberg pourrait y participer.

— Très bien.

Houston la dévisagea, puis détailla lentement son adorable silhouette. C'était sans doute la dernière fois qu'il pouvait se permettre de la regarder ainsi.

— J'ai passé un extraordinaire moment, Karin. Je suis désolé que nous ayons été interrompus.

Mais… Karin attendit qu'il prononce le petit mot qui aurait tout changé, mais rien ne vint. Il n'y eut pas de *J'espère que nous aurons l'occasion de reprendre les choses là où nous les avons laissées.*

Il lui caressa le menton.

Le menton ! Comme une gamine à une séance d'autographes. Comme une apprentie chirurgienne boulotte dont il avait hâte de se débarrasser.

— Merci, ajouta-t-il simplement.

Elle ne se serait pas sentie plus nulle s'il lui avait dit : « Merci de m'avoir permis de tirer un coup sur le tapis. » Souhaitant de toutes ses forces que des propos délicieusement sophistiqués franchissent ses lèvres, elle haussa les épaules.

— Pas de quoi.

Il n'y avait strictement rien de sophistiqué dans son corps en forme de poire, et alors même qu'elle le sentait s'éloigner, elle eut soudain envie de se coller à lui comme une sangsue.

— C'est quand vous voulez, il suffit d'appeler, ajouta-t-elle avec la subtilité d'un laideron qui cherche à se faire inviter au bal de fin d'année.

Elle se serait giflée. Le sourire de Houston disparut, il pinça les lèvres et Karin discerna de la *pitié* dans son regard.

— Nous ne pouvons pas… commença-t-il.

Mais elle était déjà passée devant lui, droite comme un I, et se dirigeait vers la porte.

Elle était intelligente. Elle était diplômée de médecine, jolie et dynamique. Le Dr Hayes pouvait garder sa pitié pour lui, elle n'en avait pas besoin. Elle avait lucidement accepté sa proposition et elle quitterait les lieux la tête haute.

— Ils vont se demander ce qui vous retient, à l'hôpital, observa-t-elle d'un ton pincé en enfilant ses tongs. Ne vous inquiétez pas, Houston, cette soirée n'a jamais eu lieu.

7

Allongé sur sa serviette de plage, Houston était furieux contre lui-même. Il avait fait ce qu'il voulait justement éviter. Il avait blessé Karin. Il se sentait minable. Coupable. Et seul.

Karin lui manquait. Son rire, son sourire, ses absurdes petites phrases toutes faites.

Au fond, c'était mieux ainsi. Les liens avaient été rompus avant qu'ils aient eu le temps de les tisser. Karin avait sans doute été froissée samedi soir, mais elle s'en remettrait plus facilement que si cela s'était passé après une liaison de plusieurs mois.

Houston remonta ses lunettes de soleil sur son front et soupira. Raisonner des heures durant ne servirait à rien, il se trouverait toujours aussi nul. Et n'aurait toujours qu'une envie : soulever Karin dans ses bras et recommencer à jouer au docteur avec elle.

Christian lui balança un petit coup de pied dans la jambe.

— En piste, Houston ! Kori me fouettera jusqu'au sang si je ne suis pas rentré à temps pour lire une histoire aux filles.

— Hors contexte, cette déclaration pourrait prêter à confusion, fit remarquer Dennis en éclatant de rire.

Houston se força à se lever. Cela faisait plus d'une demi-heure qu'il était allongé sur sa serviette comme sur le divan d'un psy. Le crépuscule commençait à obscurcir le ciel et chevaucher les vagues lui ferait le plus grand bien. Une fois dans l'eau, il pourrait se convaincre que tout se passerait bien. Que lorsqu'il reverrait Karin lundi, à l'hôpital, elle se comporterait en adulte responsable et qu'il porterait sur elle un regard neuf, dépourvu de toute concupiscence.

Quelle blague ! Sa concupiscence avait atteint des sommets himalayens. Maintenant qu'il savait à quel point elle était merveilleuse, il avait plus que jamais envie d'elle. Il poussa un long soupir.

— Qu'est-ce qui t'arrive ? demanda Christian en lui coulant un regard inquiet. Tu soupires comme une gamine enamourée.

Cette comparaison vexa Houston.

— Notre célibataire endurci serait-il tombé amoureux ? renchérit Dennis en lui envoyant une claque dans le torse avec sa serviette. Qui est l'heureuse élue ?

— Lâche-moi un peu, tu veux, rétorqua-t-il en ramassant sa planche.

Dennis s'esclaffa tandis que Christian le scrutait d'un œil plus suspicieux que jamais.

— On dirait que tu es méchamment mordu, mon pote, insista Dennis. Pourquoi cette tête d'enterrement ? Tu as déjà tout gâché ou elle ne sait pas encore que tu existes ?

Elle savait qu'il existait, malheureusement.

— Occupe-toi de tes oignons, répliqua-t-il en se dirigeant vers le rivage.

L'éclat de rire de Dennis retentit dans son dos. Christian lui donna une tape sur l'épaule.

— Ne laisse pas Dennis te casser les pieds. Tu sais comment il est, il adore vanner.

— Il ne me casse pas les pieds.

— Si tu as besoin de parler, je suis là.

Houston savait que son beau-frère voulait seulement l'aider, mais raconter sa conduite lamentable avec Karin était bien la dernière chose qu'il souhaitait.

— Merci, répondit-il en s'allongeant sur sa planche une fois dans l'eau.

— On se retrouve sur la plage, dit Christian en s'éloignant de son côté.

Houston n'avait pas revu Karin depuis qu'il l'avait déposée devant chez elle. Le silence qu'elle avait observé pendant le trajet était on ne peut plus éloquent et il n'était pas pressé de retourner à l'hôpital.

Perdu dans ses pensées, il dut s'y reprendre à deux fois pour s'assurer qu'il n'avait pas aperçu une ombre remuer sur sa gauche.

— Et en plus, tu as des visions, se moqua-t-il en accélérant ses battements de bras.

Il ne parvenait cependant pas à se débarrasser de la désagréable sensation qu'il y avait quelque chose dans l'eau, non loin de lui. Il regarda à droite et à gauche. Christian était sur sa gauche, hors de portée de voix. À droite, il n'y avait personne. Il plissa les yeux, scruta la mer, mais ne vit rien.

Il était malgré tout sur le point de faire demi-tour quand il le vit. Un aileron gris jaillit des flots, allant et venant, ce qui était le signe d'une extrême agitation.

Ce n'était pas une pointe noire, mais un requin taureau. Houston remonta instinctivement bras et jambes, et se tassa autant qu'il put sur sa planche. Les requins taureaux étaient imprévisibles et vicieux. Ils pouvaient passer près de vous sans rien tenter, mais il arrivait aussi qu'ils attaquent sans crier gare, vous entraînant sous l'eau dans leur puissante mâchoire.

Entre le requin et lui, il n'y avait que de l'eau et sa planche de surf. La peur lui remonta dans la gorge tel un flot de bile.

— Christian ! hurla-t-il en scrutant la mer, souhaitant de toutes ses forces que la chose s'éloigne.

Puis sa planche fut heurtée par en dessous.

Karin observait une radio avec le Dr Bennett, le radiologue qui était de garde ce soir-là. Le Dr Bennett était une sorte de négatif du Dr Hayes. Petit et rond, il n'avait rien d'intimidant et ne la traitait pas comme une vulgaire assistante. En outre, elle n'avait jamais couché avec lui sur le tapis de son salon.

— Qu'en pensez-vous, docteur Adkins ? s'enquit-il en se balançant sur ses talons.

Karin fit courir son stylo sur le cliché de la cheville d'une patiente âgée d'un geste plein d'assurance.

— Fracture en spirale du tibia, fracture du péroné, astragale brisé au niveau du col, ici.

Elle jeta un coup d'œil au Dr Bennett. Il acquiesça d'un hochement de tête. Elle sourit, non pas de soulagement – elle était sûre de son diagnostic –, mais parce qu'elle était contente qu'un confrère soit témoin de sa compétence.

— Qui suit cette patiente ? demanda-t-elle.

— Le Dr Hayes. Où en est son planning ? Il voudra certainement s'en occuper dans les deux jours à venir.

Tout ce que Karin savait du planning du Dr Hayes, c'était qu'elle n'y figurait pas. Elle avait décidé de l'éviter autant qu'elle pourrait, que ce soit à l'hôpital ou en dehors.

— Je n'en ai pas la moindre idée. Il n'y a qu'à transmettre le dossier au troisième étage. Il avisera à son retour.

Son pager sonna, et elle s'excusa.

— À plus tard, docteur Adkins, dit le Dr Bennett en décrochant la radio avant de quitter la pièce en sifflotant.

Karin sortit derrière lui et se dirigea vers le téléphone réservé au personnel. Elle avait mal au crâne – une migraine qui persistait depuis le réveil, résultat d'une nuit agitée, ponctuée de rêves érotiques dans lesquels Houston figurait évidemment.

— Dr Adkins, j'écoute ?

— Ils ont besoin d'un coup de main aux urgences, docteur Adkins.

Le cœur de Karin bondit dans sa poitrine. On n'avait pas toujours besoin d'elle quand elle était de garde aux urgences, et elle le regrettait, car chaque nouveau cas lui permettait de gagner en expérience et en assurance. Mais elle aurait peut-être là l'occasion de prouver à Houston qu'elle était compétente, et d'échapper à l'entretien qu'il avait l'intention de lui infliger le lendemain.

— Quel type d'intervention ?

— Un surfeur attaqué par un requin. Hémorragie, possibilité de traumatisme, lésions vasculaire et musculaire. Le blessé est en route.

— Ça ne doit pas être beau à voir, ne put-elle s'empêcher de commenter sur un mode compassionnel. J'arrive.

Tandis qu'elle se dirigeait vers les urgences, elle ne put s'empêcher de penser à Houston. Qui était surfeur. Et qui était en congé pour la journée. Cette pensée l'incita à remonter le couloir au pas de course.

Il ne pouvait s'agir de lui, bien sûr. Elle ne savait même pas s'il avait l'intention de surfer aujourd'hui. Pour autant qu'elle sache, il était peut-être dans les bras d'une femme ou en train de faire ses courses au supermarché. Il pouvait aussi être juché sur la crête d'une vague gigantesque, parfaitement maître des flots et glorieusement intouchable. Aucun requin n'oserait attaquer le Dr Hayes. Son regard glacial paralyserait le plus féroce d'entre eux.

Elle vit son nom sur le tableau à l'instant où elle franchit la porte des urgences. Hayes. Il figurait en haut de la liste des blessés. Karin ralentit le pas, la gorge nouée. Les morsures de requin pouvaient être effroyables. Ils arrachaient parfois des membres entiers…

L'infirmière des urgences apparut derrière elle.

— Docteur Adkins. Salle trois. Le Dr Hayes vient juste d'arriver.

— Comment est-il ? demanda-t-elle en attrapant une blouse propre pour l'enfiler par-dessus sa tunique tout en empruntant le couloir au pas de course.

— Je ne sais pas, répondit l'infirmière dans son dos. Tout ce que j'ai entendu dire, c'est qu'il avait perdu beaucoup de sang. Les auxiliaires médicaux sont avec lui. Le Dr Matthews est en train de s'occuper d'un arrêt cardiaque en salle un. Vous êtes le seul médecin disponible.

Génial. Non seulement elle était la moins qualifiée de l'équipe pour s'occuper de blessures graves, mais elle était sentimentalement liée au patient.

Elle inspira à fond, ce qui eut pour résultat de lui faire gargouiller l'estomac, ouvrit le rideau et passa devant Shirley, une infirmière d'âge mûr, qui se tenait au pied du lit à roulettes. Deux auxiliaires médicaux étaient penchés sur Houston. Le plus grand des deux leva les yeux.

— Bonjour, docteur Adkins. Ça faisait longtemps.

— Bonjour, Ernie. Comment va-t-il ?

Elle avait eu plusieurs fois l'occasion de croiser Ernie et Brent quand elle était de garde aux urgences. Ils reculèrent pour lui céder la place et elle s'arrêta net, le gargouillement de son estomac se transformant en bouillonnement. Houston était inconscient. Son visage présentait une pâleur anormale et le bas de sa jambe était couvert de sang. Ernie lui donna une tape sur l'épaule.

— Son état est stationnaire. Il présente des blessures à la main, au mollet et au tibia, côté droit, mais il pisse le sang. Bonne chance.

Brent lui communiqua son rythme cardiaque et sa pression artérielle pendant qu'elle enfilait ses gants en latex. L'instinct et l'entraînement lui avaient déjà permis de se ressaisir. Elle écarta le T-shirt imprégné de sang qui recouvrait la jambe. La blessure saignait encore, mais assez faiblement. Il n'y avait apparemment pas de perte de tissu. Elle détendit ses épaules et réalisa alors à quel point elle s'était contractée. Elle n'aurait peut-être pas été à la hauteur en présence de blessures plus graves, mais, en l'occurrence, elle maîtrisait la situation.

— Faites-lui une prise de sang, Shirley. Il a besoin d'une perfusion et d'une analyse de sang. Il faudra le transfuser une fois que l'hémorragie aura cessé.

Les lèvres de Houston étaient cyanosées.

— Apportez des couvertures, ajouta-t-elle.

Elle jeta le T-shirt ensanglanté dans la poubelle des déchets à incinérer et se tourna vers les auxiliaires.

— Vous pouvez y aller. Nous prenons le relais. J'ai l'impression que vous nous l'avez amené en un temps record.

— Pourvu qu'il s'en sorte, murmura Brent comme ils s'éloignaient.

Karin le souhaitait au moins autant que lui. Quand l'infirmière eut fait la prise de sang, elle carra les épaules.

— Allez chercher les couvertures. Je vais nettoyer les plaies avec une solution saline.

La respiration de Houston était irrégulière et elle lui frotta les bras, pour prévenir un choc, rationnalisa-t-elle. Mais le contact de sa chair tiède la rassura, de même que son rythme cardiaque, puissant et régulier.

— Vous allez vous en sortir, souffla-t-elle sans plus se soucier de paraître professionnelle.

Elle sortit de sa poche son stylo lumineux, souleva ses paupières et vérifia la dilatation des pupilles. Il fixa le regard sur elle et cligna des yeux.

— Karin ?

Sa main trembla légèrement tant elle était soulagée. Mortifiée, elle se rendit compte qu'elle avait les larmes aux yeux. Elle tourna la tête et les essuya furtivement.

— Chut… Oui, c'est moi. Détendez-vous. Nous allons nettoyer vos plaies.

L'infirmière revint et drapa une épaisse couverture sur lui en chuchotant :

— L'échantillon de sang est parti au labo et la solution saline est derrière vous.

Karin se retournait pour attraper le flacon, quand la main de Houston se posa mollement sur son bras.

— Qu'est-ce qu'il y a ? demanda-t-elle en resserrant la couverture autour de lui d'un geste tendre.

— Où est Tim Sheinberg ?

Karin se raidit. Houston voulait savoir si on ne pouvait pas appeler un chirurgien orthopédique plus sérieux qu'elle. Blessé et à moitié inconscient, il trouvait encore le moyen de l'insulter.

— Chez lui, en train de regarder la télé, je suppose, répondit-elle d'un ton aussi détaché qu'elle put. C'est son jour de congé, aujourd'hui.

— Appelez-le quand même. Vous n'êtes pas prête pour diriger une intervention, ou rester détachée.

S'il n'avait pas saigné, elle l'aurait giflé. C'était sa faute si elle n'était pas prête, et c'était aussi sa faute si elle était émotionnellement impliquée. C'était lui qui avait insisté pour coucher avec elle. L'infirmière avait suivi la scène avec intérêt et Karin s'efforça de masquer son irritation.

— Je suis assez qualifiée pour poser des agrafes, déclara-t-elle du ton froid et distant qui convenait à la situation. Vous avez très mal ? ajouta-t-elle. Je vais vous donner de la diamorphine.

Cela arrangerait peut-être son humeur. De façon permanente.

Il émit un grognement et Karin en conclut qu'il avait très mal.

— Shirley, vous voulez bien m'apporter la diamorphine ?

Il en aurait besoin quand elle sonderait ses plaies pour s'assurer qu'il ne restait aucun débris, mais elle n'avait malheureusement pas le temps d'attendre que le médicament agisse. Elle aspergea sa blessure de solution saline, grimaça à la vue du sable et des particules qui en sortirent. Maintenant que l'hémorragie s'était considérablement ralentie, elle distinguait huit entailles formant une ligne incurvée sur le mollet, là où le requin avait planté les dents, ainsi que des lacérations verticales le long du tibia et sur le pied. Un examen plus attentif de l'entaille la plus profonde révéla un fragment de dent. Karin le retira et le déposa sur la table près d'elle.

— Qu'est-ce que vous faites ?

Il ne la quittait pas des yeux, mais sa voix était pâteuse. L'analgésique que Shirley avait injecté dans sa perfusion commençait à agir. Il arborait à présent un sourire détendu et avait visiblement du mal à accommoder.

— J'ai retiré une dent de requin de votre jambe.

— Génial.

Ça n'avait rien de génial, mais la morphine le rendait légèrement euphorique.

— Vous m'avez donné quelque chose ? demanda-t-il en faisant rouler sa tête de droite à gauche. Je me sens bizarre.

Il *paraissait* bizarre, aussi, et Karin ne put s'empêcher d'être amusée. C'était la première fois qu'elle le voyait aussi décontracté.

— Oui, répondit-elle sans lever les yeux de la blessure dont elle s'appliquait à écarter les bords. Nous vous avons administré un analgésique.

— Non, gémit-il. Il vaut mieux pas. Ça me réussit pas.

— Shirley ? Vous voulez bien lui faire une injection antitétanique pendant que je recouds ?

Les plus grandes entailles devaient être recousues, les autres, plus étroites, mais cependant profondes, cicatriseraient toutes seules afin de limiter les risques d'infection. Une seule lui laisserait une cicatrice en creux. Houston pouvait s'estimer heureux. Le requin ne lui avait infligé aucune blessure grave. Aucun muscle ne semblait avoir été touché et aucune artère n'avait été sectionnée. D'ici à deux semaines, il serait sur pied.

— Je te vois double, Karin.

— Fermez les yeux, Houston.

— Mais je ne verrai plus ton joli visage…

Pardon ? Prise de court par son commentaire et par ce tutoiement intempestif, Karin interrompit son travail. Puis elle se souvint qu'il était sous morphine, et n'avait sans doute aucune idée de ce qu'il racontait. Il n'empêche qu'elle fut touchée. Elle posa son scalpel et s'empara de l'aiguille que l'infirmière venait de préparer.

— Aïe ! se plaignit-il quand Shirley lui fit son injection antitétanique.

— Il vient de se faire mordre par un requin et il se plaint pour une petite injection de rien du tout, commenta l'infirmière en secouant la tête.

Karin sourit. La présence de cette femme compétente la rassurait.

— Ça me fait plaisir de vous revoir, Shirley. Comment vont les enfants ?

— Oh, ils vont bien ! Les deux grands s'amusent à la fac, et le plus jeune chante dans un groupe rock.

— Je vois… Apparemment, ça ne vous empêche pas d'être toujours aussi efficace, Shirley. Je vous remercie.

— Je me contente de faire mon travail, répondit-elle, visiblement ravie du compliment.

— S'il vous plaît ? lança Houston d'une voix irritée.

— Quoi ? répondit Karin en passant à la deuxième entaille.

— Vous n'êtes pas en train de papoter à la machine à café, vous êtes en train de me recoudre. Un peu de concentration, que diable !

Karin serra les dents et tira sur le fil un peu plus fort que nécessaire. Le tutoiement avait disparu.

— Je maîtrise la situation, docteur Hayes.

— Ah, parce que c'est Dr Hayes, maintenant ? murmura-t-il. Tu ne m'appelais pas ainsi, hier soir…

Karin redressa brusquement la tête. Avait-elle bien entendu ? À en juger par l'expression stupéfaite de Shirley, elle n'avait pas rêvé. Préférant ignorer sa remarque, elle reprit son travail, le cœur battant.

— Karin ? geignit Houston.

— Oui ?

Qu'allait-il encore dire ? Pourvu qu'il ne fasse pas allusion à ce qui s'était passé sur le tapis du salon.

— Je suis désolé de t'avoir blessée. Je ne voulais pas, se lamenta-t-il.

Karin sentit son cœur bondir dans sa poitrine. Peu importait que Shirley fût témoin de cet épanchement. Le principal, c'était qu'il se soit excusé. Même s'il ne savait plus très bien ce qu'il disait.

— J'ai un mal fou à être proche des gens, poursuivit-il, mais si j'y parvenais, c'est avec toi que j'aimerais l'être.

La jambe de Karin recula soudain, heurtant la table métallique. Le matériel qui se trouvait dessus s'entrechoqua bruyamment. Elle fixa Houston, bouche bée. Il la contemplait gravement, mais la douleur rendait son regard légèrement vitreux. Elle sentit les larmes lui monter de nouveau aux yeux, ce qui prouvait bien qu'elle n'était pas faite pour ce métier. Elle les essuya sans chercher à se cacher, et fronça les sourcils.

— Il faut dormir, Houston.

Elle n'avait pas envie d'en entendre davantage. Ou plutôt, elle n'en avait que trop envie. Une graine d'espoir venait de germer dans son cœur, ce qui était une très mauvaise chose parce que, quand la drogue ne ferait plus effet, Houston écraserait impitoyablement cet espoir du talon.

Ignorant le regard interrogateur de Shirley, elle se remit au travail, pressée d'en finir.

Houston n'apprécia visiblement pas sa réponse. Il commençait à montrer des signes d'agitation.

Il tenta de se redresser et Shirley dut le forcer à rester allongé. Il tendit la main pour tenter d'attraper celle de Karin.

— Ce n'est pas ta faute, Karin. C'est à cause de mon père.

Il ferma les yeux un instant et soupira. Quand il reprit la parole, sa voix avait quitté le registre geignard pour prendre un tour plus badin.

— J'adore tes cheveux, tu sais, Karin.

Shirley réprima un fou rire en plaquant la main sur sa bouche et Karin sentit sa nuque devenir brûlante.

— Tes seins, aussi. Et tes adorables f...

Karin l'interrompit d'une voix qui avait grimpé de trois octaves :

— Allez chercher l'Augmentin, Shirley, et assurez-vous que sa chambre est prête. On pourra l'y transporter d'ici à vingt minutes. Il faudra lui enlever son caleçon, ajouta-t-elle en jetant un coup d'œil audit caleçon. Il est trempé.

— Tu peux enlever mon caleçon, tu sais, intervint Houston avec un sourire salace.

— Shirley s'en chargera pendant que je rassurerai vos proches.

— Je veux que ce soit toi qui me l'enlèves, insista-t-il à la façon d'un enfant capricieux. Tu m'as déjà vu tout nu !

— L'infirmière va s'en occuper, déclara-t-elle d'un ton sans réplique.

Dans moins d'une demi-heure, la nouvelle de son aventure avec Houston se serait propagée dans l'hôpital aussi rapidement que le virus du SARS à Pékin. Karin aurait voulu pouvoir se cacher sous le lit à roulettes ; elle n'osait plus croiser le regard de Shirley. Elle se concentra sur le dernier point de suture pour dissimuler son trouble. Pressée de s'éloigner de lui et des descriptions hautes en couleur que lui inspirait son corps, elle laissa retomber l'aiguille sur le plateau.

— Y a-t-il quelqu'un dans la salle d'attente que je puisse rassurer ?

— Ouais, fit-il. Mes copains doivent s'inquiéter. Dites-leur que je vais bien, d'accord ?

— Oui. Restez allongé et tâchez de vous reposer.

Il ferma les yeux, mais ne parut pas disposé à s'endormir immédiatement.

— Je n'ai aucun muscle dévitalisé ?

— Non. Vous aurez des cicatrices intéressantes, mais vous devriez récupérer rapidement, répondit-elle en reculant vers la porte. J'ai terminé. Je vais voir vos amis et je reviens.

Houston ne répondit pas. L'analgésique avait enfin eu raison de lui et il s'était endormi.

— Vous avez regardé sa main ? demanda Shirley.

— Non.

Karin se rembrunit et retourna près du lit. La main droite de Houston était couverte d'un bandage ensanglanté. Comment avait-elle pu passer à côté ? Elle se fustigea mentalement pour son manque de rigueur, se souvint que les brancardiers avaient mentionné sa main et se sentit encore plus lamentable.

La honte céda la place à l'horreur quand elle examina sa blessure. Sa paume donnait l'impression d'avoir été vigoureusement frottée sur du papier de verre, et c'était en quelque sorte ce qui s'était produit, la peau d'un requin présentant la même texture que du papier de verre. Mais il y avait plus grave encore : une profonde entaille partait du centre de sa paume jusqu'au pouce.

— Oh, non ! souffla-t-elle.

— Un problème ? s'enquit Shirley en plissant les yeux.

— Apparemment, le nerf médian et plusieurs tendons ont été sectionnés.

— C'est réparable ?

— Oui, mais il risque de perdre une partie du contrôle du pouce et de l'index.

C'était là un inconvénient mineur pour un patient ordinaire.

Pour un chirurgien, cela sonnait le glas de sa carrière.

8

Pour la première fois de sa vie, Karin souhaita s'être trompée. Elle inspira à fond et procéda à un second examen… qui confirma le premier. Non seulement elle était certaine que le tendon du pouce était sectionné, mais l'entaille était suffisamment étendue pour que deux tendons de l'index aient subi le même sort, ainsi que le nerf médian.

— Shirley, demandez qu'on appelle le Dr Williams, s'il vous plaît. Le Dr Hayes doit subir une intervention.

Le Dr Williams était un chirurgien orthopédique spécialiste de la main que Karin avait rencontré à plusieurs reprises.

— Je vais éclisser le pouce et l'index en attendant qu'il l'examine.

Elle se mit à l'ouvrage, et ses mains s'activaient tandis qu'elle réfléchissait à toute allure.

Qu'allait-elle bien pouvoir dire à Houston ?

Lorsqu'elle eut terminé, elle plaça une poche de glace sur sa main. Shirley était allée demander qu'on prévienne le Dr Williams, elle était donc seule avec Houston. Elle contempla son beau visage, qui paraissait d'autant plus pâle qu'il avait les cheveux sombres. Sans réfléchir, elle repoussa les mèches de son front moite.

Shirley revint à cet instant précis et Karin écarta si brusquement la main qu'elle heurta une fois de plus la table d'examen. Shirley lui toucha le bras.

— Tout va bien, docteur Adkins ?

Karin eut un petit rire gêné.

— J'imagine qu'il y a peu de chances pour que vous n'ayez pas entendu ce qu'il a dit ?

— Je n'ai pas pu faire autrement, répondit Shirley en secouant la tête. Si c'est ce qui vous tracasse, vous pouvez être tranquille. Je serai muette comme une tombe.

— Merci, Shirley. J'apprécie votre discrétion.

— Il s'en remettra, docteur Adkins, dit l'infirmière comme Karin reportait les yeux sur Houston. Le Dr Hayes est robuste.

— Je sais, répondit Karin. Le docteur Williams est prévenu ?

— Il n'arrivera pas avant une bonne demi-heure. Il était chez lui avec ses enfants qui ont la varicelle et sa femme était partie faire les courses !

Karin retira ses gants et les jeta à la poubelle.

— Du moment qu'on l'opère dans les quarante-huit heures, il n'y aura pas de problème. Mais j'ai pensé que le Dr Williams préférerait jeter un coup d'œil à sa main sans délai.

Karin coula un dernier regard à la forme inerte sur le lit, puis quitta la salle. Une fois dans le couloir, elle posa la main sur son ventre. Elle avait beau savoir qu'elle avait fait tout ce qui était en son pouvoir, elle avait l'impression que ses tripes étaient parties à la poubelle en même temps que ses gants. Un frisson lui parcourut l'épine dorsale à la pensée que Houston ne pourrait peut-être plus jamais faire bénéficier ses patients de ses indiscutables talents. Après avoir respiré un bon coup, elle se dirigea vers la salle d'attente.

Elle repéra dès son entrée deux surfeurs du même âge que Houston et s'approcha d'eux.

— Vous êtes ici pour le Dr Hayes ?

— Oui, répondit le blond en se levant aussitôt. Comment va-t-il ?

— Bien. Il a perdu beaucoup de sang, mais les blessures à la jambe n'étaient pas aussi sévères qu'il y paraissait. Aucune artère n'a été sectionnée et il ne semble pas qu'il y ait de dommages musculaires.

Elle hésita un instant avant de leur soumettre un résumé expurgé de l'état de sa main. Après tout, Houston avait le droit d'en être informé avant ses amis.

— Il faudra certainement lui opérer la main, mais ce sera une intervention de routine et il devrait s'en sortir sans problème.

Tout ce qu'elle venait de dire était vrai. Si l'intervention qu'il devait subir était complexe, elle n'en demeurait pas moins classique et ne mettrait pas ses jours en danger. Elle avait simplement négligé de donner des informations complémentaires.

— Dieu merci ! s'exclama-t-il, visiblement soulagé. Je suis Christian Drake, le beau-frère de Houston. J'étais dans l'eau en même temps que lui, mais je n'ai pas vu ce qui s'est passé. Quand je l'ai rejoint sur la plage, il saignait énormément, ajouta-t-il en frissonnant avant de désigner son compagnon. Je vous présente Dennis Madsen.

— Enchantée. Je suis le Dr Adkins.

Une jeune femme brune fit irruption à cet instant précis dans la salle d'attente. Elle aperçut Christian et Dennis, poussa un cri de désespoir, se rua vers eux et fondit en larmes. Surprise, Karin recula comme Christian prenait la nouvelle venue dans ses bras pour la réconforter.

— Tout va bien, Kori, Houston va s'en sortir.

— C'est la femme de Christian, expliqua Dennis à Karin. La sœur de Houston.

— Tu es sûr qu'il va bien ? demanda la femme, le visage ruisselant de larmes. Un *requin*, tu te rends compte ? C'est affreux !

— Demande au docteur si tu ne me crois pas, répondit Christian en désignant Karin. Kori, je te présente le Dr Adkins.

Karin sourit et s'efforça de ne pas remarquer que Kori, qui portait un haut de maillot de bain noir et un minuscule short assorti, était grande et mince, qu'elle n'avait pas un gramme de graisse, que sa peau était cuivrée et que ses cheveux soyeux lui arrivaient à la taille. Trop tard. Elle avait déjà l'impression de n'être qu'un troll grotesque, livide et adipeux, comparée à cette sublime créature.

— C'est vrai ? lui demanda Kori. Il va s'en sortir ?

— Oui, il sera bientôt rétabli, répondit Karin en se forçant à garder le sourire. Mais il faudra qu'il attende un peu avant de reprendre le surf.

— Merci, docteur, souffla Kori à travers ses larmes avant de pointer un index menaçant sur son mari. Et toi, tu peux faire une croix sur le surf ! C'est fini, tu m'entends ?

— Je t'en prie, Kori, ce n'est pas le moment de faire une scène.

Karin se passa les mains dans les cheveux. Elle était épuisée et se sentait soudain gênée de se trouver en présence des amis et de la famille de Houston. Comme si elle usurpait la place de quelqu'un.

— Le Dr Hayes dort pour le moment. Vous ne pouvez pas le voir et je ne sais pas encore quand l'intervention aura lieu. Je vous conseille de rentrer chez vous et de vous reposer. Vous pouvez laisser votre numéro de téléphone à l'accueil et demander qu'on vous appelle quand il se réveillera.

Après avoir assisté à une nouvelle crise de larmes de Kori qui n'était pas au courant de l'opération, Karin s'excusa et regagna la salle trois. Alors qu'elle remontait le couloir, elle aperçut le Dr Williams, en jean et T-shirt, qui se dirigeait lui aussi vers la salle trois. Elle le rattrapa et ils se saluèrent. Son expression renfrognée la surprit, car il était d'un naturel plutôt jovial.

— Désolée de vous faire venir alors que vous êtes en repos, s'excusa-t-elle.

— C'était un week-end pourri, de toute façon ! répliqua-t-il en haussant les épaules. Les enfants ont la varicelle et ma femme a été coincée à la maison toute la semaine... Elle était d'une humeur ! Elle venait juste de sortir faire les courses, vu qu'il ne restait plus que du ketchup dans les placards, quand je l'ai appelée pour lui demander de rentrer. Elle n'avait même pas eu le temps d'acheter le lait et le pain ! Je me suis sauvé comme un voleur quand elle est arrivée à la maison.

— Vous n'aurez qu'à vous arrêter dans une épicerie ouverte vingt-quatre heures sur vingt-quatre sur le chemin du retour, lui suggéra Karin.

— Mais oui ! Je n'y aurais pas pensé ! Cela l'amadouera peut-être assez pour laver une partie de mon linge. Elle est tellement débordée avec les enfants qui n'arrêtent pas de se plaindre que je porte les mêmes chaussettes depuis trois jours !

Karin réprima difficilement l'envie de regarder ses pieds. Ils étaient arrivés devant la salle trois. Le Dr Williams adopta aussitôt une attitude professionnelle.

— Alors, de quoi s'agit-il ?

— Muscle long fléchisseur du pouce sectionné et nerf médian endommagé, chuchota-t-elle, consciente qu'un simple rideau les séparait de Houston.

— Ce n'est pas ce que j'avais envie d'entendre, répondit-il d'un ton grave avant de désigner le rideau. Il est au courant ?

— Non.

— Ce n'est pas en restant plantés ici que nous ferons avancer les choses. Allons-y, voulez-vous ? dit le Dr Williams en écartant le rideau.

Houston entendit des voix chuchoter derrière le rideau. Il avait atrocement mal à la jambe et la main tout engourdie. Il secoua la tête pour reprendre ses esprits, puis regarda autour de lui.

Il était aux urgences. Logique. Il s'était bagarré contre un requin et il avait perdu. Le choc sourd sous sa planche, la morsure, le retour vers le rivage... Jusque-là, il se souvenait de tout. Après, c'était flou. Allongé sur le dos, il levait les yeux vers Karin qui examinait sa jambe.

Ensuite, plus rien.

On avait dû lui administrer un analgésique. Les rares fois qu'il en avait pris, il avait eu l'impression qu'un poids lourd lui était passé dessus. Il réagissait de façon excessive aux médicaments. Un simple décongestionnant le faisait tourner de l'œil.

Mike Williams apparut à côté de lui.

— Alors, Hayes ? On a fait une mauvaise chute ? Je ne voulais pas y croire, alors je suis venu voir ça.

— Un requin qui te fonce dessus, ça secoue autrement plus qu'une chute, répondit Houston en se forçant à sourire.

Mike émit un petit rire et souleva le bas de la couverture pour examiner sa jambe. Houston eut soudain conscience qu'il ne portait qu'une chemise d'hôpital, remontée jusqu'à la taille de surcroît, et se sentit gêné. Il n'appréciait pas non plus d'être allongé. Comment ses patients supportaient-ils ça ? Il avait l'impression d'être sur la table de dissection de la morgue.

— Arrêtez de me lorgner et aidez-moi à redresser ce lit, grommela-t-il.

Il bascula sur le côté en prenant soin de tirer sur la couverture pour éviter de s'exposer, chercha le bouton permettant de redresser le lit... et découvrit que sa main droite était éclissée. La poche de glace posée dessus glissa et tomba au creux de son aine.

— Retire-moi ce machin glacé ! glapit-il.

C'était à Mike qu'il s'était adressé. Mais Karin fut la plus prompte. Houston se sentit d'autant plus humilié qu'il arborait un vestige d'érection, résultat de ses rêveries sous morphine. Karin affichait une attitude distante et compétente, le médecin imperturbable dans toute sa splendeur. Il aurait dû lui en être reconnaissant, mais il était seulement irrité de la découvrir aussi peu troublée par sa semi-nudité.

— Je peux avoir une autre couverture ? aboya-t-il.

Mike et Karin échangèrent un regard ahuri.

— C'est donc vrai, commenta Mike. Les médecins font des patients infects. Tu veux bien arrêter de geindre le temps que j'examine ta jambe ?

Karin étala une deuxième couverture sur lui à partir des genoux, et la cala de part et d'autre de sa taille. Une bouffée de son eau de toilette, fraîche et subtile, lui chatouilla les narines quand elle pencha son corps aux courbes pleines au-dessus de lui. Il détourna la tête, à la fois horrifié et ravi qu'elle prenne le temps de s'occuper de lui si tendrement.

— Alors ? Comment est ma jambe ? Et pourquoi m'a-t-on mis cette attelle à la main ?

Son esprit était encore embrumé par l'analgésique. Il se souvint cependant qu'il s'était écorché la main sur la peau rugueuse du requin, mais cela ne justifiait pas l'attelle. Karin se racla la gorge.

— Votre jambe va bien. Huit entailles profondes, que j'ai suturées, et de multiples lacérations. Il ne devrait y avoir aucun problème de cicatrisation si vous gardez la jambe à l'air. On devrait pouvoir retirer les fils d'ici à huit jours.

Houston dressa l'oreille. Les paroles de Karin étaient rassurantes et pourtant, quelque chose sonnait faux.

— C'est tout ? demanda-t-il.

— Oh ! Je vous ai gardé un souvenir, dit-elle en attrapant la dent de requin sur le plateau. C'était fiché dans votre mollet !

Houston réprima un frisson. Comme s'il avait envie de se souvenir de cette gueule béante, de ces dents plantées dans sa chair…

— Au fait, qu'est-ce que vous m'avez administré ? Je ne me souviens de rien. Je suis hyper sensible aux analgésiques.

Pour quelque raison inconnue, Karin rougit.

— De la diamorphine.

Un doute épouvantable l'assaillit. Un doute qui expliquerait l'embarras de Karin.

— Et j'ai… heu… parlé, quand j'étais dans les vapes ?

La rougeur s'accentua.

Il avait bel et bien parlé. Il fouilla dans sa mémoire pour retrouver les paroles qu'il avait prononcées, mais son cerveau refusa de coopérer.

— Je ne crois pas, répondit Karin, le regard fuyant.

Il était un peu tard pour les regrets, aussi Houston préféra-t-il se concentrer sur l'examen auquel Mike soumettait sa main. Ce qu'il lut dans le regard de ce dernier lui déplut.

— Quel est le problème ? s'enquit-il. Je croyais m'être simplement écorché.

Mike remit l'attelle en place sans répondre, puis leva les yeux et croisa son regard. Houston sentit son estomac se nouer.

— Mike ? Bon Dieu, qu'est-ce qui se passe ?

— Muscle long fléchisseur du pouce sectionné et nerf médian endommagé. Il faut opérer.

Quand Houston était petit, son père l'avait un jour violemment écarté de son chemin et il était allé cogner contre la table basse du salon. Ses poumons s'étaient vidés d'un seul coup, et il était resté un moment abasourdi et désorienté.

Ce qu'il ressentait en cet instant était identique.

Il avait entendu les paroles de Mike. Il savait ce qu'elles signifiaient.

Il ne parvenait tout simplement pas à y croire.

— Tu es sûr ? demanda-t-il en se redressant sur le coude pour observer sa main.

Avec impatience, il essaya de remuer et de plier les doigts. L'index et le pouce ne lui obéissaient plus.

— Non ! s'écria-t-il en commençant à défaire le pansement de la main gauche.

Son cerveau avait enfin accepté la vérité. S'il ne pouvait plus bouger les doigts, comment pourrait-il opérer ?

Mike posa la main sur son torse.

— Du calme. On va t'emmener au bloc et je vais arranger ça.

Houston cessa de s'acharner sur le sparadrap et comprit pour la première fois de sa vie pourquoi certains de ses patients le dévisageaient parfois d'un air de profond mépris. Le ton calme et raisonnable de Mike lui donnait envie de lui balancer son poing dans la figure. *Se calmer ?*

Comment pourrait-il se calmer alors que sa vie était foutue ? Il croisa alors le regard de Karin, et ce qu'il y découvrit était encore pire. Ses yeux brillaient de compassion, mêlée à quelque chose qu'il n'avait pas vu depuis fort longtemps… de la *pitié*. Les voisins le regardaient ainsi quand son père battait sa mère, l'injuriait et l'humiliait.

À l'époque, il avait cru que jamais il ne se sentirait plus mal.

Il s'était trompé.

Son coude céda, et il retomba sur son lit, hébété.

Ce qu'il vivait maintenant était encore pire. Pour un homme qui exigeait que la vie lui obéisse en permanence, c'était pire que tout.

Il souhaita de toutes ses forces que Karin disparaisse. Sa pitié le paralysait autant que son pouce sectionné.

9

Trois jours plus tard, Karin, garée devant chez Houston, appela Sara sur son portable.

— Je ne peux pas faire ça. Il ne va pas apprécier que je débarque chez lui à l'improviste.

— Tu es la dernière femme qui ait couché avec lui, Karin. Ne pas passer prendre de ses nouvelles serait mal élevé. Il s'est tout de même fait mordre par un requin !

— Je pourrais lui envoyer une petite carte.

Remets-toi vite de ta morsure de requin ; signé : *Ta collègue et compagne d'une nuit, Karin.*

— Tu plaisantes ! s'écria Sara, horrifiée. C'est complètement nul !

Karin se sentait déjà nulle, de toute façon.

— Je suis sûre qu'il va me mettre à la porte.

— Dans ce cas, de deux choses l'une : soit tu prends la porte, soit tu restes et tu lui fais amèrement regretter de ne pas être en meilleure forme.

— Ce qui, en clair, signifie ?

— Tu le rends dingue et il te rend dingue.

— Et ?

— Soit tu le laisses te flanquer dehors, soit tu résistes et tu t'arranges pour qu'il ait envie de recommencer à jouer au docteur avec toi.

Facile à dire.

— Il n'a pas envie de recommencer.

Même s'il avait dit le contraire quand il était sous morphine.

— Tu ne le sauras que si tu essayes, Karin.

Elle raccrocha, orienta la sortie d'air conditionné vers ses aisselles et réfléchit. Tout le monde sait que sous l'emprise de la drogue ou de l'alcool, les gens ont tendance à dire la vérité. D'autre part, elle avait vraiment envie de coucher avec Houston. Il ne s'agirait jamais que d'une liaison éphémère ? Eh, bien soit ! Une fois qu'il se lasserait d'elle, ce qu'ils auraient partagé suffirait à alimenter ses fantasmes sexuels jusqu'à la ménopause.

Il avait dit que s'il parvenait un jour à être proche de quelqu'un, il aimerait que ce soit d'elle. Pourquoi ne pas lui en offrir la possibilité ?

Karin se frotta le nez, qui avait tendance à briller, et se passa la main dans les cheveux. Nerveuse à l'idée de débarquer chez Houston à l'improviste, elle était allée s'acheter une jupe en jean au centre commercial, histoire d'avoir l'air un peu moins débraillé. Elle lui avait adjoint un T-shirt plutôt moulant, ce qui devrait servir utilement, songea-t-elle soudain, le nouvel objectif qu'elle venait de se fixer.

Elle descendit de voiture et remonta l'allée en se demandant de quelle humeur serait Houston. Meurtri, frustré et énervé, sans aucun doute. Mais aider les convalescents à prendre leur mal en patience était l'une de ses spécialités. Elle excellait à ce jeu-là. Elle saurait aider Houston à se rétablir. Elle allait prendre soin de lui et s'en faire un ami. Voire un amant.

Elle appuya sur la sonnette. Encore faudrait-il qu'il la laisse entrer…

Une grande femme d'une cinquantaine d'années ouvrit la porte et lui sourit.

Il n'était même pas venu à l'esprit de Karin qu'il y avait peu de chances pour qu'elle le trouve seul. Quelle idiote ! C'était pourtant évident : il était sorti de l'hôpital la veille.

— Bonjour, dit-elle en se frottant la nuque. Je suis Karin Adkins, une, heu… amie – enfin une collègue – de Houston. Je voulais juste savoir comment il allait.

— Entrez, entrez, fit la femme en s'effaçant. Ravie de faire votre connaissance, Karin. Je suis Francesca, la mère de Houston. Il regarde la télé dans le salon. Je suis certaine qu'il sera ravi de vous voir.

Karin en était nettement moins certaine, mais elle se contenta de hocher la tête.

La mère de Houston avait une pointe d'accent italien et un sourire chaleureux. Elle se pencha pour chuchoter à l'oreille de Karin :

— Il supporte très mal d'avoir perdu son autonomie et il est aussi aimable qu'un bulldog.

Elle lui fit signe de la suivre, et Karin se demanda si elle n'était pas en train de commettre l'erreur du siècle.

— *Merde !*

Le juron de Houston fut suivi d'un couinement du canapé en cuir quand il se retourna.

Karin se figea sur place, mais la mère de Houston émit un claquement de langue.

— Qu'est-ce qui se passe ?

— J'ai fait tomber cette putain de télécommande et je n'arrive pas à la récupérer !

Francesca se tourna vers Karin et haussa les épaules, comme pour lui demander d'excuser son fils.

— Surveille un peu ton langage, Houston, tu as de la visite.

— Dennis a l'habitude.

Karin glissa un œil dans le salon. Houston était assis de biais sur le canapé, les jambes allongées devant lui. La blessure de son mollet gauche était recouverte d'un pansement et il avait une attelle à la main droite. Il portait un short marine et vert, et un T-shirt blanc. Penché sur le côté, il essayait de ramasser la télécommande de la main gauche.

— Ce n'est pas Dennis, c'est la petite Karin.

Le terme « petite » arracha un tressaillement à Karin. Houston redressa brusquement la tête.

Que reflétaient ces beaux yeux bleus, hormis la surprise ? Du plaisir, de l'agacement, de la curiosité ? Karin n'aurait pas su le dire. Son visage avait déjà revêtu son expression impassible, comme s'il avait enfilé un masque de chirurgien.

— Docteur Adkins, dit-il. Quelle surprise !

Son ton l'irrita profondément, et une colère aussi soudaine qu'inattendue l'assaillit. Ils n'étaient pas à l'hôpital, et ils avaient fait l'amour à moins d'un mètre d'où il était assis quatre jours plus tôt. Il aurait pu l'appeler Karin. Seule la présence de sa mère l'empêcha de riposter de façon cinglante.

— Je suis venue prendre de vos nouvelles, dit-elle avec un grand sourire. Je me suis dit que je pourrais peut-être vous rendre service.

Sans laisser le temps à Houston de répondre, sa mère posa la main sur son bras.

— Comme c'est gentil ! s'exclama-t-elle. Si vous n'avez rien d'urgent dans l'immédiat, *cara mia*, j'aimerais faire un saut au supermarché. Le réfrigérateur de Houston est désespérément vide, mais ça m'ennuie de le laisser seul.

— Je n'ai pas besoin d'une baby-sitter, maman, riposta-t-il d'un air belliqueux. Tu peux aller faire des courses quand tu veux.

— Cela ne m'ennuie pas de rester, madame Hayes, assura Karin. Prenez votre temps, ajouta-t-elle en contournant la table basse pour ramasser la télécommande.

Elle la déposa près de la main gauche de Houston avec un sourire victorieux. Il la dévisagea en plissant les yeux.

— Merci, maugréa-t-il.

Sa mère, qui avait déjà regagné l'entrée, attrapa son sac à main.

— Merci beaucoup, Karin. Je suis sûre que Houston sera content de parler avec quelqu'un d'autre que sa vieille maman.

— Il n'y a vraiment pas de quoi, répondit Karin avant que la porte se referme sur elle.

Incapable de réprimer une petite moue satisfaite, elle s'assit sur la table basse.

— Votre maman a l'air très gentille.

— C'est une femme exceptionnelle, répondit-il d'un ton radouci avant de lever les yeux au ciel. Mais elle me rend dingue !

De même qu'elle-même en cet instant, devina Karin.

— Je peux vous apporter quelque chose ? s'enquit-elle. Jus de fruit ? Thé ? Café ?

Avec n'importe qui d'autre, elle aurait commencé par s'enquérir de sa santé et aurait exprimé sa sympathie, mais son instinct lui soufflait qu'un tel comportement agacerait Houston.

— Vous n'allez pas vous mettre à me materner, vous aussi, grommela-t-il.

— Materner n'est pas précisément ce que j'avais en tête, rétorqua-t-elle en coulant un regard explicite vers son short.

Comme prévu, Houston capta parfaitement le sous-entendu. Son souffle s'accéléra.

— Vraiment ? Et qu'aviez-vous en tête ?

Posant les mains à plat derrière elle, Karin répondit à sa question par une autre.

— Vous savez que vous en avez pour deux semaines d'arrêt maladie ?

— Je ne le sais que trop, répondit-il d'un ton sinistre.

— Les relations que nous entretiendrons d'ici là n'auront donc pas de témoin.

— Qu'êtes-vous en train de suggérer ?

— Qu'il n'y a plus aucune raison de se limiter à une seule nuit.

Elle avait réussi à le dire !

— Que nous pouvons passer ensemble autant de nuits que nous voudrons, ajouta-t-elle, enhardie par sa propre audace, jusqu'à ce que l'un de nous en ait assez.

Houston ne s'était absolument pas attendu à cela. La présence de Karin dans son salon, à côté de sa mère, l'avait irrité, et l'étrange nostalgie qui l'avait alors effleuré l'avait déstabilisé.

Il avait également ressenti de la colère. Il n'appréciait pas qu'elle le voie dans cet état, allongé sur le canapé comme un foutu invalide. Il n'avait pas besoin que Karin Adkins vienne le soumettre à la tentation. Pas quand il était confronté au fait que sa main droite ne lui obéissait plus et qu'il ne pourrait probablement plus jamais exercer son métier. Mike William avait dit qu'il retrouverait *presque* entièrement l'usage de sa main. Ce qui signifiait qu'après avoir supporté une attelle pendant six semaines et enduré des mois de rééducation, il serait de nouveau capable de boutonner sa chemise tout seul et de tenir un verre, mais qu'il ne récupérerait sans doute jamais la motricité fine nécessaire pour écrire, par exemple.

— Je n'ai pas vraiment la tête à ça en ce moment, fit-il en se rasseyant normalement, ce qui lui tira une grimace. En revanche, d'ici à une semaine ou deux…

La jupe de Karin remontait sur ses cuisses et elle semblait avoir oublié qu'elle n'était pas en pantalon. Ses jambes étaient légèrement écartées, révélant sa petite culotte.

— Je n'ai pas l'intention d'attendre, répondit-elle, le souffle court, les joues en feu.

— C'est pour ça que vous me montrez votre petite culotte ?

Karin eut l'air épouvantablement gênée et devint cramoisie.

— Oh ! Ce n'était pas délibéré ! assura-t-elle en serrant les cuisses.

Houston sourit, ravi de reprendre le dessus. Puis une pensée lui traversa soudain l'esprit.

— Quel est le motif du mercredi ? s'enquit-il.

Des fleurs, des rayures, des cœurs ?

— Des cibles.

Cette révélation anéantit le peu de maîtrise de soi qu'il venait de reconquérir. Des cibles ? Voulait-elle dire des cercles concentriques s'amenuisant en direction de son… *Non !*

— Montrez-moi.

— Non !

— Devant ou derrière ?

— Les deux.

— Tournez-vous et montrez-moi vos fesses.

— Elles sont placées au même endroit que les bouches.

— Vous pouvez bien me les montrer. Soulevez votre jupe.

Son sexe avait durci. Il savait qu'il se comportait comme un abruti, mais Karin s'était levée. Elle inspira à fond, ses doigts saisirent l'ourlet de sa jupe, le soulevèrent en se trémoussant pour l'aider à franchir la courbe de ses hanches. Brusquement, elle lui tourna le dos, posa le genou sur la table basse et attendit.

Houston se sentit soudain tout faible.

— Où avez-vous trouvé cela ? murmura-t-il, ébloui. Dans un sex-shop ?

— Ça ne va pas, non ? C'est une culotte ordinaire ! Comme si je pouvais me permettre de porter des strings avec les fesses que j'ai !

Houston adorait la voir commencer ces petits jeux de séduction avec lui, puis s'effaroucher et faire machine arrière.

Elle rabattait déjà sa jupe.

Il ne put résister à l'envie de glisser sa main valide entre ses cuisses et d'en recouvrir son mont de Vénus.

— Il y a aussi une cible, là ? Je n'ai pas eu le temps de voir.

— Oui.

Houston écarta la main et lui donna une petite claque sur la fesse.

Karin poussa un cri outré.

— C'était pourquoi ? voulut-elle savoir.

— Pour avoir osé suggérer que vos fesses ne vous permettent pas de porter un string.

— C'est la vérité.

Houston remit la main sur son mont de Vénus et l'attira vers lui, ignorant le tiraillement de son mollet.

— Quand en avez-vous porté pour la dernière fois ?

— Je ne sais pas… Je devais avoir dix-huit ans, répondit-elle en essayant de lui échapper.

Houston avait envie de laisser sa main entre ses cuisses pour sentir sa petite culotte devenir humide, mais son mollet l'élança si fort qu'il jura silencieusement. La libérant, il s'adossa au canapé, maudissant sa jambe et espérant que Karin ne se doutait pas du supplice qu'il endurait.

— Dans ce cas, vous ne pouvez pas savoir si ça vous va ou pas.

Karin pivota et se rassit sur la table basse en prenant soin de ne pas lui heurter la jambe avec ses genoux.

— Pourquoi parlez-vous sans arrêt de mon corps ?

Parce que son corps l'obsédait. Parce qu'il figurait dans tous ses rêves, et parce que ses courbes parfaites semblaient issues de l'imagination d'un peintre de la Renaissance italienne.

— De quoi d'autre voudriez-vous que nous parlions ? C'est vous qui êtes venue me proposer de poursuivre dans cette veine, non ?

Cette remarque incita Karin à frotter les mains sur ses cuisses. Des taches roses apparurent sur son visage, et s'il ne l'avait pas mieux connue, Houston aurait pensé qu'elle faisait une poussée de fièvre.

— Je n'aime pas la façon dont vous le faites, déclara-t-elle en fronçant les sourcils.

— Dont je fais quoi ?

— Chaque fois que vous êtes mal à l'aise, vous vous ingéniez à me mettre aussi mal à l'aise. Vous avez perpétuellement besoin de prouver que vous êtes le plus fort.

— C'est faux, nia-t-il en se raidissant.

— Mais non. Vous n'arrêtez pas de me prendre de court avec vos sous-entendus, vos histoires de fessées et vos compliments. Cela me déstabilise et vous permet de garder le contrôle.

— On appelle ça flirter, répliqua-t-il, narquois.

Il avait adressé cette réponse au plafond, dans une vaine tentative de paraître désinvolte, mais Karin sut qu'elle avait fait mouche. Houston Hayes voulait toujours tout régenter.

Karin, quant à elle, adorait faire plaisir aux autres et voulait le voir heureux. *Vraiment* heureux. La soirée qu'ils avaient passée ensemble ne lui avait pas suffi. De même qu'elle ne se contenterait pas d'une brève liaison. Elle savait qu'elle y laisserait des plumes, sans parler de son cœur. À moins qu'elle ne réussisse à convaincre Houston d'aller plus loin. De s'essayer à une *vraie* relation.

— Vous savez quoi, Houston ? J'ai changé d'avis.

Ce n'était pas en remuant les fesses sous son nez qu'elle gagnerait son cœur. Elle ne savait pas encore comment elle y parviendrait, mais elle sentait d'instinct qu'elle devait d'abord s'en faire un ami. Ce ne serait pas facile, mais elle avait toujours eu plus de talent pour se faire des amis que pour séduire un homme physiquement. Encore que dans le cas de Houston…

— À quel sujet ? demanda-t-il.

— Je crois que ce n'est pas une bonne idée de prolonger cette relation. Je n'aurais pas dû venir et chercher à profiter de votre vulnérabilité, expliqua-t-elle en lui tapotant amicalement le genou. Vous m'aviez proposé une nuit et j'aurais dû respecter votre souhait, mais j'ai voulu tirer sur la corde. Je vous prie de m'excuser, Houston.

— Pardon ? fit-il, bouche bée.

Karin se sentit soulagée. Elle n'avait rien de la séductrice qui passe d'un lit à un autre sans état d'âme. Elle était simplement Karin, la bonne copine, le médecin attentionné, et s'il devait y avoir quelque chose entre eux, ce serait parce qu'il l'appréciait comme elle-même l'appréciait lui.

— Je ne sais pas ce qui m'a pris, ajouta-t-elle. J'étais à deux doigts de me mettre à genoux pour prendre votre… heu… vous savez quoi, dans ma bouche. Je suis bien contente de m'être arrêtée à temps.

Karin réalisa qu'elle s'était mise à jacasser et qu'elle n'arrangeait pas les choses. Le visage de Houston reflétait la plus parfaite incrédulité.

— Puisque vous avez décidé que notre relation devait être platonique à partir de maintenant, poursuivit-elle malgré tout, je crois que nous devrions passer un accord. Nous travaillons ensemble et nous ne pouvons espérer faire comme si rien ne s'était passé, mais nous pouvons être amis.

Elle se leva, lui souleva les jambes pour les poser sur le canapé en s'efforçant de garder une distance toute professionnelle, puis déposa sur ses genoux la télécommande qui avait glissé.

— Les amis sont là pour se rendre service, vous savez. Puis-je faire quoi que ce soit pour que vous vous sentiez mieux ?

Houston secoua la tête.

— Non, il n'y a rien que vous puissiez faire, répondit-il lentement.

— Bien.

Karin prit place sur l'accoudoir situé à ses pieds et passa les vingt minutes suivantes à parler du temps qu'il faisait, de sa journée à l'hôpital et des cas qui lui avaient été soumis. La mine renfrognée, Houston ne desserra pas les dents. Quand Francesca revint, Karin alla l'aider à ranger les courses dans la cuisine, parfaitement consciente du regard de Houston dans son dos. Elle se demanda si elle était la seule à penser aux cibles sur sa petite culotte et à ce qui pourrait servir de projectile.

10

Houston regardait Karin s'activer dans sa cuisine comme si elle était chez elle. Son postérieur rebondi ondulait sous sa jupe trop courte et lui rappelait l'aperçu qu'elle avait bien voulu lui en donner.

Être amis ? Qu'est-ce que c'étaient ces salades ? Il n'avait pas envie d'être ami avec elle. Il n'avait même pas envie de travailler avec elle. D'elle, il ne désirait qu'une seule chose, qu'il avait obtenue. Fin de l'histoire.

Quel menteur pitoyable il faisait ! Il ne parvenait même pas à croire à ses propres mensonges.

Il désirait autre chose, mais il était incapable de mettre un nom dessus. Il savait juste que ce n'était pas platonique et que cela ne s'apparentait pas à une relation amicale. Cela dit, Karin ne s'était pas avisée de le dorloter, ni d'émettre des petits bruits horrifiés comme sa sœur l'avait fait à la vue de ses blessures. Non. Karin était médecin. Elle se souciait de son bien-être, mais ne l'étouffait pas de sa sollicitude. Elle s'était contentée de lui tenir compagnie, comme sa mère l'avait suggéré, abordant un nombre hallucinant de sujets, et se comportant vis-à-vis de lui comme si elle ne l'avait jamais considéré autrement que comme un confrère.

L'aveu des intentions qui lui avaient fugitivement traversé l'esprit concernant son entrejambe – aveu qui lui avait fait l'effet d'une bombe – avait été la seule fausse note, et elle s'était depuis appliquée à déployer autant de sex-appeal qu'une bonne sœur.

En cet instant, elle bavardait avec sa mère et rangeait le café dans le garde-manger. Aucune femme n'avait jamais mis les pieds dans son garde-manger. L'imaginer en train de découvrir sa réserve de céréales et de maïs en boîte ou les sachets de ketchup qu'il chapardait chaque fois qu'il mangeait dans un fast-food lui apparaissait comme une violation de son intimité.

Se sentant mis à l'écart et détestant cela, il appela :

— Maman, tu peux m'apporter un verre d'eau, s'il te plaît ?

Son projet mesquin d'interrompre leur festival de papotage féminin se retourna contre lui, car ce fut une Karin, tout sourires, qui lui apporta un grand verre d'eau glacée.

— Merci, fit-il.

— Il n'y a pas de quoi.

Elle se passa la main dans les cheveux et demeura plantée là, les jambes croisées au niveau des chevilles. Ne sachant trop ce qu'elle attendait, il avala une gorgée d'eau et captura un glaçon entre ses incisives en l'ignorant royalement.

Tout à coup, les doigts de Karin furent dans ses cheveux et ses seins se retrouvèrent devant ses yeux. Houston voulut s'écarter, lâcha son glaçon et renversa la moitié de son verre sur lui.

— Qu'est-ce que vous fabriquez ?

— Vous aviez un insecte dans les cheveux, expliqua-t-elle en brandissant la bestiole qu'elle tenait entre le pouce et l'index.

— J'ai renversé mon verre à cause de vous !

— Désolée ! Si vous voulez, on peut aller dans votre chambre. Je vous aiderai à vous changer.

Cette fois, Houston en fut certain, sa proposition recelait un sous-entendu. Karin avait beau le regarder d'un air parfaitement innocent, le cerveau et le sexe de Houston avaient reçu le même message.

— Je peux me changer tout seul.

— Vous croyez ? Sur une seule jambe et d'une seule main, ça ne sera pas commode, observa-t-elle en lui prenant le coude pour l'aider à se lever. Je vous ai déjà vu nu, ça ne me fait pas peur.

— J'avais remarqué, murmura-t-il pour la déstabiliser.

Karin se contenta de rire et lui appliqua une petite tape sur l'épaule.

— Allez, en route !

Il n'était pas encore pensionnaire dans une maison de retraite ! Houston lui fit signe de s'écarter, se leva et se dirigea vers sa chambre à cloche-pied, ignorant l'élancement dans son mollet. Il voulait qu'elle s'en aille. Il n'avait besoin ni de son aide ni de sa compassion.

Si elle s'était agenouillée devant lui pour le gratifier du traitement non platonique qu'elle avait mentionné, il aurait peut-être toléré sa présence. À condition qu'elle s'y plie deux fois par jour. Minimum. Pour une durée indéterminée.

En moins d'une semaine, Karin et un requin affamé avaient bouleversé sa vie, mais il n'avait pas l'impression de s'être fait mordre la jambe. Il avait l'impression d'avoir reçu une enclume sur la tête.

Contente d'elle, Karin retourna dans la cuisine. Ça marchait ! Quand elle traitait Houston en patient, elle arrivait à maîtriser le désir qu'il lui inspirait.

— Vous avez besoin d'un coup de main, madame Hayes ? demanda-t-elle en repliant les sacs vides.

— Appelez-moi Francesca, ce sera plus simple. Je vous remercie, mais j'ai fini de ranger. Houston va bien ? Je l'ai entendu dans le couloir.

— Il a renversé de l'eau et il est allé se changer.

— Il a dû en renverser une sacrée quantité, commenta Francesca, le sourire aux lèvres.

— Pas vraiment, non. Mais j'ai l'impression qu'il a horreur de ne pas maîtriser la situation.

— Il a toujours été ainsi, Karin. J'ai fait un mauvais mariage, voyez-vous, et Houston en a été très affecté. Il ne montre jamais ses sentiments, il garde tout à l'intérieur. Mais il est loyal avec ceux qu'il aime.

Francesca la scruta d'une façon qui mit Karin mal à l'aise.

— Vous sortez avec mon fils ?

C'était si direct et si soudain que Karin piqua un fard. Elle posa le sac en plastique qu'elle tenait à la main et fit courir son doigt sur sa lèvre inférieure.

— Oh… moi ? Avec Houston ? Non, pas du tout ! On travaille ensemble, c'est tout. J'effectue ma deuxième année d'internat et il est en quelque sorte mon mentor.

— Je vois, répondit Francesca d'un ton qui laissait entendre qu'elle voyait des choses dont Karin n'avait pas du tout envie de discuter avec elle.

Sa brève allusion au sujet de son mari lui avait rappelé ce que Houston avait dit pendant qu'elle le recousait : que c'était la faute de son père s'il n'arrivait pas à être proche des gens.

— Il n'a pas beaucoup d'amis, reprit Francesca, comme si elle lisait dans ses pensées.

Karin entendit un bruit et se retourna vivement, craignant que Houston ne surprenne leur conversation. Le couloir était désert, mais Francesca devina ses craintes et poursuivit plus bas :

— Il a ses deux amis qu'il connaît depuis toujours. Sa sœur. Et moi. C'est tout.

Francesca, qui parlait beaucoup avec les mains, trancha l'air du plat de la main pour accompagner cette déclaration. Karin hocha la tête.

— Je m'en doutais un peu.

— Les femmes lui tournent autour parce qu'il est séduisant et qu'il est médecin. Et que je te minaude et que je me fais inviter au restaurant et que je m'attends que tu m'offres des fleurs... Mais elles ne s'intéressent pas vraiment à lui, elles n'essaient pas de le connaître, de le comprendre. Quand la femme qui lui convient prendra le temps de le voir tel qu'il est vraiment, elle aura trouvé l'homme de sa vie. Mais bon, c'est mon fils, ajouta-t-elle. Je suis partiale.

Karin ne savait trop pourquoi la mère de Houston lui racontait cela, mais elle eut l'impression de lui plaire. À moins qu'elle ne la mette poliment en garde.

— Je... l'admire, dit-elle.

En tant que chirurgien. En tant qu'homme, aussi. Un homme qui l'avait gratifiée de trois orgasmes d'affilée.

— J'aimerais devenir son amie.

Une amie nue, et à l'horizontale.

— C'est bien, dit Francesca en hochant la tête d'un air pensif. Dans ce cas, vous pourriez peut-être passer le voir de temps en temps. Cela m'arrangerait. Je travaille dans le commerce et j'ai des horaires impossibles. J'ai pris quelques jours de congé, mais je dois reprendre mon travail, et ma fille ne sait pas y faire avec les malades. Elle vient avec ses enfants, et Houston s'efforce de ne pas montrer qu'il souffre pour ne pas leur faire peur. Quand elle a voulu lui changer son pansement, elle s'est trouvée mal et elle a dû sortir prendre l'air !

— Ce n'est pas rare, assura Karin en riant. Faites-moi confiance, changer le pansement de blessures que j'ai recousues moi-même ne me fait pas peur. J'aimerais même beaucoup vérifier leur cicatrisation.

— Parfait, déclara Francesca avec un grand sourire, comme si elles venaient de sceller un pacte.

Karin lui rendit son sourire. Elle avait désormais un parfait alibi pour rendre visite à Houston : elle agissait à la demande de sa mère.

Le lendemain, Karin sonna à la porte de Houston, vêtue d'un short en jean et d'un T-shirt ample, un grand sac de pinces de crabes en provenance du *Vieux loup de mer* à la main.

Houston ne vint pas lui ouvrir et elle supposa qu'il n'avait pas envie de se traîner jusqu'à la porte alors qu'il n'attendait personne et que sa mère avait la clef. Elle tourna la poignée. Ce n'était pas verrouillé. Une chance, car elle n'aurait pas pu manger tout ce crabe à elle seule.

— Houston ? appela-t-elle. C'est moi ! Je vous ai apporté à manger !

Ne recevant pas de réponse, elle dépassa le salon désert et se dirigea vers la cuisine. Houston mangeait des fraises, un magazine ouvert devant lui sur la table. Il leva les yeux sur elle et croqua une fraise.

— C'est votre dîner ? demanda-t-elle

— Oui, répondit-il en tournant ostensiblement la page de son magazine.

— Eh bien, bonjour ! Comment s'est passée votre journée ? s'enquit-elle sans se démonter. Je suis contente de vous voir, moi aussi, ajouta-t-elle en posant son sac sur la table.

— Ne le prenez pas mal, Karin, dit-il d'un air peiné, mais je ne suis pas d'humeur à partager la compagnie de quiconque.

— Raison de plus pour en avoir.

— Cette remarque est absurde, dit-il en jetant un coup d'œil au sac sur la table.

En dépit de sa récente intervention, Houston était mignon à croquer. Il n'était pas rasé, ses cheveux étaient tout ébouriffés et il était torse nu. Son short couleur olive lui tombait bas sur les hanches, soulignant ses abdos de surfeur. Sa main abîmée reposait sur ses genoux et un pansement recouvrait toujours son mollet, mais il ne semblait pas trop souffrir de ses blessures.

— Moi, je la trouve parfaitement sensée, riposta-t-elle en sortant du sac une boîte en polystyrène dont elle souleva le couvercle.

— Vous n'avez pas l'intention de partir, n'est-ce pas ? demanda-t-il

Il tendit spontanément la main vers le crabe, prit conscience de son geste et s'arrêta à mi-parcours.

— Pas la moindre. Nous allons dîner ensemble en bavardant et vous allez tout me dire au sujet des propos sibyllins que vous avez tenus quand vous étiez sous morphine.

Houston planta son regard dans celui de Karin.

— Pourquoi ? Qu'est-ce que j'ai dit ?

— Vous ne vous en souvenez plus ? fit-elle en déposant une serviette en papier devant lui. Dommage, c'était très révélateur...

Karin saisit une pince de crabe, la cassa en deux et s'assit à côté de lui.

— Bien joué, dit-il en écartant son bol de fraises. Mais je sais que je n'ai rien dit.

— Vous avez dit des tas de choses, lui assura-t-elle en s'essuyant le menton avec sa serviette. Vous m'avez par exemple demandé d'appeler Sheinberg pour me remplacer sous prétexte que je n'étais pas assez qualifiée.

Si elle s'attendait qu'il nie ou se montre embarrassé, elle fut déçue.

— C'est tout ? fit-il en haussant les épaules. C'est la vérité.

— Je suis parfaitement qualifiée pour poser des agrafes, répliqua-t-elle en réprimant une furieuse envie de lui enfoncer une fraise dans la narine. Je suis parfaitement qualifiée pour procéder à des interventions orthopédiques mille fois plus compliquées que l'extraction d'une dent de requin de votre mollet.

Houston regardait fixement la table, et Karin réalisa avec un temps de retard qu'il réprimait un fou rire.

— Après avoir fait cette déclaration peu flatteuse, ajouta-t-elle finement, vous avez déclaré que vous me trouviez très jolie.

Les épaules cuivrées de Houston se crispèrent, et il lui décocha un coup d'œil méfiant.

— Oh, vraiment ?

— Vraiment, confirma-t-elle.

S'il s'avisait de nier, ce ne serait pas une fraise, mais son poing qu'elle lui appliquerait sur le nez.

— C'est la vérité aussi, lâcha-t-il nonchalamment en laissant son regard errer sur sa poitrine.

Agacée, Karin se leva. Il l'avait désarçonnée, ce qui n'était pas du tout prévu au programme. Elle sortit une assiette en carton du sac et déposa fermement une pince de crabe devant Houston.

— J'espère que vous avez faim parce qu'il y en a des tonnes.

Elle se pencha au-dessus de la table pour décortiquer la pince à sa place et sentit la main valide de Houston se poser sur sa taille. Elle l'ignora.

— Vous êtes très jolie.

L'air frais de la cuisine lui arracha un frisson quand il souleva son T-shirt, et elle se figea en sentant son haleine tiède. Ses lèvres entrèrent en contact avec sa peau. Karin lâcha la pince de crabe qui atterrit sur le magazine posé sur la table et s'écarta.

— Ça suffit.

— Pourquoi ? demanda-t-il en la retenant par son T-shirt.

— Parce que vous avez dit *une seule nuit*, vous vous souvenez ? Parce que nous nous efforçons d'être simplement amis.

— Ça, c'est votre idée, objecta-t-il. Quand vous aviez suggéré plusieurs nuits d'affilée, j'avais approuvé.

— Oui, mais j'ai changé d'avis. Maintenant, je me comporte en amie et je vous aide jusqu'à ce que vous alliez mieux, comme votre mère me l'a demandé. Alors tenez-vous tranquille.

— Vous savez ce qui m'aiderait à aller mieux ?

— Je vous écoute, répondit-elle, sur ses gardes, en s'asseyant.

— Quand nous aurons fini de manger, j'aimerais que vous me fassiez un massage. Ma jambe m'oblige à dormir sur le dos, ce qui n'est pas ma position habituelle, et j'ai la nuque et les épaules en compote.

Karin déglutit. Pétrir sa peau nue à pleines mains ne lui poserait aucun problème. Elle saliverait tellement qu'elle n'aurait même pas besoin d'huile de massage.

— Bien sûr, répondit-elle d'une voix aiguë qui ressemblait à s'y méprendre à celle d'une souris de dessin animé.

Houston goûta au crabe et se sentit un peu mieux qu'avant l'arrivée de Karin. Il avait passé la journée à lire, à regarder la télé et à éviter de penser à sa main presque insensible. Karin constituait une distraction délicieusement sexy. Si elle s'imaginait qu'elle allait venir ici jour après jour et qu'ils se contenteraient d'une relation platonique, soit elle était naïve, soit elle se racontait des histoires.

Houston nageait en plein marasme, sa carrière était suspendue à un tendon endommagé, et il s'estimait en droit de s'octroyer une liaison torride avec Karin Adkins. Il savait d'ores et déjà qu'il y prendrait intensément plaisir.

Maintenant, si elle insistait pour jouer au chat et à la souris avec lui, il se sentait de taille à relever le défi. Il ne lui donnait pas trois jours.

Karin lui jeta un coup d'œil suspicieux et se tortilla sur sa chaise.

— Il paraît que votre sœur apprécie moyennement d'avoir à changer votre pansement.

— Kori a toujours été la reine des trouillardes, répondit-il. Quand on était petit, je m'amusais à lui faire peur avec des fourmis.

Il avait surtout passé du temps à jouer avec elle et à lui faire la lecture pour détourner son attention des bagarres de leurs parents.

— Qui s'est chargé de le changer aujourd'hui ?

— Moi.

Il y avait consacré plus d'une demi-heure et avait sué sang et eau.

— Je pourrais le faire, la prochaine fois, proposa-t-elle en le couvant d'un regard tendre.

— Ça ira, j'ai chopé le coup.

Il n'avait pas envie qu'on l'aide. Il lutterait seul contre ses boutons de chemise récalcitrants et se salirait en mangeant de la main gauche pour ne pas avoir à subir l'humiliation de dépendre de quelqu'un. Il recula sa chaise, se leva, réprima une grimace et alla se servir un verre d'eau à cloche-pied.

— Alors, qu'est-ce que je vous ai raconté d'autre quand vous m'avez drogué ? demanda-t-il pendant que l'eau coulait.

— Je ne vous ai pas drogué ! rétorqua-t-elle, indignée. Je vous ai administré ce que vous administrez en pareil cas à vos patients. Si je me souviens bien, vous avez dit que vous me trouviez jolie et que vous adoriez mes cheveux.

Houston avala une gorgée d'eau et sentit sa nuque devenir brûlante. Il aimait effectivement beaucoup ses petits cheveux courts, mais il n'avait jamais eu l'intention de le lui dire.

— Je crois me rappeler aussi que vous avez dit que j'étais une véritable déesse.

Mortifié, Houston se retourna d'un bloc et la contempla bouche bée, incapable d'articuler une syllabe. Karin se lécha les doigts, puis éclata de rire.

— Je plaisante ! La dernière, je l'ai inventée !

Houston respira plus librement tandis que le rire de Karin se répercutait dans la cuisine, franc et sonore. Observant cette éternelle optimiste, chaleureuse, sans chichis, et fort séduisante, il dut admettre qu'il était heureux qu'elle soit, là, assise dans sa cuisine.

Et pour la première fois depuis qu'il avait compris que sa carrière était plus que probablement derrière lui, il eut, lui aussi, envie de rire.

11

— Si vous avez fini de manger, j'aimerais bien que vous me massiez.

Le rire de Karin cessa d'un coup.

Houston rinça son verre, regagna la table clopin-clopant, se laissa tomber sur sa chaise en soupirant et lécha les gouttes d'eau sur sa main. Ses lèvres produisirent un petit bruit de succion et Karin envia cette main.

— Bien sûr, répondit-elle en se levant.

Elle approcha ses doigts tremblants de ses épaules, comme si elles étaient radioactives, et effleura sa peau. Elle tressaillit au contact de ses muscles tièdes et fermes, puis enfonça résolument les doigts dans sa chair et commença à lui pétrir le dos. Sa peau cuivrée était légèrement plus foncée au niveau des omoplates et comme enveloppée d'un voile de taches de rousseur qui invitait aux baisers. Houston expira longuement, mais Karin n'aurait pas su dire s'il soupirait de plaisir ou de douleur.

— Ça va ? Je n'appuie pas trop fort ?

— Non, c'est parfait, répondit-il d'une voix profonde.

Elle fit rouler ses pouces sur sa nuque, et il laissa échapper un grognement sourd. Au bout d'une minute, Karin se laissa porter par le mouvement de ses mains, appréciant de sentir sa chair sous ses doigts. Ses seins effleuraient parfois le dos de Houston, qui se raidissait aussitôt.

— C'est un torticolis ?

— Juste une courbature, à force de dormir sur le dos.

Karin lui massa les bras et Houston émit un petit gémissement approbateur qu'elle remarqua à peine. Elle songeait à la souffrance qu'il devait endurer. Elle se souvint de la vision qu'elle avait eue de lui quand elle avait écarté le rideau aux urgences, et frémit à la pensée de ce que le requin aurait pu lui faire.

— Ça a dû être… affreux, n'est-ce pas ? fit-elle, et elle se maudit d'avoir proféré une telle ineptie dès que les mots eurent franchi ses lèvres.

Il se tourna à demi et haussa les sourcils.

— Quoi donc ?

— Ce qui vous est arrivé, répondit-elle en immobilisant les mains sur ses épaules.

— Le requin ?

Houston ne semblait pas agacé ; simplement perplexe.

— Oui. Je suis désolée, c'est une question idiote. Évidemment que c'était affreux.

— Je ne sais pas si *affreux* est le terme qui convient. La chose se produit, on réagit, et c'est fini. Ça a quelque chose d'irréel, en fait.

— Je comprends.

C'était vrai. Elle avait ressenti la même chose à la mort de son père.

— Tout s'est passé si vite. J'ai distingué quelque chose, et il était déjà sur ma jambe. Je n'ai pas eu le temps de souffrir, à peine d'avoir peur.

Karin songea qu'elle aurait été tellement effrayée qu'elle aurait probablement fait pipi dans son maillot de bain. Houston tressaillit et elle réalisa que ses mains l'étreignaient fortement. Elle s'excusa et reprit son massage en douceur.

— Je ne sais pas comment appeler cela, reprit-il. Un accident ? Une attaque ? Quand on me demande ce qui s'est passé, je réponds que je me suis fait mordre par un requin et les gens prennent une expression horrifiée.

Il se tut, tripota pensivement la fourchette qui se trouvait sur la table.

— On en a parlé au journal télévisé. C'est très gênant.

— Il paraît, mais je ne l'ai pas vu. On vous a filmé pendant que vous étiez à l'hôpital ?

— Non. Ils ont montré des images de la plage et des témoins qu'ils ont interrogés, et ils ont balancé la seule photo qu'ils ont trouvée de moi, celle de l'équipe médicale. Ma mère l'a enregistré, ajouta-t-il avec un petit rire.

— Non ? s'esclaffa Karin. Cela dit, je parie que ma mère ferait la même chose.

— Je regrette de lui causer tant de soucis, avoua-t-il en posant les mains sur celles de Karin. Merci, c'était très agréable. Je vais me lever.

— Morsure de requin ou pas, elle se fera toujours du souci pour vous, répondit-elle en s'écartant. C'est votre mère.

— Je suis pourtant un grand garçon, maintenant, observa-t-il en se redressant précautionneusement.

— Elle m'a dit qu'elle avait fait un mauvais mariage, risqua-t-elle, et que vous en aviez souffert.

Un éclair de colère s'alluma brièvement dans les yeux de Houston et ses mains se crispèrent sur le rebord de la table contre laquelle il s'était appuyé, mais il ne desserra pas les lèvres.

Karin le contourna pour débarrasser la table.

— Je n'ai pas besoin qu'on nettoie derrière moi, déclara-t-il sèchement.

— C'est sans importance, répondit-elle sans s'interrompre.

— Tout a son importance, Karin, objecta-t-il. Si vous persistez à me rendre visite, je finirai par vous faire souffrir et je ne veux pas en arriver là.

— Moi aussi, je suis une grande fille, Houston. Personne ne m'oblige à venir. Je le fais parce que ça me plaît, répliqua-t-elle en relevant fièrement le menton.

Quand il reprendrait le travail et qu'elle aurait pratiquement bouclé son internat, elle ne serait plus qu'un gros paquet de cellules anéanti le chagrin, mais, après tout, on ne vit qu'une fois.

Forte de cette détermination, elle franchit le lendemain la porte de Houston après son service à l'hôpital, sans même se donner la peine de sonner… et le découvrit en train de se laver les cheveux au-dessus de l'évier de la cuisine, vêtu d'un simple caleçon noir. L'eau ruisselait le long de son dos bronzé tandis qu'il essayait de rincer sa tête recouverte de mousse avec la douchette flexible. Il était tellement occupé à pester contre le tuyau trop court qu'il ne l'avait pas entendue arriver.

— Et merde ! articula-t-il quand un filet de mousse franchit inopinément le rempart de ses sourcils et lui coula dans l'œil.

Son mouvement de recul fit joliment saillir ses fesses, et Karin se dit qu'elle ferait mieux de quitter les lieux en vitesse si elle ne voulait pas céder à la tentation de lui appliquer une fessée à sa façon. Elle se retourna sans prendre le temps de vérifier qu'elle se trouvait bien dans l'axe de la porte et percuta violemment le mur.

Houston pivota, entraînant le flexible dans son mouvement. Un jet d'eau tiède atteignit Karin au menton et à l'épaule avant qu'il ait la présence d'esprit de relâcher le bouton pour que l'eau s'écoule du robinet. Elle s'essuya le menton, et l'expression de Houston passa de la surprise à l'amusement.

— Regardez ce que vous avez fait ! s'écria-t-elle en le fusillant du regard. Je suis trempée !

Il avait beau avoir la tête couronnée de shampooing et un filet d'eau savonneuse qui coulait le long de sa joue, il était toujours aussi beau. Karin se traita mentalement d'idiote. Elle qui était incapable de résister à une glace à la menthe et aux pépites de chocolat, d'où tenait-elle qu'elle pourrait résister à Houston ?

— Vous avez encore de la mousse dans les cheveux, remarqua-t-elle pour masquer son trouble.

Le regard de Houston s'attarda sur son débardeur, et un lent sourire étira ses lèvres.

— Vous m'avez interrompu.

— Désolée, je n'en avais pas l'intention. Voulez-vous que je vous aide ?

— Je peux me débrouiller, répondit-il en se retournant pour se pencher au-dessus de l'évier.

Il se tenait au rebord de sa main bandée et orientait le jet de la main gauche.

— Attendez. Je vais tenir le jet pendant que vous faites partir la mousse, insista-t-elle.

— Je préfère que ce soit moi qui le tienne, déclara-t-il d'une voix étouffée. Je ne vous fais pas confiance.

— Vous craignez que j'inonde votre carrelage, c'est ça ? riposta-t-elle en s'approchant de lui.

— Je vous en crois assez capable.

Il avait beau orienter le jet vers sa tête, l'eau coulait le long de son dos et trempait son caleçon qui devenait de plus en plus moulant. Karin détourna héroïquement les yeux de son postérieur, se pencha à côté de lui et se mit en devoir de lui frotter la tête. Déstabilisé, Houston faillit lâcher la douchette si bien que Karin reçut un jet d'eau en pleine poitrine. Poussant un cri aigu, elle s'écarta d'un bond.

— Que se passe-t-il ?

— Rien. Mon débardeur est trempé, répondit-elle d'un ton lugubre en recommençant à lui frotter vigoureusement la tête.

Houston ferma les yeux et s'efforça de ne pas grincer des dents tandis que Karin se bagarrait avec sa tête. Il percevait sa nervosité, sa proximité aussi, et il avait envie d'elle. Comme chaque fois qu'il se trouvait en sa présence.

— C'est fini, annonça-t-elle d'une voix haletante qui acheva d'affirmer son érection.

Elle avait visiblement l'intention de s'en tenir à ces absurdes rapports amicaux, ce qui ne lui plaisait pas du tout. Ses nuits étaient peuplées de rêves érotiques et des pensées libidineuses hantaient son esprit à longueur de journée.

Se retournant d'un bloc, il dirigea volontairement le jet vers sa poitrine. Karin poussa un hurlement et tendit les mains devant elle. Houston souriait de toutes ses dents.

— Oups ! J'ai oublié de lâcher le bouton.

Il contempla son œuvre. Déjà superbes sous un vêtement sec, les seins de Karin auraient pu tirer des gémissements de gratitude à un moribond sous une étoffe mouillée.

Les pointes roses tendaient divinement son débardeur blanc.

— C'était de l'eau froide ! glapit-elle.

— Il semblerait, en effet, répondit-il sans détacher les yeux de ses seins.

— Arrêtez de me lorgner la poitrine, maugréa-t-elle en croisant les bras.

— Je suis en caleçon et votre T-shirt est trempé. Vous tenez toujours à ce que nous restions simplement amis ?

— Houston… commença-t-elle.

Il avait l'impression qu'elle allait céder et retirer son débardeur, mais elle lui adressa un regard suppliant.

— La première fois a été une erreur, et recommencer serait pire que tout. Je suis désolée, mais je pense qu'être amis plutôt qu'amants est préférable.

Préférable pour qui ? Il tendit la main vers elle, mais elle l'arrêta d'un geste.

— Je… je ne veux pas souffrir, dit-elle, et son regard était d'une sincérité absolue.

Ce fut comme s'il avait reçu un coup au plexus.

— Mais je n'ai pas l'intention de vous faire souffrir.

— Je sais… Mais je veux plus que ce que vous êtes disposé à me donner.

Houston savait ce qu'elle voulait. Il voulut répondre, mais les mots restèrent coincés dans sa gorge, et le silence se prolongea entre eux bien qu'il mourût d'envie de lui dire qu'il était prêt à tout lui donner.

— Je ne peux vous accorder plus d'un seul jour à la fois, finit-il par concéder.

— Je sais, dit-elle avec un petit soupir.

Égoïstement, Houston aurait voulu qu'elle réponde que ce n'était pas grave, qu'un seul jour à la fois suffisait amplement. Mais Karin ne prononça pas ces mots-là, et il se sentit honteux. Il avait beau prétendre qu'il ne voulait pas la faire souffrir, chacune des paroles qu'il lui adressait était blessante. Il prenait tout ce qu'elle lui donnait et n'avait rien d'autre à lui offrir en échange que du sexe !

— Je vais vous chercher un T-shirt sec, dit-il en détournant les yeux.

— Ce n'est pas la peine, lui assura-t-elle. Vous feriez mieux de vous asseoir, vous vous fatiguez inutilement.

Pourquoi persistait-elle à se soucier de lui ? se demanda-t-il, en proie à une soudaine colère. Pourquoi n'admettait-elle pas qu'il n'était qu'un salaud et ne le laissait-elle pas tranquille ?

— Je ne suis pas fatigué, mentit-il. Je vais vous chercher un T-shirt.

— Je m'en charge, dit-elle en posant la main sur son torse pour l'empêcher d'avancer. Il suffit que vous me disiez où ils sont.

— J'ai dit que j'y allais, répliqua-t-il sèchement, confirmant ainsi ce qu'il pensait, à savoir, que Karin méritait de rencontrer un homme bien, pas un type comme lui qui était et resterait le fils de son père.

Karin le regarda s'éloigner en boitillant. Elle ne comprenait pas bien ce qui venait de se passer, et tenta de se dire qu'il ne voulait simplement pas de son aide, qu'elle avait empiété sur son indépendance, que ce n'était pas plus grave que cela. Parce que, dans le cas contraire, elle ignorait comment rattraper le coup.

Elle attendit qu'il revienne, frissonnant dans son débardeur trempé. Elle laissa passer un bon moment, puis finit par se demander s'il n'était pas tombé. Il était peut-être allongé sur le sol de sa chambre, telle une tortue qui n'arrive pas à se retourner, trop fier pour appeler à l'aide. À moins qu'il ne lui signifie à sa façon qu'il était temps qu'elle vide les lieux.

Elle attendit encore une longue minute, de plus en plus inquiète, puis décida d'en avoir le cœur net.

Elle remonta le couloir, et le spectacle qu'elle découvrit quand elle atteignit sa chambre la cloua sur place. Houston essayait de retirer son caleçon. Entre le tissu mouillé, l'élastique de la taille et l'usage de sa seule main gauche, il donnait l'impression de répéter un numéro de contorsionniste. Il avait réussi à le faire rouler sur ses fesses, mais paraissait désormais coincé.

Sans doute alerté de sa présence par sa respiration un peu haletante soudain, il jeta un coup d'œil pardessus son épaule et proféra un juron retentissant.

— Je suis désolée, dit-elle en virant à l'écarlate. Je venais voir si vous aviez besoin d'aide, je ne m'attendais pas…

— Vous voulez m'aider ? coupa-t-il d'un ton exaspéré. Parfait. J'apprécierais infiniment votre aide.

— Qu… quoi ?

— Mon caleçon est mouillé et, comme vous pouvez le constater, je suis coincé. Auriez-vous l'amabilité de tirer dessus ?

Ses yeux lançaient des éclairs de fureur et sa mâchoire était contractée. Sa requête ne comportait aucun sous-entendu sexuel et il était bien trop humilié pour tenter quoi que ce soit de déplacé.

— Oh, oui, bien sûr, avec plaisir, répondit-elle comme s'il lui avait demandé de l'aider à remplir une grille de mots croisés.

Houston ne dit pas un mot. Il se contenta d'attendre. Elle s'approcha de lui, tendit vers son caleçon des mains aussi tremblantes que celles d'un toxicomane en cure de désintoxication. Elle glissa les doigts sous l'élastique roulotté, voulut tirer dessus et se sentit gagnée par la panique quand rien ne se produisit.

— Il est coincé.

— J'avais remarqué, Karin.

Quelle gourde !

— Il faut le remonter et le faire descendre sans que la taille s'enroule, expliqua-t-il patiemment.

Elle déroula le tissu entortillé autour de l'élastique et le fit remonter sur ses fesses avant de réfléchir à la meilleure façon de procéder pour éviter qu'il s'enroule.

— Vous abandonnez ? s'inquiéta Houston.

— Non, je réfléchis.

Si elle voulait éviter de poser les yeux sur ses bijoux de famille, mieux valait rester derrière lui. La vision de son postérieur, aussi aimable soit-il, serait toujours moins troublante. Elle crocheta les doigts dans l'élastique au niveau de ses hanches et tira vers le bas. Ses seins effleurèrent son dos nu quand elle plia les genoux afin de faire glisser le caleçon le long de ses cuisses. Elle était convaincue que le reste serait un jeu d'enfant, et qu'il pourrait terminer sans elle. Malheureusement, le caleçon refusa de descendre plus bas, comme si quelque chose le retenait. *Devant !*

— Hum, toussota-t-elle. Nous voilà confrontés à un nouveau problème.

— C'est votre faute.

Elle essayait de l'aider et il l'incriminait !

— Qu'est-ce que j'ai fait ?

— Vous existez. Il suffit que vous leviez le petit doigt pour que je bande comme un âne !

Sans relever, Karin prit son courage à deux mains et le contourna.

— Ce sera plus facile de ce côté-là, assura-t-elle en s'agenouillant.

Son souffle tiède caressa les cuisses de Houston et un souffle d'air passa entre ses jambes quand elle fit glisser le caleçon mouillé sur ses cuisses, révélant son érection dans toute sa splendeur. Houston avait conscience d'être entièrement nu devant la femme qu'il désirait le plus au monde et il aurait vivement apprécié qu'elle prenne gentiment soin de lui.

Il était si près d'elle qu'il aurait suffi qu'il bascule légèrement les hanches pour que l'extrémité de son sexe frôle ses lèvres. Il aurait alors posé les mains sur sa tête, les aurait enfouies dans ses cheveux et…

Cette idée manqua de le tuer.

Il agrippa ses cheveux courts, fit basculer sa tête en arrière pour l'obliger à le regarder.

— Karin.

— Oui ? répondit-elle en faisant franchir à son caleçon le rempart de ses genoux.

Ses grands yeux verts reflétaient la plus parfaite candeur.

— Je n'en peux plus, Karin. Je ne peux pas être ami avec vous, déclara-t-il en secouant la tête. Allez vous-en ! Vous avez compris ? Faites-moi plaisir, ne remettez plus jamais les pieds ici.

12

Comme Karin s'immobilisait dans le hall pour ranger son stylo dans la poche de sa blouse, ses doigts effleurèrent la dent de requin qui ne l'avait pas quittée depuis l'accident de Houston. Elle n'avait pas revu ce dernier depuis l'incident du caleçon, une semaine plus tôt, et ne s'attendait pas à le revoir. Il avait été d'une franchise absolue : il ne voulait pas être ami avec elle. Et elle refusait de se contenter d'une liaison purement sexuelle.

Elle aurait aimé en être capable. Mais ce n'était pas son genre. Elle ne pouvait s'empêcher de s'investir émotionnellement, et c'était sans doute une bonne chose que Houston l'ait mise à la porte.

Mais oui, c'est ça ! Et elle allait aussi subitement prendre quinze centimètres et devenir une bête de mode ! La vérité, c'était qu'elle avait sa tête des mauvais jours, qu'elle était en plein syndrome prémenstruel, et que lorsqu'elle s'était déshabillée au vestiaire, elle s'était fait l'effet d'une grosse vache.

Sa nuit avec Houston avait eu pour seul résultat de la ramener à son point de départ. Elle était aussi seule et déprimée qu'avant, sauf qu'en prime, elle savait ce qu'elle ratait. Elle savait désormais que Houston avait un corps à se damner et des mains magiques.

Elle soupira, se remit en marche en feuilletant le dossier qu'elle venait d'annoter.

— Ne me marchez pas sur les pieds, je ne suis pas d'humeur, aujourd'hui, dit une voix familière.

Karin s'arrêta net et leva les yeux. C'était lui. Houston. Le Dr Hayes. Il se tenait devant elle, dans un pantalon kaki qui dissimulait le patchwork de points de suture de son mollet gauche. Il avait toujours son attelle à la main droite. Son teint était pâle sous le bronzage et il avait des cernes noirs. Elle eut envie de les embrasser pour les faire disparaître et dut se retenir pour ne pas le toucher. Elle en conclut que son cas était désespéré.

— Docteur Hayes, dit-elle d'une voix légèrement tremblante. Qu'est-ce que vous faites là ?

— Je m'ennuie, alors je suis venu vérifier que personne n'avait profité de mon absence pour s'installer dans mon bureau.

C'était censé être une plaisanterie, mais Karin devina qu'il était plus sérieux qu'il n'y paraissait.

— J'ai encore failli vous rentrer dedans ! Je suis vraiment la reine des empotées !

Il ouvrit la bouche comme pour la contredire, mais ne put réprimer un sourire. Vexée qu'il persiste à la trouver comique alors qu'elle avait passé la semaine à se faire un sang d'encre à cause de lui, elle croisa les bras.

— J'admets que je suis un peu maladroite. Mais je ne le suis plus quand je suis au bloc opératoire.

— Dans une chambre à coucher non plus vous ne l'êtes pas, répliqua-t-il du tac au tac en lorgnant ostensiblement sur ses seins.

Il ne manquait pas de toupet vu leur dernière conversation, mais Karin ne put s'empêcher d'être flattée. Elle leva pourtant les yeux au ciel.

— J'ai quand même réussi à m'affaler sur votre vélo !

— C'était dans l'entrée, pas dans la chambre. Et puis, vous aviez une bonne raison, ajouta-t-il en souriant. Votre short vous entravait les chevilles.

Ce sourire ne manqua pas d'inquiéter Karin. Ouvert, confiant, chargé de souvenirs complices. Qu'est-ce qu'il lui prenait de lui parler ainsi au beau milieu d'un couloir d'hôpital après l'avoir flanquée à la porte de chez lui ?

— Vous m'excuserez, mais j'ai un patient à voir, fit-elle en faisant mine de le contourner.

Houston posa la main sur son bras.

— Demain vous allez opérer et je vous assisterai. Vous aurez amplement l'occasion de me prouver de quoi vous êtes capable.

— Quoi ? glapit-elle. Vous voulez dire que je ne travaillerai pas avec le Dr Liu ?

Il hocha la tête.

— Mais je serai à côté de vous et je surveillerai tous vos gestes, lui rappela-t-il, histoire de doucher un peu son enthousiasme.

Karin baissa machinalement les yeux vers sa main bandée. Il la mit promptement derrière son dos en la défiant du regard.

— Prêt à reprendre du service ? demanda-t-elle, se maudissant sitôt que cette question eut franchi ses lèvres. Je veux dire… rester trois heures debout, avec votre jambe, ça risque d'être fatigant, voulut-elle se rattraper.

— J'y arriverai, assura-t-il d'un ton glacial. Ce ne sont que des points de suture, bon sang ! Pourquoi est-ce que tout le monde me parle comme si j'avais *en plus* une lésion cérébrale ?

— Certaines personnes considèrent peut-être qu'un homme qui choisit de rester debout trois heures sur une jambe blessée doit forcément avoir une lésion cérébrale, rétorqua-t-elle, vexée qu'il l'englobe sous l'appellation *tout le monde*.

Il était temps qu'il comprenne que se soucier de lui n'était pas l'insulter. Du reste n'avait-il pas sous-entendu qu'*elle* souffrait peut-être d'une lésion cérébrale en étant le seul chirurgien à refuser de la laisser opérer ? Se retrouver dans la peau du sous-fifre jusqu'à Noël ne lui ferait pas de mal.

— Mon cerveau fonctionne parfaitement bien. C'est mon corps que j'ai du mal à contrôler, affirma-t-il en coulant de nouveau un regard concupiscent vers sa poitrine. Il suffit que je pose les yeux sur vous pour avoir envie de vous.

— Je connais ça, répondit-elle en risquant un coup d'œil vers sa braguette.

Tiraillé entre les exigences de sa libido et un appétit dévorant pour les crèmes glacées censées compenser sa frustration sexuelle, son corps menait la danse ces derniers temps.

— Arrêtez, murmura-t-il en lui caressant doucement le bras. Je ne peux pas me permettre d'avoir une érection le jour où je reprends le boulot.

Il pouvait la virer de chez lui, mais il ne pouvait contrôler le désir qu'elle lui inspirait. Et Dieu savait qu'elle le désirait tout autant ! Se contenter d'être amis était une idée vraiment stupide.

— C'est demain, alors ? demanda-t-elle en se rapprochant imperceptiblement de lui.

La main de Houston retomba et il secoua la tête.

— Je ne sais pas faire ça, Karin. Je ne sais pas comment redevenir distant avec vous.

Qu'il ne se force pas. Où était le problème ?

— Houston…

Elle était en proie à des émotions si confuses qu'elle ne savait plus ce qu'elle voulait lui dire.

— On va boire un café ? proposa-t-il.

— D'accord.

Ils se dirigèrent vers les ascenseurs, Karin adaptant son pas à celui de Houston. La situation s'était inversée, c'était elle qui devait ralentir maintenant.

— Désolé, reprit-il d'une voix tendue. À ce rythme, on devrait y être pour le dîner.

— J'imagine que des béquilles étaient hors de question.

— Absolument. Quatre semaines de repos total pour ma main. Plus que deux et demie, Dieu merci.

Ils pénétrèrent dans la cabine de l'ascenseur et Karin lui jeta un coup d'œil de biais.

— Si je dis quelque chose d'affreux, vous me promettez de ne pas vous énerver ?

— Promis.

— Fauteuil roulant ?

Houston afficha une expression horrifiée, puis se ressaisit.

— Je n'en suis pas encore là, répondit-il en s'adossant à la paroi de la cabine. Et puis, je ne pourrais même pas le faire rouler tout seul, ajouta-t-il en levant sa main bandée.

L'ascenseur fit halte au premier étage et il ajouta :

— Je devrais pouvoir me débrouiller pendant deux semaines, le temps qu'il faudra à ma jambe pour cicatriser.

— Elle cicatrisera d'autant plus vite que c'est un crack qui vous a recousu, commenta-t-elle d'un ton léger, histoire de détendre l'atmosphère.

— C'est Mike qui m'a recousu ? Je croyais que c'était vous.

Cette remarque fit à Karin l'effet d'une douche glacée. Il ne la croyait même pas capable de faire une suture convenable ? Elle s'apprêtait à répliquer vertement quand elle s'aperçut qu'il réprimait un sourire et que ses yeux bleus pétillaient. L'animal se permettait de la taquiner ! Elle éclata de rire, profondément soulagée.

— Attention à ce que vous dites, ou je ne serai pas douce quand je vous enlèverai les fils

Les portes s'écartèrent sans bruit. Ils avaient atteint le rez-de-chaussée.

— J'ai du mal à vous imaginer autrement que douce, docteur Adkins, lui glissa-t-il à l'oreille.

Ils étaient proches à se toucher, pourtant, il y avait entre eux un gouffre qu'elle ne savait comment combler.

— Je suis désolé, ajouta-t-il en posant la main au creux de ses reins. Je ne voulais pas vous rembarrer comme je l'ai fait la dernière fois. Je sais que vous tentiez seulement de m'aider, et je n'avais pas l'intention de vous blesser.

— Ce n'est pas grave, répondit-elle en haussant les épaules. Mais ne vous avisez pas de recommencer.

— J'essayerai, croyez-moi, répondit-il avec un petit rire surpris.

— N'essayez pas. Faites-le, dit-elle en imitant la voix de maître Yoda.

L'humour avait toujours été sa meilleure arme, mais elle aurait préféré ne pas avoir cette conversation dans les couloirs de l'hôpital.

— Je ne peux pas être ami avec vous, Karin, parce que je ne peux faire abstraction du désir que vous m'inspirez. Je suis désolé.

Elle l'était autant que lui, car si elle ne lui inspirait que du désir, il n'y avait pas de relation possible entre eux.

— J'aimerais… Je voudrais… commença-t-il tandis qu'ils approchaient de la cafétéria.

Il s'interrompit et poussa la porte de verre de sa main valide.

— Les dames d'abord.

Karin songea que tout aurait été tellement plus simple si Houston avait consenti à tomber amoureux d'elle. Mais c'était tout aussi peu susceptible de se produire que les fantasmes de son adolescence au cours desquels les membres du groupe Duran Duran se battaient pour ses beaux yeux.

Malheureusement, elle vivait dans le monde réel, désormais, et Houston ne désirait que son corps. C'était un désir auquel elle avait furieusement envie de céder, mais que venait contrecarrer sa volonté de conserver un minimum d'estime de soi.

— Merci, dit-elle en franchissant la porte. Allez vous asseoir, je m'occupe du café.

Quand elle le rejoignit avec leurs tasses, elle constata, surprise, qu'il lui avait obéi.

— Vous êtes sûr d'être prêt à revenir ? risqua-t-elle en posant les tasses sur la table. Personne ne s'attend que vous repreniez le collier si tôt. Cela fait à peine une semaine qu'on vous a opéré, vous avez sans doute encore mal et…

Elle laissa sa phrase en suspens. Houston la fixait froidement.

— Je n'ai pas mal à la main. Je ne la sens pas du tout.

— Oh.

C'était une rebuffade pure et simple. Houston soufflait le chaud et le froid en permanence, l'attirant à lui, puis la repoussant, et son petit jeu commençait à la fatiguer.

— En effet, reprit-il avant qu'elle ait eu le temps d'ouvrir la bouche. *Oh*. Il n'y a rien d'autre à dire, et c'est tant mieux parce que je n'ai pas envie d'en parler.

Ni aujourd'hui ni jamais, devina-t-elle.

— Je suis désolée, Houston. Je sais que ça ne signifie pas grand-chose, mais…

— Je vous en prie, fit-il en levant la main. Je ne suis pas encore prêt pour les condoléances. Tant que les nerfs et les tendons n'ont pas cicatrisé nous n'avons aucune certitude. Après, il y aura la phase de rééducation, et avec un peu de chance, d'ici à trois mois, vous n'aurez plus aucune raison d'être désolée pour moi.

Karin jugea cette estimation un peu optimiste, mais n'en dit rien. Houston affrontait une épreuve et il lui faudrait du temps pour s'habituer à sa nouvelle situation.

— Donc, le Dr Stanhope a officiellement approuvé votre retour ? J'ai pourtant entendu dire qu'il était chatouilleux sur le chapitre des fautes professionnelles.

— Quel responsable d'équipe ne l'est pas ? grommela Houston. Cela peut entraîner la faillite de l'hôpital, et Acadia ne roule pas vraiment sur l'or. Il n'a approuvé mon retour que du bout des lèvres, et encore, il y a mis des conditions.

— Il se soucie peut-être de votre santé.

— Possible. Mais je ne souffre pas vraiment, vous savez. Ma jambe est juste un peu raide et les points de suture me démangent atrocement. Mais personne ne semble me croire.

— Moi, je vous crois, répondit tranquillement Karin.

— Stanhope m'a contraint d'accepter des services n'excédant pas six heures pour le mois à venir. Ce qui signifie une à deux interventions par jour. J'espère que vous apprenez vite.

Elle aussi l'espérait ! Elle allait enfin pouvoir lui prouver qu'elle était aussi capable que n'importe quel chirurgien.

— J'ai déjà procédé à un certain nombre d'interventions, lui rappela-t-elle. Et, en effet, j'apprends vite.

— Tant mieux.

Silence.

— Quel est le planning ?

Il haussa les épaules.

— Nous pouvons aller le consulter si vous voulez.

— J'irai tout à l'heure. Il faut que j'y retourne.

Les tâches qu'elle avait abandonnées pour prendre un café avec Houston ne pouvaient souffrir dix minutes d'attente supplémentaire. Il hocha distraitement la tête.

— Qu'est-ce que j'ai vraiment dit pendant que vous me recousiez ? demanda-t-il à brûle-pourpoint.

— Vous voulez vraiment le savoir ? sourit-elle.

— C'est si affreux que ça ?

— Non, pas tant que ça. C'était bien, en fait. Très bien. Mais je ne suis pas certaine que ça vous plaira.

Il posa brutalement sa tasse sur la table et un peu de café déborda.

— Dites-le-moi, je peux encaisser.

— Je dois vraiment y aller, dit-elle en se levant et en réprimant un sourire.

— Karin, gronda-t-il.

— Oui, docteur Hayes ? répondit-elle en haussant les sourcils.

— Qu'est-ce que j'ai dit en dehors du commentaire sur vos cheveux ? insista-t-il avec un regard peiné. Je vous en prie, mettez fin à mon supplice.

Karin décida de lui dire la vérité, histoire de voir ce qui en résulterait. Après tout, qui ne tente rien n'a rien.

— Vous n'avez pas dit grand-chose, assura-t-elle en le dévisageant d'un œil malicieux. Vous m'avez demandé de retirer votre caleçon de bain en rappelant que je vous avais déjà vu nu. Vous m'avez réprimandée parce que je vous appelais Dr Hayes alors que, la veille encore, j'utilisais votre prénom. Et vous avez ajouté que si vous n'aviez pas eu le père que vous avez eu, je serais la femme dont vous aimeriez être proche.

Qu'il se débrouille avec cela.

Les souliers de Karin crissèrent sur le carrelage quand elle tourna les talons pour se diriger vers la porte, son adorable postérieur moulé dans son pantalon d'hôpital, et Houston eut envie de se cacher sous la table.

C'était encore pire que ce qu'il avait imaginé.

Non content de clamer son désir pour elle, il avait fallu qu'il mette son père sur le tapis. Qu'est-ce qui lui avait pris ? Plus jamais, non, plus jamais on ne lui administrerait la moindre drogue !

Il comprenait mieux ce qui avait incité Karin à lui rendre visite tous les jours. Il avait avoué avoir des sentiments pour elle, et Karin était quelqu'un de bien. Elle se souciait vraiment de lui et avait voulu prendre soin de lui.

Mais il ne pouvait la laisser faire. Il avait suffisamment de problèmes à affronter sans avoir en plus à protéger son cœur contre Karin. Depuis son accident, sa vie était un combat perpétuel. Un véritable enfer. Il lui fallait dix minutes pour remonter sa braguette. Boutonner sa chemise était encore pire. Manger avec un couteau et une fourchette relevait du numéro de haute voltige, et si on l'avait filmé quand il prenait sa douche, la vidéo aurait fait un malheur sur Internet.

C'était pour ça qu'il était revenu à l'hôpital. Il ne supportait plus de découvrir jour après jour toutes les choses qu'il ne pouvait plus faire. Qu'il ne pourrait peut-être plus jamais faire.

Il interrompit volontairement le cours de ses pensées.

Il s'en sortirait.

Il n'avait pas d'autre issue.

Que ferait-il s'il ne pouvait plus exercer son métier ?

C'était juste une question de temps. Le temps de cicatriser. Dans deux semaines il commencerait la rééducation, sa main retrouverait sa mobilité et il serait capable de faire son boulot aussi bien qu'avant.

D'ici là, il allait devoir apprendre à se servir de sa main gauche. Et si Karin s'avisait de toucher son caleçon, qu'elle ne s'attende pas à garder ses vêtements sur elle.

Mais cela n'arriverait pas, car il devait aussi apprendre à ignorer ses sentiments ridicules, à maîtriser ses pulsions sexuelles, et à faire comme si Karin Adkins était un simple confrère.

Voilà tout.

Ce qui était aussi facile que de remonter le temps et de tuer le requin qui l'avait attaqué sur sa planche de surf.

13

Karin était nerveuse. Non, elle était terrifiée. Elle avait vu le Dr Hayes pratiquer cette intervention une bonne dizaine de fois, mais aujourd'hui, c'était elle qui tiendrait le scalpel.

Elle n'aurait pas dû avoir d'appréhensions. Elle connaissait la procédure sur le bout des doigts, et le Dr Hayes serait à côté d'elle pour la guider durant toute l'opération. Mais c'était peut-être justement ça, le problème. Elle savait qu'il ne l'avait autorisée à opérer que parce qu'il n'avait pas le choix. Il ne lui faisait pas plus confiance qu'auparavant, mais c'était la seule possibilité qu'il avait d'entrer au bloc opératoire. Sans elle, il serait contraint de rester confiné chez lui, hanté par la perspective de ne plus jamais pouvoir exercer son métier, et ruminant sur les sombres possibilités qui s'offraient à lui, et allaient de l'enseignement jusqu'à l'échelon le plus bas pour un chirurgien : expert chargé de démontrer les fautes professionnelles.

Karin trouvait la situation des plus inconfortables. Elle allait enfin faire ce dont elle rêvait depuis trois mois, mais pour de mauvaises raisons, et elle devrait se révéler brillante pour prouver au Dr Hayes – et à elle-même ! – qu'elle méritait sa place au sein de l'équipe.

Elle inspira à fond et pénétra dans la salle où la patiente attendait d'être transférée au bloc.

— Bonjour, madame Frenske. Alors, vous vous sentez prête ?

— Bonjour, docteur Adkins, répondit la patiente d'une voix rendue pâteuse par le calmant qu'on lui avait administré. Aussi prête que possible, oui.

— Aucune question de dernière minute ?

— Non, je ne crois pas.

— Dans ce cas, je vais me préparer et je vous retrouve au bloc avec le Dr Hayes. Tout va bien se passer, ne vous inquiétez pas, lui assura-t-elle en lui pressant légèrement la main.

— Je l'espère.

Ne sachant trop comment Houston allait se comporter, Karin le dévisagea en pénétrant dans le bloc. Et comprit que ce ne serait pas Houston, mais le Dr Hayes qui l'assisterait. Il avait adopté l'attitude qui avait toujours été la sienne dans le cadre d'une intervention, et personne n'aurait pu se douter un seul instant qu'ils avaient partagé une nuit de passion. Ce qui la déprima, sans toutefois l'étonner. Elle ne s'était pas attendue qu'ils discutent de leur relation en présence des infirmières et de l'anesthésiste.

On avait apporté un tabouret haut afin de lui permettre de se tenir à sa droite, et il était déjà assis.

— Vous avez été retardée, docteur Adkins ? s'enquit-il, le visage impénétrable.

— Non. J'ai échangé quelques mots avec le patient.

— Ça ne m'étonne pas, marmonna-t-il.

— Pardon ?

L'infirmière entra en poussant le lit à roulettes de Mme Frenske et il ne répondit pas. On installa la patiente sur la table, et l'anesthésiste s'approcha d'elle pour lui parler calmement. Il plaça un masque sur son visage, lui demanda de compter jusqu'à dix. À trois, Mme Frenske était endormie. On la relia aux moniteurs chargés de surveiller ses signes vitaux, puis on la bascula sur le flanc avant de préparer le champ opératoire.

C'était à Karin de jouer.

Sa main ne trembla qu'un tout petit peu lorsqu'elle fit l'incision initiale en haut de la hanche. Le Dr Hayes la guida de la voix jusqu'aux vaisseaux sanguins qu'il fallait cautériser pour réduire l'hémorragie.

La température de la salle s'éleva. La sueur ruisselait le long du sternum de Karin et sa gorge se noua. Houston lui donna une petite tape sur l'épaule de sa main bandée, soucieux de préserver sa main gauche, recouverte d'un gant stérile au cas où son intervention serait nécessaire.

— C'est bien, l'encouragea-t-il. Continuez.

Elle tourna brièvement la tête vers lui et croisa son regard au-dessus de son masque. Il hocha la tête et elle lut dans ses yeux qu'il lui faisait confiance. Elle inspira à fond, et se concentra pour inciser la capsule fibreuse et le labrum de la cavité articulaire afin de déloger la tête du fémur.

Karin devait scier la tête du fémur endommagé et élargir la cavité de l'acetabulum pour faire de la place à la tête métallique sur laquelle s'adapterait la hanche artificielle.

Elle était tellement absorbée par sa tâche que la voix de l'infirmière annonçant des niveaux d'oxygène et de tension stables lui parvint à peine. Elle s'appliquait à travailler avec précision, à un rythme régulier et s'efforçait d'imiter l'assurance de Houston et de réduire les hésitations au maximum. Visser la nouvelle tête exigeait une certaine force musculaire, et cela lui prit probablement deux fois plus de temps qu'à Houston.

Quand elle eut terminé, elle poussa un soupir de soulagement.

Tandis que l'infirmière lui épongeait le front, elle s'attaqua au processus délicat qui consistait à façonner l'axe long du fémur à l'aide d'une fraise.

— C'est bien, murmura Houston.

Karin testa plusieurs broches avant de sélectionner celle qui convenait le mieux. Soudain prise d'un doute, elle la montra à Houston.

— Plus large ? demanda-t-elle à travers son masque.

— À votre avis ?

— Plus large. Celle-ci ne s'ajuste pas assez étroitement dans le canal.

— Je pense que vous avez raison.

Il ne restait plus qu'à assembler la broche et la prothèse à l'aide d'un marteau, avant de vérifier la mobilité et la stabilité de l'assemblage. Karin s'y employa, puis s'assura qu'elle n'avait rien oublié dans le champ opératoire.

Quand elle s'écarta pour laisser l'assistant recoudre la plaie, elle ressentit un intense soulagement.

« Dieu merci, c'est terminé ! Pourvu que je n'aie plus jamais à refaire cela », ne put-elle s'empêcher de penser. L'intervention n'avait duré que deux heures et demie, mais elle avait l'impression d'y avoir consacré la moitié de sa vie. Épuisée par la concentration et l'effort physique, elle ressentit un soudain effroi. Comment pouvait-elle haïr un métier qu'elle se préparait à exercer depuis neuf ans ?

Un jour, il y avait de cela très longtemps, l'idée de devenir chirurgienne l'avait enthousiasmée ; elle y avait vu la possibilité de prouver qu'elle était aussi intelligente et capable que les plus éminents d'entre eux. Dans son esprit, la chirurgie orthopédique s'était imposée comme une évidence. Pourquoi avait-elle soudain le sentiment que sa vie ne s'inscrivait plus dans un cheminement logique ?

Ses épaules s'affaissèrent quand elle jeta ses gants et son masque à la poubelle. Elle avait l'intention de suivre Mme Frenske en salle de réveil pour s'assurer que son état était stable, mais elle avait d'abord besoin de reprendre son souffle et de calmer son estomac qui s'était mis à danser la sarabande.

Quand elle se retourna pour quitter le bloc, elle sentit le regard de Houston posé sur elle. Elle passa devant lui les yeux baissés de crainte qu'il ne devine son trouble.

— Karin ?

— Oui ? répondit-elle, relevant la tête malgré elle.

— Si vous n'avez pas confiance en vous, personne d'autre n'aura confiance à votre place.

Il le lui avait déjà dit et il avait raison.

— Je sais.

L'expression soucieuse de Houston signifiait clairement que cette première collaboration se soldait par un échec. Peu importait que cela se soit bien passé et qu'elle n'ait apparemment pas fait d'erreur. Il avait vu clair en elle depuis le début : elle n'avait pas la vocation. Elle gagna la porte ; elle avait besoin d'être seule.

— Karin, l'arrêta-t-il une fois de plus de sa voix calme et dépourvue d'émotion. C'était du bon travail.

— Merci.

Craignant de fondre en larmes si elle se tournait vers lui, elle appuya les paumes sur les portes battantes et fonça en avant. Elle avait besoin de mettre de la distance entre le bloc et elle. Entre le Dr Hayes et elle, surtout.

Elle faillit entrer en collision avec Shirley, l'infirmière des urgences.

— Désolée de vous déranger, docteur Adkins, je voulais savoir si vous aviez terminé.

— Oui, répondit Karin, surprise de la croiser là. Je viens tout juste de finir. Vous avez besoin de quelque chose ?

— Il y a eu un grave accident de voiture sur le boulevard. Six voitures se sont percutées et on est débordés aux urgences. On a une fracture multiple ouverte du fémur. On peut vous l'envoyer ?

— Bien sûr. Transférez-le dans la trois.

Consciente de la présence de Houston derrière elle, Karin avait cependant résisté à l'envie de lui demander son avis.

Vingt minutes plus tard, après avoir avalé un café et un muffin, tous deux examinaient le blessé en salle trois. L'homme, qui était arrivé inconscient, était à présent sous le contrôle de l'anesthésiste. Il avait entre quarante et cinquante ans, et on était en train de découper ce qui restait de son pantalon – un pantalon de flanelle grise, de bonne qualité. C'était peut-être un homme d'affaires qui allait à son dernier rendez-vous de la journée avant de rentrer chez lui pour retrouver femme et enfants.

Le travail de Karin consistait à le remettre sur pied pour lui permettre de rejoindre cette hypothétique famille. Elle se sentit soudain écrasée par le poids de cette responsabilité et dut prendre plusieurs inspirations pour retrouver son calme. Houston lui transmit les informations du médecin des urgences.

— Il est dans un sale état. En plus de la fracture ouverte et d'une forte hémorragie, il a une lésion au foie et l'impact de l'air bag lui a cassé des côtes. Rafistolez sa jambe et on l'enverra à l'unité de soins intensifs avec une transfusion en guise de cadeau bonus.

Karin n'avait jamais entendu Houston parler aussi légèrement. Tout en pinçant les vaisseaux à l'aide de clamps pour arrêter l'écoulement de sang, elle se demanda pourquoi il choisissait un cas aussi sérieux pour se montrer aussi désinvolte. Puis elle réalisa que c'était à cause d'elle. Il était inquiet quant à sa capacité à affronter une urgence pareille.

Elle travailla posément au cours des deux heures suivantes et se concentra sur le rafistolage du fémur. Elle était pratiquement venue à bout de la blessure quand l'alarme du monitoring se déclencha, signalant un problème grave. Sachant que l'équipe qui l'entourait s'en chargeait, elle ne leva pas les yeux et poursuivit son travail.

— Il s'arrête, annonça l'anesthésiste.

Le pire cauchemar de Karin était en train de devenir réalité. Cet homme, dont elle ne savait même pas le nom, était en train de faire un arrêt cardiaque sur la table d'opération alors qu'elle avait encore la main sur sa jambe. Houston s'était déjà approché de l'infirmière pour lui venir en aide. Karin releva les yeux.

— Défibrillateur !

L'assistant présenta les électrodes au-dessus du patient.

— Je ne peux pas le faire avec une seule main, dit Houston en reculant. C'est à vous de vous en charger, Karin.

— Je sais.

Elle essuya ses mains sur sa blouse, saisit les poignées des électrodes, en plaça une sous la clavicule droite et l'autre sous le cœur du patient.

— Deux cents Joules !

— Entendu !

Le choc n'eut aucun résultat. La ligne du moniteur demeura obstinément plate tandis que l'effroyable sonnerie persistait à retentir. L'assistant administra un massage cardiaque au patient pendant une minute avant que Karin lui donne un coup de coude.

— Encore.

Elle ne pouvait pas laisser mourir cet homme. Il était grièvement blessé, mais avait de grandes chances de s'en sortir. S'il mourait sous ses yeux, loin des siens, elle ne se le pardonnerait jamais.

Le deuxième choc ne produisit pas plus de résultat que le premier et l'équipe effectua toutes les tâches nécessaires en coordination. On injecta de l'épinéphrine et de la lidocaïne dans l'intraveineuse du patient. On vérifia la disposition des électrodes et on lui administra un massage cardiaque tandis que l'anesthésiste surveillait l'écran de contrôle.

— Encore, ordonna Karin d'une voix où perçait le désespoir.

L'infirmière jeta un coup d'œil au Dr Hayes en quête d'approbation.

— Allez-y, confirma-t-il.

— Trois cent soixante Joules, intima Karin. C'est bon !

Cette fois, il y eut une réponse. Le cœur redémarra, faiblement, mais régulièrement. Karin en eut les jambes flageoleantes de soulagement.

— Il repart, annonça une infirmière.

L'anesthésiste s'affala sur sa chaise et s'épongea le front.

— C'était moins une !

Karin reprit l'intervention là où elle l'avait laissée. Elle n'osait ouvrir la bouche de crainte de se mettre à pleurer et elle voulait terminer ce qu'elle avait commencé. Ce n'était pas le moment de craquer.

— Je vais vous aider, proposa Houston d'un ton posé.

Elle se contenta de hocher la tête sans le regarder. Il serra les vis restantes de la main gauche, et Karin ne put s'empêcher de constater qu'il était aussi efficace de sa mauvaise main, qu'elle avec ses deux mains. Il recula pour lui permettre de disposer les muscles autour du fémur, mais elle ne put s'empêcher de penser qu'elle n'était définitivement pas de taille à affronter le bloc opératoire.

Vingt minutes plus tard, le patient était recousu et on le transférait à l'unité de soins intensifs pour le placer sous contrôle en cas de défaillance cardiaque. Karin regarda le lit à roulettes disparaître au bout du couloir et poussa un long soupir.

Sa main tremblait. Elle se demanda si elle avait tremblé pendant qu'elle recousait. Le pauvre type aurait une drôle de cicatrice si c'était le cas. L'absurdité de cette réflexion l'incita à se débarrasser de ses gants d'un geste énergique et à prendre la direction du vestiaire.

— Karin.

Ignorant l'appel de Houston, elle fila, réprimant difficilement l'envie de se sauver en courant. Quand elle pénétra dans le vestiaire, elle se précipita au fond de la salle, se laissa tomber sur un banc et donna libre cours à ses larmes.

Soulagement, panique, effroi, elle extériorisa enfin tous les sentiments qu'elle avait refoulés. Elle n'avait pas pris la peine de retirer sa blouse et ses mains reposaient sur l'étoffe imprégnée de sang. Elle prenait subitement conscience que la personne qui se trouve sur une table d'opération n'est pas un patient quelconque, mais un être humain. Unique et irremplaçable. Qui a remis sa vie entre ses mains.

Ses larmes se muèrent en sanglots. Elle n'était pas faite pour ce métier. Sara avait raison. Elle aurait mieux fait de vendre des bijoux artisanaux et des bâtonnets d'encens au lieu de faire semblant d'être chirurgienne.

— Karin ?

Houston. Oh, non ! Elle s'essuya les yeux et ravala un sanglot.

— Donnez-moi une minute, s'il vous plaît, fit-elle d'une voix hachée.

Sans se soucier de sa demande, il vint s'asseoir près d'elle et elle lui tourna ostensiblement le dos.

— Ça vous dérangerait de me laisser tranquille ?

— Oui, répondit-il. Vous avez fait un excellent travail, Karin.

— Vous êtes malade ou quoi ? répliqua-t-elle en se retournant, furieuse. J'ai failli le tuer !

— Non, répondit Houston sans se départir de son calme. Ce n'est pas vrai et vous le savez. Vous lui avez sauvé la vie. Vous ne pouvez pas vous accuser d'une chose qui échappait à votre contrôle.

— J'ai été trop lente. Si j'avais été plus rapide, il n'aurait pas eu d'arrêt cardiaque.

— Je vous le répète, vous lui avez sauvé la vie, Karin. Je suis persuadé que ce patient souffrait d'une thrombose au mollet qui n'a pas été diagnostiquée. Le caillot de sang est remonté et a provoqué une embolie pulmonaire. C'était une bombe à retardement. Le fait qu'elle se soit déclenchée au moment où nous l'opérions relève uniquement du hasard.

L'explication qu'il proposait tenait debout, mais Karin ne se sentit pas mieux pour autant. Elle conserva le silence, la tête basse.

— Il arrive que des patients meurent. Cela fait partie du métier. On fait de son mieux, et on ne peut pas nous demander plus.

— Et si ça ne suffit pas ? murmura Karin.

— Ça arrive.

— Je ne comprends pas comment vous pouvez dire ça aussi tranquillement ! s'exclama-t-elle.

La mâchoire de Houston se crispa, mais il prit la main de Karin et la lui pressa.

— Je suis chirurgien, Karin. Mon travail consiste à guérir des maladies et à soigner des blessures. Ce n'est pas toujours possible. Je ne suis pas magicien. Je ne peux pas réparer ce qui n'est pas réparable.

Karin avait beau s'efforcer de l'ignorer, sa main puissante sur la sienne, son odeur familière, le contact de son corps contre le sien la rassérénaient. Houston possédait le sang-froid et l'assurance qui lui faisaient défaut.

Quand il était ainsi… chaleureux, prévenant et sensible, elle était incapable de lui résister. C'était cet homme-là qui suscitait son admiration et son respect. Cet homme qui donnait le meilleur de lui-même et se souciait de chacun de ses patients, quoi qu'il en dise. C'était ce Houston-là qui suscitait en elle des sentiments qui allaient au-delà de l'admiration et de la simple attirance.

— La chirurgie est un monde impersonnel, Karin. Pas parce que les chirurgiens ont un cœur de pierre, mais parce que c'est ainsi qu'ils doivent être. Au bloc opératoire, on résout des problèmes. On est là pour faire son métier et pour le faire correctement. Vous avez fait du bon travail avec Mme Frenske, mais vous avez hésité.

Il accompagna le sourire qu'il lui adressa d'un léger coup de genou.

— Je vous l'ai déjà dit et je vous le redis, il faut que vous adoptiez une attitude plus arrogante. La plupart des chirurgiens se comportent ainsi.

— Facile à dire pour vous, riposta Karin. Mais le matin, quand je me regarde dans la glace, ce n'est pas une chirurgienne professionnelle et pleine d'assurance que je vois. Je dois travailler plus dur que les autres pour qu'on me prenne au sérieux et qu'on me respecte.

Elle se leva pour mettre de la distance entre elle et la perfection qu'il incarnait.

— Vous ne pouvez pas comprendre, poursuivit-elle. Vous n'avez probablement jamais douté de vous. Alors que ces derniers temps, le doute me ronge en permanence.

Elle sentit qu'elle allait craquer. Fondre en larmes devant lui comme un bébé et lui donner la preuve qu'elle n'était vraiment pas faite pour ce métier.

— Karin, dit-il en se levant à son tour.

Il allait la toucher alors qu'elle aurait voulu se cacher, se ratatiner à l'intérieur d'elle-même, disparaître complètement.

— S'il vous plaît, non. Laissez-moi tranquille. Je suis dans tous mes états et vous me mettez mal à l'aise.

Mais il refusa de la laisser tranquille. Il s'empara de sa main et la fit pivoter sur elle-même si bien qu'elle se retrouva face au miroir en pied fixé entre deux armoires métalliques. Elle grimaça. Sa blouse tachée de sang accentuait ses rondeurs et son allure lui rappela l'acolyte demeuré de Frankenstein. Elle avait les yeux cernés, des mèches de cheveux s'échappaient de son bonnet, et ce n'était vraiment pas ce qu'elle avait envie de voir. Elle aurait préféré contempler une superbe chirurgienne aux nerfs d'acier, capable d'évoluer avec assurance dans une salle d'opération placée sous son entière responsabilité. Quand elle croisa le regard de Houston qui scrutait son reflet par-dessus son épaule, elle ferma les yeux.

— Vous êtes une chirurgienne compétente, assura-t-il en lui caressant le dos bien qu'elle se fût raidie en sentant ses mains sur elle. Ce qui me plaît en vous, c'est votre sensibilité. Vous êtes incroyablement dévouée. Je serais absolument incapable de me comporter avec les patients comme vous le faites.

— C'est faux, chuchota-t-elle sans rouvrir les yeux. Vous êtes brillant.

— Pas plus que vous, riposta-t-il en lui caressant tendrement le ventre sous sa blouse. Je suis juste plus âgé, plus expérimenté et plus distant. Tout ce qui s'apparente aux émotions m'effraie. C'est pourquoi j'ai choisi la chirurgie.

Karin sentit sa blouse glisser sur ses épaules et tomber par terre. Elle secoua la tête, mais les mains de Houston poursuivaient leurs caresses et le son de sa voix, tout près de son oreille, eut raison de ses résistances.

— C'est aussi pourquoi je vous ai demandé de partir, la semaine dernière. Parce que vous me faites peur.

Ses lèvres effleurèrent la base de son cou et Karin frissonna. Houston lui offrait un réconfort dont elle avait intensément besoin.

— Je ne ferais pas peur à une mouche, dit-elle en retenant son souffle comme il lui caressait les seins.

— Vous avez bien plus de pouvoir que vous n'imaginez, Karin. C'est, du reste, peut-être une bonne chose que vous l'ignoriez, ajouta-t-il en laissant échapper un petit rire qui lui chatouilla l'oreille.

— Arrêtez, fit-elle.

Après tout, ils étaient censés n'être qu'amis. Mais Houston persista à lui désobéir. Ses mains s'immiscèrent sous l'élastique de son pantalon. Elle eut un mouvement de recul. Si elle ne l'arrêtait pas immédiatement, elle n'en aurait plus la force. Hélas, elle heurta son sexe en érection et fut incapable de se souvenir des raisons pour lesquelles elle ne devait pas aller plus loin !

— Houston... Je ne veux pas...

Sa phrase demeura en suspens quand elle sentit son pouce frotter doucement son clitoris à travers sa culotte.

— Chut, murmura-t-il tendrement. Passez les bras autour de mon cou et ouvrez les yeux.

La façon dont le désir prenait possession de son corps était extrêmement agréable. Elle sentait les muscles de ses épaules se détendre, tandis que d'autres se tendaient, anticipant le plaisir à venir. Elle glissa les bras autour de son cou et ses seins se dressèrent sous sa tunique. Elle écarta les jambes, cambra les hanches et se mit à haleter :

— *Oui, oui, oui...*

— Ouvrez les yeux. Regardez comme vous êtes belle. Vous êtes superbe, Karin !

Elle n'avait pas envie d'affronter ses défauts. Elle voulait garder les yeux fermés pendant qu'il la faisait basculer dans l'extase. Il glissa le doigt dans sa culotte, écarta les boucles de sa toison, l'introduisit brièvement en elle, puis le retira.

Karin laissa échapper un gémissement déçu.

— Ouvrez les yeux, sinon j'arrête.

Elle obéit instantanément. Le désir lui empourprait les joues et assombrissait les yeux de Houston. Ses propres yeux s'agrandirent quand son doigt la pénétra de nouveau, puis entama un lascif mouvement de va-et-vient. Un flot de chaleur l'inonda de la tête aux pieds. Elle réagissait si vivement aux délicieuses sollicitations de Houston que c'en était gênant. Elle se sentait vulnérable, à nu. Mais ce n'était rien en regard des autres sensations qu'il tirait d'elle. Le bien-être, l'envie, le besoin irrépressible de lâcher prise, de se laisser aller et de tout oublier. De savourer la joie d'avoir sauvé la vie d'un homme et de donner libre cours à son plaisir.

De profiter de cet instant volé.

Elle observa son reflet, se plaqua contre lui, haletante, et ce qu'elle vit lui plut. Elle aimait son intelligence, son humour, sa générosité, en un mot, tout ce qui faisait qu'elle était elle-même, y compris son corps imparfait. Et Houston aussi aimait tout cela.

Sa caresse se fit plus rapide, plus intense, et elle ne sentit bientôt plus rien d'autre que le flot brûlant du plaisir qui la submergeait, l'incitant à s'abandonner complètement.

— Tu me rends fou, lui murmura-t-il à l'oreille. Tu es la femme la plus excitante que j'aie jamais vue.

Telle une formule magique, ces mots et ce tutoiement déclenchèrent un orgasme fabuleux. Karin enfonça les doigts dans ses courts cheveux bruns en laissant échapper des gémissements extatiques.

14

— Ce n'est pas une bonne idée, déclara Karin en se regardant dans le miroir de sa chambre.

— Arrête ! Tu es superbe, assura Sara.

Non. En Bikini, elle était aussi livide qu'un ours polaire. Mais qu'est-ce qui lui avait pris d'acheter ce maillot à motif hawaïen ? Elle avait fait ça sur un coup de tête, comme beaucoup de choses, ces derniers temps. Quand Houston avait murmuré cette invitation, son doigt était encore en elle et elle s'était contentée de hocher la tête. Cela lui avait semblé naturel, sur le moment. Elle s'était sentie capable d'enfiler un maillot de bain et de patauger dans les vagues pendant que Houston ferait du surf.

À présent, elle préférerait mourir. Lentement. Se faire dévorer vive par des milliers de rats plutôt que de se montrer dans cette tenue.

— On dirait que je passe mes journées dans une cave ! se lamenta-t-elle. Toi, tu es magnifique ! Où trouves-tu le temps de bronzer ?

— C'est de l'autobronzant, Karin, répondit Sara en rejetant ses cheveux blonds en arrière. Désormais, je ne m'allonge plus sur une plage sans un écran total. Tu connais aussi bien que moi les risques de cancer de la peau.

— En ce qui me concerne, ce n'est pas pour demain, riposta Karin en enfilant un T-shirt.

Elle le garderait sur elle. Voilà.

— Je n'ai jamais le temps d'aller à la plage, ajouta-t-elle.

— Ça nous fera du bien. Ce sera l'occasion de se détendre, loin des malades et des grands blessés…

Karin en avait grand besoin. Après les émotions de la veille au bloc opératoire, elle avait bien mérité de s'allonger au soleil avec un magazine people. Elle aurait été incapable de dire qui couchait avec qui en ce moment à Hollywood.

— Bon, d'accord.

— Tartine-toi de crème solaire et on y va. Au menu aujourd'hui : soleil, surf et beaux mecs à demi nus ! Je te laisse Houston et je m'occupe des autres ! déclara Sara en nouant un paréo sur son Bikini rouge.

Karin s'écarta du miroir. Si elle restait plantée devant, elle allait changer d'avis, se terrer chez elle toute la journée et poser un lapin à Houston. Déjà qu'elle ne savait pas comment il allait réagir à la présence de Sara… D'un autre côté, il n'avait jamais été question d'un rendez-vous intime.

Quand elles sortirent, Sara chaussa ses lunettes de soleil.

— Je crois que je fais fuir les hommes avec ma blouse de médecin. C'est pour ça que j'ai adopté un look décontracté aujourd'hui.

— Je croyais que les hommes étaient attirés par les femmes intelligentes, s'étonna Karin.

— En théorie. Mais ce n'est pas ce qui les attire en priorité. Ce qui retient leur attention c'est l'apparence ou un abord facile.

Karin prit place dans la voiture de Sara.

— Tu dis n'importe quoi ! Je suis d'un abord extrêmement facile et ça ne m'a pas servi à grand-chose.

— Tu couches avec le Dr Hayes, non ? ricana Sara en manœuvrant pour s'insérer dans le flot de voitures.

Karin se tortilla sur le siège en cuir, tira sur son T-shirt.

— À l'occasion.

Le regard que Sara lui coula par-dessus ses lunettes signifiait clairement qu'elle trouvait ce commentaire idiot.

— Tu as quand même un train d'avance sur moi. Moi, je ne couche avec personne. Je crois que c'est parce que je suis sérieuse et intelligente. Ça effraie les hommes.

— Je suis bavarde, maladroite et intelligente. Et, apparemment, ça effraie aussi les hommes. En fait, je crois que je ne me soucie plus de ce qu'ils pensent.

Karin était sincère, et elle en fut la première surprise. Elle n'avait besoin de l'approbation de personne. Elle était un médecin compétent, une fille bien, et sa vie lui plaisait.

Sara repéra un emplacement libre sur le parking de la plage et se gara.

— Je comprends ce que tu veux dire, Karin. Mais franchement, je commence à me sentir seule. Et vieille.

Karin, au contraire, avait l'impression d'être piégée dans une éternelle adolescence. Elle n'avait pas confiance en elle, se sentait perpétuellement gauche et parlait à tort et à travers.

— C'est peut-être ton âme qui est vieille, Sara. Tu étais sans doute déjà responsable et mûre à la naissance. Mais je comprends ce que tu veux dire quand tu dis que tu te sens seule.

Karin se sentait plus seule que jamais depuis qu'elle avait couché avec Houston parce qu'elle avait envie d'autre chose. D'une vraie relation. Qu'il n'était pas disposé à lui proposer.

— Je n'ai pas envie d'être responsable. J'ai envie d'être une séduisante sirène, déclara Sara.

— Tu sais que tu me fais peur ? dit Karin.

— Je veux voir comment les hommes réagissent, continua son amie en riant.

— Sans moi ! Je passe mon temps à faire en sorte qu'on me prenne au sérieux, ce n'est pas en arborant un sourire de sirène que je vais améliorer mon cas, observa-t-elle en débouclant sa ceinture de sécurité.

Elles gagnèrent le bord de l'eau et Karin chercha Houston des yeux. Elle ne tarda pas à le repérer, étendu torse nu sur un transat. Il avait la main droite posée sur la cuisse et la jambe gauche allongée devant lui. Il n'avait plus de pansement au mollet, mais les points de suture noirs se voyaient de loin.

Ses yeux étant clos, il ne remarquerait pas le flot de désir qui lui rosissait le corps, ni son souffle un peu haletant, tenta-t-elle de se rassurer.

C'est ça, oui. Et elle pourrait aussi emprunter un jean à Calista Flockhart !

Houston commençait à se demander si Karin allait venir. Il ne savait trop ce qui lui avait pris de l'inviter. Il avait de plus en plus envie de retourner à la plage – la mer lui manquait – et il avait souhaité partager cela avec elle.

Malheureusement, quand il avait annoncé qu'il allait à la plage, sa sœur, sa mère et Christian s'étaient déclarés partants, et il n'avait trouvé aucun moyen de les en empêcher. À présent, il était ennuyé parce qu'il avait dans l'idée d'attirer ensuite Karin chez lui où il se serait appliqué à la faire gémir, crier et jouir, encore et encore.

Il se tortilla sur son transat à cette idée.

— Tu as mal ? demanda Kori, allongée sur une serviette à ses pieds. Je savais que c'était trop tôt pour revenir.

— Je ne vois pas le rapport, riposta-t-il en lui projetant du sable sur le bras d'un coup de pied.

Elle s'essuya et lui adressa un regard noir.

— Oh ! s'exclama-t-elle soudain en plaçant la main en visière. Voilà maman avec Larry.

— Qui est Larry ? voulut savoir Houston en se dévissant le cou.

Il aperçut sa mère vêtue d'un débardeur blanc et d'un short assorti, le visage protégé par un chapeau à large bord. Un homme aux cheveux gris qu'il n'avait jamais vu lui tenait le coude.

— Euh… C'est l'ami de maman, répondit Kori, soudain très absorbée par son tube de crème solaire.

— Depuis quand ?

Entre le regard fuyant de sa sœur, la façon dont cet homme tenait le coude de sa mère et le nouvel ensemble de plage de celle-ci, Houston eut l'intuition qu'*ami* signifiait, en l'occurrence, *petit ami*.

— Depuis un moment.

Comme le couple approchait, Larry se pencha vers Francesca, lui chuchota quelque chose à l'oreille et lui donna une petite tape sur le derrière. Elle rit et chassa sa main.

— Quel rustre, marmonna Houston, dégoûté.

Depuis que son père était parti, quinze ans plus tôt, sa mère n'avait fréquenté aucun homme et il ne voyait pas l'intérêt d'attendre aussi longtemps si c'était pour s'acoquiner avec un peloteur des plages.

— C'est quelqu'un de bien, et il est très gentil avec maman, assura Kori en lui glissant un coup d'œil inquiet. Attends de le connaître.

— Parce que toi, tu le connais déjà ? répliqua-t-il d'un ton pincé.

Cette fois, il était franchement vexé. Sa mère n'avait donc pas jugé utile de lui présenter son petit ami ?

— Oui, je l'ai rencontré plusieurs fois. Et ce n'est pas la peine de monter sur tes grands chevaux. Si maman ne t'en a pas parlé, c'est qu'elle avait peur de ta réaction. Que tu le prennes mal.

Trop tard. Et trop tard aussi pour en discuter ; Larry et sa mère étaient désormais à portée d'oreille. Francesca fit les présentations de manière faussement désinvolte, et Houston fut obligé de sourire et de hocher poliment la tête quand Larry lui serra la main en lui donnant une claque dans le dos.

— Content de vous connaître, Houston. Votre mère m'a beaucoup parlé de vous. Alors, comment va cette jambe ?

— Mieux. Presque guérie, répondit-il, crispé.

Visiblement nerveuse, sa mère lui posa la main sur l'épaule.

— Où est ta casquette, Houston ? Tu vas griller comme une sardine !

— Maman, je t'en prie… Tu crois donc que je surfe avec une casquette ? Je n'en ai pas besoin !

— Je n'ai jamais compris le plaisir que tu trouves à surfer, répliqua sa mère. À part te faire mordre par un requin ! Je serais personnellement ravie que tu ne remettes plus jamais les pieds dans cet océan de malheur !

— Laisse ce pauvre garçon tranquille et assieds-toi, Francesca, intervint Larry en la prenant par la taille.

Sa mère prit place dans un transat, à côté de lui, comme si elle avait l'habitude de le laisser lui dicter ses faits et gestes. Houston eut soudain envie de flanquer son poing dans la figure de cet homme.

— Cet accident avait une chance sur un million de se produire, et faire du surf n'est pas plus dangereux que de marcher dans la rue, continua Larry. On risque plus d'être frappé par la foudre que de se faire attaquer par un requin.

Houston dut admettre qu'il n'était pas entièrement dénué de bon sens. Mais il suffit que sa mère l'approuve pour qu'il révise son jugement. Larry n'avait fait que répéter ce qu'il s'était évertué à expliquer à sa mère pendant plus d'une semaine.

Quand les filles de Kori et leur père revinrent de leur baignade et se jetèrent dans les bras de Larry, Houston eut envie d'attraper un seau de plage pour vomir dedans. Larry avait visiblement déjà conquis toute la famille.

C'est alors qu'il aperçut Karin. Elle se dirigeait vers lui, un petit sourire aux lèvres, le corps dissimulé sous un ample T-shirt blanc. Son apparition le réconforta instantanément.

— Salut, fit-il en caressant du doigt le dos de sa main quand elle s'arrêta devant lui.

— Salut, répondit-elle. Je suis venue avec mon amie Sara. J'espère que ça ne te dérange pas.

Houston salua la grande blonde qui agitait la main derrière Karin.

— Pas du tout. Je suis venu avec toute ma famille. Sans compter Larry.

Il fit les présentations, non sans remarquer les haussements de sourcils intrigués de Kori et de Christian. Inviter une femme à une sortie familiale ne faisait pas précisément partie de ses habitudes. Sa mère eut l'air moins surprise, mais elle était sans doute trop occupée à glousser avec Larry pour remarquer quoi que ce soit.

— Asseyez-vous, suggéra Kori en tapotant le sable à côté d'elle. Je suis désolée, mais nous sommes à court de transats.

— Ce n'est pas grave, assura Karin en s'installant sur sa serviette, imitée par Sara. Ça fait du bien de sortir un peu de l'hôpital et de profiter de la plage.

— Je ne sais pas comment vous pouvez faire ce métier, déclara Kori. Je ne supporterais pas les horaires qu'on vous inflige. Je trouve déjà éreintant de s'occuper de deux enfants.

— Oh, mais c'est bien plus difficile que d'être médecin, assura Karin.

Ce qui lui valut un sourire éclatant de la part de Kori et initia un échange intense sur les joies de la maternité dont Houston se sentit exclu. Par politesse, il se sentit tenu de faire la conversation à Sara.

— Il me semble vous avoir déjà croisée à l'hôpital, avec Karin. Vous êtes médecin ?

— Pédiatre, répondit Sara.

— Ah ! Vaccins et otites !
— Bien résumé, répondit-elle en riant.

Karin appréciait de bavarder avec Kori, mais elle aurait préféré que Houston ne soit pas assis juste derrière Sara. Son minuscule Bikini rouge ne dissimulait pas grand-chose de son anatomie et mettait en valeur ses longues jambes bronzées. Elle la vit rejeter ses longs cheveux blonds en arrière et émettre un doux rire de gorge en réponse à ce que venait de dire Houston.

Qu'avait-il bien pu lui raconter de si drôle ? Il n'était pas vraiment réputé pour son talent comique, lui semblait-il. Et pourquoi ressentait-elle soudain une telle jalousie vis-à-vis de sa copine ?

— Il fait trop chaud, déclara-t-elle en se levant. Je vais me tremper un peu dans l'eau.

La plus grande des nièces de Houston cessa d'entasser du sable sur les pieds de son père et leva les yeux.

— Moi aussi, je veux aller dans l'eau.

— On en revient à peine, Miranda, soupira Christian. Laisse-moi souffler un peu.

— Je peux l'emmener, proposa Karin, pressée de s'éloigner et ne sachant trop ce qu'elle ferait seule dans l'eau de toute façon. Si elle a envie, bien sûr.

Miranda ne se fit pas prier. Elle se leva d'un bond et prit la main de Karin.

— Je suis prête. Je nage super bien, je suis dans le groupe des Truites. Si tu coules, je te sauverai !

Une déclaration qui fit rire tout le monde.

— Aussi modeste que son oncle Houston, déclara Christian avec un grand sourire.

Houston regarda Karin et Miranda sauter par-dessus une vague en riant aux éclats et regretta d'avoir décidé de venir à la plage.

Larry se leva, cala Abby, la sœur de Miranda, sur la hanche, et annonça qu'il l'emmenait faire trempette. La petite semblait parfaitement à l'aise avec lui et Kori ne cilla même pas, comme si la présence de Larry lui était familière.

Houston laissa échapper un soupir. Kori profitait de la présence de Sara pour l'interroger sur les premiers symptômes de la varicelle. Sa mère était toujours assise près de lui et ils demeurèrent un moment silencieux, à regarder Karin et Miranda courir après les rouleaux.

— Qu'est-ce qu'il fait chaud, dit Francesca en s'éventant le visage de la main.

Houston émit un vague grognement. Il n'avait pas envie de parler avec sa mère. Elle lui tapota le bras.

— Pourquoi fronces-tu les sourcils ? Ça va te donner des rides.

— J'aimerais aller dans l'eau et je suis coincé ici.

— Je comprends. Tu préférerais batifoler dans l'eau avec Karin plutôt que de rester assis près de ta mère.

— J'aimerais *surfer*, rectifia Houston, gêné d'avoir été percé à jour.

Sa mère, qui, à soixante-deux ans, conservait une allure extraordinaire, l'étudia d'un air dubitatif.

— C'est un péché de mentir à sa mère, Houston.

Lui révéler les péchés qu'il avait commis en compagnie de Karin paraissait à Houston bien plus dangereux dans l'immédiat qu'un mensonge par omission.

— Vous en êtes où, Larry et toi ? lâcha-t-il à brûle-pourpoint.

Francesca se mordilla la lèvre, redressa son chapeau, prit une profonde inspiration et posa la main sur son bras. Cette main l'effraya.

— Mon chéri, je vais épouser Larry.

— Quoi ? s'exclama Houston en se redressant sur son siège. Mais tu avais dit que tu ne te remarierais jamais !

La main de sa mère se fit caressante et sa frayeur céda la place à une véritable panique. Il n'avait pas envie d'entendre ce qu'elle s'apprêtait à lui dire. Sa vie était assez compliquée comme cela.

— Je le croyais, à l'époque, mais c'était il y a longtemps. J'ai pardonné à ton père, et j'ai tourné la page.

— Tu n'aurais pas dû lui pardonner. Il ne le mérite pas. Il t'a traitée comme une merde jour après jour, et cela, c'est irréparable, cracha-t-il à voix basse pour éviter que Sara ne l'entende.

Francesca secoua la tête sous son chapeau absurde qui donnait à Houston l'impression de s'adresser à une star des années 1950. Une sorte de Joan Collins version italienne. C'était la première fois qu'il la voyait porter un truc pareil et, ajouté au reste, cela l'agaçait prodigieusement.

— Ton père s'est mal comporté avec moi et j'ai accueilli son départ avec joie. Mais j'ai compris depuis longtemps qu'entretenir ma colère contre lui ne servait à rien. Je suis désolée pour Hal. Il est amer, seul et rempli de haine, alors que je suis heureuse avec mes enfants et mes petits-enfants. Ma vie est pleine d'amour, et Larry n'a fait qu'y ajouter le sien.

Elle planta son regard dans le sien, et Houston décela une lueur de vulnérabilité dans ses beaux yeux sombres.

— Je veux que tu sois content pour moi, Houston.

Cette phrase lui fit l'effet d'un direct à l'estomac.

— Bien sûr que je suis heureux pour toi, maman, si c'est ce que tu veux.

— Je veux que toi aussi, tu te libères de toute cette colère, Houston. Tant que tu ne l'auras pas fait, ton père continuera à contrôler ta vie.

Elle se pencha et lui caressa la joue. Houston se souvint de l'époque où il lui arrivait tout juste à la taille, elle le serrait très fort contre elle et lui disait qu'elle l'aimait. Elle s'excusait du comportement de son père, lui assurait qu'elle l'aimait si fort qu'elle ne le laisserait jamais marcher sur les traces de ce dernier. Et qu'il valait bien mieux que lui.

Et là, sur la plage, enveloppé par son parfum familier, il lut de nouveau l'inquiétude dans son regard et la honte s'abattit sur lui.

— Tu as mûri trop tôt, Houston. Tu es devenu un homme bien avant les autres garçons de ton âge parce que tu n'avais pas le choix. Tu as pris soin de moi et de ta sœur, et je t'en suis reconnaissante. Tu es le meilleur fils qu'une mère puisse désirer et je t'aime.

La gorge de Houston se serra.

— Mais tu n'as plus besoin de t'occuper de nous, désormais. Il est temps que tu t'occupes de toi. Et peut-être aussi de quelqu'un d'autre, ajouta-t-elle en tournant la tête vers l'océan.

— Qu'est-ce que tu entends par là ? parvint-il à articuler.

— Elle est amoureuse de toi, tu sais.

— Ne dis pas de conneries.

La riposte avait jailli spontanément, et il ressentit un choc dans la poitrine quand il posa les yeux sur Karin, Miranda à présent juchée sur les épaules.

— Tu deviens de plus en plus grossier, le réprimanda sa mère. Je ne vois pas pourquoi tu t'obstines à nier l'évidence. Et si tu réfléchissais trois secondes, tu te rendrais compte que toi aussi, tu es amoureux d'elle.

Non ! Il aimait bien Karin. Il avait envie de coucher avec elle jusqu'à ce qu'il soit rétabli, mais il n'était pas amoureux d'elle.

— Ça t'aiderait à te détendre d'avoir quelqu'un comme elle près de toi. Tu es toujours tellement sérieux. Je me sens coupable. C'est ma faute.

— Ce n'est pas ta faute, ne dis pas cela ! De toute façon, je suis très bien comme je suis.

Un bourreau de travail solitaire, voilà ce qu'il était.

Il essuya la sueur qui perlait au-dessus de sa lèvre et maudit une fois de plus le sort qui l'empêchait d'aller se rafraîchir dans l'eau.

— Tout le monde n'est pas obligé de se mettre en couple sous prétexte que tu es amoureuse de Larry. Il n'y a rien de sérieux entre Karin et moi.

S'il le disait tout haut, il finirait peut-être par y croire.

15

Karin fit descendre Miranda de ses épaules et la déposa sur les genoux de sa mère.

— Ouf ! Tu m'as épuisée, ma puce.

— Je vais voir ce que fabriquent Abby et Larry, annonça Francesca en se levant.

Comme elle s'éloignait, Karin haussa les sourcils à l'adresse de Houston

— C'est moi qui l'ai fait fuir ?

— Non, répondit-il en tapotant l'accoudoir du transat que sa mère venait de quitter. Viens t'asseoir. Je pense qu'elle avait envie d'aller retrouver Larry. Ils vont se marier : elle vient de me l'annoncer.

À voir sa tête, ce n'était pas une bonne nouvelle.

— Ah bon ? répondit Karin en contournant Sara, absorbée dans la lecture d'un bouquin, et qui semblait avoir oublié ses projets de séduction. Et qu'est-ce que tu en penses ?

Il ne semblait pas dans son assiette et suait à grosses gouttes.

— Ce que j'en pense est sans importance.

Cette réponse, pourtant si typique de Houston, déçut Karin. Elle aurait aimé qu'il lui fasse confiance, qu'il se confie à elle. Mais cela n'arrivait jamais.

Elle serra son T-shirt dégoulinant autour d'elle.

— Pourquoi t'obstines-tu à porter ce T-shirt trempé ? demanda Houston en tirant sur l'ourlet.

— Parce que.

Plusieurs explications lui passèrent par la tête, comme de faire valoir que le *cottage cheese* ne s'étale pas sur une plage, mais elles lui semblèrent plus lamentables les unes que les autres.

— J'attrape facilement des coups de soleil.

— Menteuse, souffla-t-il.

Karin n'avait pas envie d'entendre Houston répéter qu'elle avait un corps superbe, aussi changea-t-elle de sujet.

— C'est lundi qu'on te retire les fils ?

— Oui, répondit-il en tournant le mollet pour y jeter un œil. J'attends ce moment avec impatience. Ça me gratte horriblement depuis deux jours. J'avais pensé les retirer moi-même, mais je n'arrive pas à atteindre ceux qui sont derrière. Et puis de la main gauche, ce n'est pas évident.

— Je peux te les retirer si tu veux.

— Ce serait génial. Si tu le fais maintenant, je pourrais aller dans l'eau. Rôtir sur place en regardant les autres se baigner est un vrai supplice.

— Pas de problème, je peux m'en occuper tout de suite.

Tout, plutôt que de poursuivre cette conversation sur son T-shirt.

— Je pourrais enfin dormir sans que ces trucs me démangent, dit Houston en repliant la jambe.

— Tu veux qu'on aille chez toi ?

Karin avait toutes sortes d'idées sur ce qu'ils pourraient faire une fois chez lui et aucune d'elles n'incluait la moindre procédure médicale.

— À moins que tu ne caches des ciseaux dans ton caleçon de bain, ajouta-t-elle.

— Je les ai laissés dans l'autre, répondit-il en faisant mine de fouiller dans ses poches. Je vais prévenir ma mère que nous partons. Elle se tracasse beaucoup pour moi, ajouta-t-il en levant les yeux au ciel. S'il n'y avait pas Larry, elle serait en train de me dorloter. Elle ne voulait même pas que j'aille à la plage sous prétexte que d'affreux flash-backs de requins risquaient de me faire tourner de l'œil !

— Ça t'arrive d'avoir des flash-backs ? s'enquit Karin d'un ton soucieux.

— Non.

Elle en avait. Des flash-backs de sa bouche sur ses seins, de ses doigts entre ses cuisses, de la façon dont ses cuisses s'étaient contractées quand il avait enfoncé les doigts lentement…

— Qu'est-ce que c'était que ça ? demanda soudain Houston, interrompant ses rêveries érotiques.

— Quoi donc ? fit-elle en regardant autour d'elle.

— Ça, répondit-il en pointant le doigt vers l'océan.

— Je ne vois rien.

Elle scruta l'endroit qu'il désignait, vaguement inquiète. Houston avait peut-être des flash-backs, après tout. Ou alors il y avait vraiment un requin dans l'eau. Sa mère et sa nièce se baignaient, inconscientes du danger.

— Juste…

Sa main s'abattit sur la taille de Karin et il la chatouilla.

— … là !

Elle poussa un hurlement de surprise et son cœur se mit à battre follement.

— Tu m'as fait une de ces peurs ! s'exclama-t-elle en lui flanquant une tape sur la cuisse. Ce n'est pas drôle. J'ai cru que tu avais vu un requin.

Le sourire de Houston la bouleversait. Quand il était froid et distant, elle perdait tous ses moyens. Mais quand il était détendu et qu'il plaisantait, il était parfaitement irrésistible.

— Non, pas le moindre requin en vue, dit-il. Ce qui ne veut pas dire qu'il n'y en a pas.

L'humour avait déserté sa voix et son sourire avait cédé la place à un regard sensuel. Sa cuisse était si proche de la sienne qu'elle sentait ses poils la chatouiller. Ses beaux yeux s'étaient obscurcis et, traçant du doigt une ligne imaginaire sur son bras, il murmura :

— Si je te mords, Karin, ce sera par accident.

Il risquait de la faire souffrir, l'avertissait-il une fois de plus.

— Je suis plus coriace que j'en ai l'air, répliqua-t-elle en soutenant son regard.

Ils se fixaient mutuellement avec une telle intensité que ni l'un ni l'autre ne s'avisa que Miranda fonçait sur eux à la vitesse d'un avion supersonique. Elle s'écrasa sur le torse de Houston qui grogna sous l'impact, mais eut la présence d'esprit de la retenir pour lui éviter de tomber. Persuadée d'avoir retrouvé l'équilibre, Miranda voulut se retourner et porta le poids de son corps sur la main bandée de Houston qui lâcha prise.

Miranda tomba à la renverse en poussant un cri. Trois paires de mains se tendirent pour la retenir… Trop tard, hélas ! Miranda atterrit lourdement sur le sable et Houston proféra un juron.

— Tout va bien, s'empressa de lui assurer Kori. Elle n'a rien. Le sable a amorti la chute.

— Je suis désolé, mon ange, dit Houston, visiblement navré. Tu ne t'es pas fait mal, tu es sûre ? ajouta-t-il en caressant ses longs cheveux bruns de la main gauche.

Sa nièce hocha la tête et posa la main sur ses genoux.

— Je veux m'asseoir sur toi.

— Bien sûr ! Mais je préfère que tu me préviennes, la prochaine fois.

— Miranda, fais un peu attention, intervint Christian d'un ton sévère. Je te rappelle que ton oncle est blessé.

— Il ne faut pas exagérer, répliqua Houston en installant avec précaution la fillette sur ses genoux. Je ne suis pas en sucre ; je suis le même qu'avant.

Un ange passa.

Chacun évitait soigneusement de regarder sa main bandée, et la contrariété que Karin lut sur son visage lui donna envie de le serrer dans ses bras.

Miranda se tortilla sur les genoux de son oncle, regarda Karin et expliqua en coinçant une mèche de cheveux derrière l'oreille :

— Tonton Rouston s'est fait mordre à la jambe par un requin. Il a fallu le recoudre.

Houston fit rebondir sa nièce sur sa jambe droite.

— Karin le sait, ma puce. C'est elle qui m'a recousu.

— C'est vrai ? demanda Miranda en écarquillant les yeux, visiblement impressionnée. T'as pas eu peur ?

— Non, répondit Karin en riant. C'est mon travail.

— Tu es entourée de médecins, Miranda, dit Christian en s'allongeant à côté de sa femme. Sara aussi est médecin. Avec un peu de chance leur intelligence déteindra sur toi.

— Moi, quand je serai grande, je serai princesse, décréta Miranda.

— Si ton père et ta mère ne sont pas roi et reine, tu ne peux pas être princesse, expliqua son père. À ta place, je ferais des études.

— Je m'en fiche, répliqua Miranda. J'épouserai un prince.

Cette riposte déclencha une dispute entre le père et la fille, et Karin ne put s'empêcher de sourire en écoutant la fillette énoncer tous les avantages qu'il y avait à être princesse.

— Si on allait chez moi, Karin ? suggéra abruptement Houston.

La conversation cessa d'un coup et trois paires d'yeux adultes se braquèrent sur eux.

— Euh... si tu veux, répondit-elle en se levant. Tu ne m'en veux pas, Sara ? J'en ai pour un quart d'heure.

Bon, d'accord, la formulation n'était pas idéale.

Christian haussa les sourcils et une lueur amusée passa dans son regard.

— Pas plus ? s'étonna-t-il.

Kori se mordit la lèvre et lui donna un coup de coude en gloussant. Karin sentit son visage virer à l'écarlate.

— Prenez tout votre temps, lança Sara.

— Elle va enlever mes fils, se justifia Houston.

— Hon-hon, fit Kori, pas le moins du monde convaincue.

Karin ne pouvait s'empêcher d'avoir l'air coupable. Ils savaient tous qu'elle avait vu Houston nu, et à cet instant précis, la nature exacte de ses pensées ne faisait probablement aucun mystère pour eux.

— En route ! dit-elle d'un ton faussement détaché.

Houston se leva et déposa Miranda sur son transat. Il enfila un T-shirt, puis se tourna vers sa sœur.

— Quand maman reviendra, tu lui expliqueras ce que je fais.

— Je ne crois pas qu'elle ait envie de le savoir, Houston, pouffa Kori.

— Je parle des points de suture, riposta-t-il entre ses dents.

Il pivota et s'éloigna, ne laissant à Karin d'autre choix que de le suivre. Celle-ci se fit l'effet d'un brave chien. Un Jack Russel, voilà ce qu'elle était. Petit, blanc, court sur pattes et facile à dresser.

N'attendait-elle pas impatiemment qu'il lui lance un os ?

Si les points de suture ne l'avaient pas rendu dingue, Houston aurait dit à Karin de rester à la plage et serait rentré seul chez lui. Les émotions qui tourbillonnaient dans sa tête l'empêchaient de penser lucidement. Entre l'annonce du mariage de sa mère, son incapacité à prévenir la chute de sa nièce et la douleur qui lui avait étreint la poitrine quand il avait regardé Karin s'amuser dans les vagues, il ne savait plus où il en était. Il ouvrit la porte de sa maison et la tint pour Karin.

— Je vais chercher une paire de ciseaux.

Il farfouilla dans la cuisine pendant qu'elle attendait dans l'entrée.

— Je suis en train de tremper ton carrelage.

— Tu n'as qu'à retirer ce stupide T-shirt, répondit-il sans se soucier des conséquences de cette suggestion.

— Mais…

Houston suivit du coin de l'œil le combat que la politesse livrait à la pudeur dans la conscience de Karin. Il savait qu'elle portait un Bikini sous son T-shirt et il avait très envie de le voir. Il pria silencieusement pour que la politesse l'emporte.

Et sa prière fut exaucée.

Au moment où sa main se refermait sur une paire de ciseaux, elle ôta son T-shirt, révélant ses courbes voluptueuses, seulement dissimulées par quelques feuilles de palmier placées à des endroits qui lui donnèrent furieusement envie d'aller cueillir une noix de coco. Il s'approcha d'elle.

— Ciseaux ? fit-elle en tendant la main vers lui après avoir accroché son T-shirt à la poignée de la porte.

Une minute plus tard, Houston était assis sur le canapé, le pied posé sur la table basse, Karin assise à côté. Elle se pencha et passa le bout des doigts sur la couture.

— Qu'est-ce qui te fait sourire ? voulut-il savoir en agrippant l'accoudoir du canapé tandis qu'elle donnait le premier coup de ciseaux.

— J'admire mon travail. Tu as déjà vu une suture aussi droite ?

— Jamais, répondit-il en grimaçant. Du reste, je n'ai cessé de me le dire.

— Tu as de la chance, tu sais, dit-elle en donnant un autre coup de ciseaux. Je veux dire, en plus d'avoir eu la chance que ce soit moi qui te recouse.

Une semaine et demie après ton accident, tu es pratiquement rétabli.

Houston savait que Karin parlait sans réfléchir. Elle regardait sa jambe, constatait qu'il avait cicatrisé et considérait qu'il avait eu de la chance. C'était peut-être ce qu'il aurait dû se dire aussi. En se faisant attaquer par un requin, il aurait pu perdre une jambe. Ou la vie.

Mais l'attelle qu'il avait à la main lui rappela son intense frustration, et il ne put s'empêcher de répliquer sèchement :

— Dommage que je ne puisse pas en dire autant de ma main.

— Excuse-moi, Houston, dit-elle en levant les yeux vers lui. J'ai dit une bêtise. Tout le monde sait que je suis la reine des gaffeuses.

Sa main glissa doucement le long de sa jambe, et cette caresse éveilla en lui un bien-être aussi incommensurable qu'effrayant. Il eut envie de se laisser gagner par l'optimisme serein de Karin. De baisser sa garde et de se détendre.

— Ce n'était pas une bêtise. J'ai tendance à m'apitoyer sur mon sort. Je ne voulais pas te mettre mal à l'aise.

Le visage de Karin refléta un profond soulagement et un sourire lui retroussa le coin des lèvres.

— Je commence à avoir l'habitude.

Houston laissa échapper un petit rire.

— Karin, je…

« J'ai envie de toi, besoin de toi, de t'aimer, veux-tu te déshabiller et rester nue près de moi pour le restant de mes jours ? » aurait-il voulu lui dire.

Il posa la main sur son visage, se frotta le front pendant une bonne minute avant d'oser affronter son regard empli de curiosité.

— Je veux que tu comprennes pourquoi je me comporte comme je le fais, pourquoi j'ai du mal à être proche des gens. Lorsque ma mère m'a annoncé qu'elle allait se marier, tout à l'heure, ça m'a fait un choc. Mon père l'a maltraitée jusqu'au jour béni où il nous a fait la faveur de partir. J'avais quinze ans.

Au cours de ses trente-trois ans de vie, ces mots n'avaient jamais franchi ses lèvres, et sa voix entrecoupée le remplit de honte.

Il ne savait pas ce qu'il attendait comme réponse de la part de Karin – pitié ou horreur –, mais elle le surprit complètement. Elle effleura son genou du bout des doigts et se pencha vers lui.

— Moi aussi, j'ai perdu mon père quand j'avais quinze ans. Ça m'a mise dans une rage folle.

Houston fut si stupéfait par cette réponse qu'il cessa de penser l'espace d'un instant. Bien sûr, il en voulait à son père d'avoir maltraité sa mère, mais celle-ci lui avait pardonné. Tout au fond de lui, il en voulait peut-être aussi à Hal Hayes de n'avoir jamais été un père pour lui, de l'avoir privé de toutes ces choses qui vont de soi pour les autres enfants et qu'ils partagent avec leur père.

Il n'avait plus envie de ressentir de colère. Il avait envie d'être aussi heureux que sa mère et de laisser le passé derrière lui. Il ne voulait pas devenir amer et égoïste comme ce père qu'il méprisait.

Karin était entre ses jambes, ses cheveux mouillés tout ébouriffés, sa peau douce et fraîche embaumant l'océan. La pointe de son sein gauche était visible entre deux feuilles de palmier imprimées sur son soutien-gorge. Il tendit une main qui tremblait un peu, la referma sur son sein et le pressa doucement.

— Tu sais que tu es quasiment parfaite ?

16

Pourquoi n'avait-elle jamais un magnétophone sous la main quand elle en avait besoin ? Elle ne risquait pas de s'entendre dire qu'elle était quasiment parfaite de sitôt. Encore que cette fois était si bouleversante qu'elle s'en souviendrait longtemps sans qu'il soit nécessaire de l'enregistrer.

Les mots qu'il venait de prononcer, le contact de sa main et son expression vulnérable la firent frissonner. Houston était aussi perdu qu'elle, la veille, à la sortie du bloc opératoire, et elle voulait le réconforter comme il avait su le faire. Qu'il lui fasse confiance, qu'il se laisse aller à lui parler.

— Tu as fini d'enlever les fils ? demanda-t-il en lui titillant le sein.

— Non.

Loin de là. Elle en avait à peine ôté le tiers.

— Alors dépêche-toi.

— Je n'arrive pas à travailler quand tu fais ça.

— Quoi donc ?

— Quand tu me touches.

Karin s'écarta afin que sa main la lâche, se concentra sur les ciseaux et trancha un fil. Un orteil frôla son clitoris à travers la culotte mouillée de son Bikini. Elle sursauta et lança à Houston un regard exaspéré.

— Tu veux vraiment que je te fasse mal ? Ces ciseaux sont très aiguisés, je te préviens !

L'air parfaitement détaché, il reposa le pied sur la sandale dont il s'était débarrassé, mais ses yeux brillaient de désir.

— Tu sais quoi ? J'ai confiance en toi, Karin. J'ai remarqué que tu ne laisses plus tomber d'objets en ma présence. Je me demande bien pourquoi…

— Tu ne me rends plus nerveuse.

— Et si je tirai sur les liens de ton soutien-gorge, est-ce que ça te rendrait nerveuse ?

— Non, absolument pas.

Excitée, oui, mais pas nerveuse.

— Je persiste cependant à croire que tu ferais mieux de me laisser finir avant de tenter quoi que ce soit en rapport avec mon maillot de bain, ajouta-t-elle.

Elle ne procédait pas avec sa douceur accoutumée, et les fils qu'elle coupait tombaient sur la table basse deux fois plus vite qu'avant. Cela ne semblait cependant pas gêner Houston, dont l'excitation devenait de plus en plus apparente.

— J'aime l'idée de te voir entre mes jambes sans soutien-gorge…

Karin manqua le fil qu'elle s'apprêtait à couper et pria pour que les pointes de ses seins ne durcissent pas… *Trop tard.*

— Quant à moi, j'apprécierais beaucoup que tu enlèves ton T-shirt, répliqua-t-elle.

Le coin de sa bouche se souleva, mais il ne rit pas. Avant qu'elle ait eu le temps de réagir, il avait passé la main dans son dos et défait le nœud de son soutien-gorge.

— Cela te plairait, Karin ? Alors, je te plais ?

Son soutien-gorge remontait de plus en plus dangereusement sur ses seins, et Karin savait qu'une fois qu'ils ne le retiendraient plus, elle se retrouverait dans une tenue adaptée pour une plage topless ou un club de strip-tease. Un mouvement infime suffit à libérer ses seins. Houston expulsa une grande quantité d'air de ses poumons et secoua légèrement la tête.

— Tu sais bien que tu me plais, souffla-t-elle.

— Pose ces satanés ciseaux et lève-toi.

— Je n'ai pas terminé. Il reste encore deux fils.

— Tu finiras plus tard, déclara-t-il en se mettant debout pour plier les genoux plusieurs fois de suite. Ah ! C'est beaucoup mieux ! Même si tu n'as pas terminé.

Il glissa le genou entre les cuisses de Karin, la forçant à les écarter. Elle ferma les yeux, vacilla légèrement au bord de la table basse.

— Tu es sûr de pouvoir faire ça, Houston ? demanda-t-elle en rouvrant les yeux. Je ne voudrais surtout pas que tu te fasses mal.

— La seule douleur que je ressente se situe au niveau de mon slip de bain. Elle a pour nom désir ; c'est un chapitre qu'on aborde rarement en médecine.

Karin referma les cuisses et s'agenouilla entre les jambes de Houston. Elle songea qu'elle aurait dû se débarrasser de son soutien-gorge qui pendouillait devant ses seins, tel un étrange collier de nylon, mais reporta ce geste à plus tard. Elle avait mieux à faire.

— Parfait. Dans ce cas, je peux faire ceci... dit-elle en effleurant son sexe à travers son caleçon de bain.

— Karin ! s'écria-t-il.

Il recula d'un pas, mais fut arrêté par le canapé.

Elle sourit, planta un baiser sur son ventre, y fit courir la pointe de sa langue, glissa les doigts dans sa ceinture et baissa son caleçon jusqu'aux genoux.

— Karin ! répéta-t-il d'un ton choqué, exclamation qui l'incita à poursuivre et l'excita tellement qu'elle haletait avant même de le toucher.

Ses seins effleurèrent les cuisses de Houston quand elle se pencha en avant, et ses doigts se refermèrent sur son sexe. Elle le sentit palpiter et durcir, mesura pleinement l'intensité de son désir. Le serrant à deux mains, elle approcha l'extrémité de ses lèvres et s'autorisa à lui donner un petit coup de langue.

— Merde, ne fais pas ça.

Elle lui appliqua un deuxième coup de langue, plus vigoureux.

— Arrête...

Karin se mit à le sucer doucement. Mmm... Que c'était bon de le prendre en bouche, de goûter la saveur de son sexe en le caressant avec la langue.

— Ma mère pourrait venir...

Sa voix était hachée, et du coin de l'œil, Karin vit qu'il cherchait à prendre appui sur le canapé de sa main valide. Son intonation désespérée l'amusa beaucoup. C'était *lui* qui avait voulu qu'elle interrompe son travail sur ses points de suture. Il pensait vraiment qu'elle allait croire qu'il craignait de se faire pincer ?

La vérité, c'était qu'il ne supportait pas que quelqu'un d'autre que lui prenne les commandes. Elle reprit ses petits coups de langue rapides. Il avait vraiment bon goût. Salé. Comme une délicieuse frite maison. Ses seins se dressèrent davantage encore, frottèrent contre le soutien-gorge défait, et son corps entier réagit au durcissement du sexe de Houston.

— Arrête, Karin !

Elle leva les yeux vers lui sans cesser de faire courir sa langue sur la partie la plus sensible de son sexe. Houston ferma les yeux.

— Je n'arrêterai que si tu as mal, murmura-t-elle, certaine de sa réaction.

— Je t'ai dit que je n'avais pas mal.

— Alors tais-toi et laisse-toi faire.

— Non, dit-il sans pour autant chercher à se dégager.

Karin poursuivait leur conversation entre deux coups de langue.

— Laisse-moi, dit-elle en le prenant dans sa bouche, te faire ça, acheva-t-elle en reculant. J'aime tellement te sentir durcir dans ma bouche.

Karin avait eu l'intention de prendre son temps, de le goûter lentement pour lui faire endurer le supplice qu'elle-même endurait chaque fois qu'il la touchait. Mais elle était incapable de se retenir, n'arrivait pas à maîtriser son propre désir. Ses lèvres humides allaient et venaient le long de son sexe avec une avidité croissante, Houston respirait de plus en plus fort, laissant échapper des gémissements gutturaux.

Karin voulait qu'il jouisse, elle l'aimait, elle voulait l'aider à comprendre que, chirurgien ou pas, il était un homme merveilleux. Elle voulait sentir le flot brûlant de son plaisir envahir sa bouche, sentir le poids de son corps contre elle quand il se répandrait dans sa bouche. Les petits grognements qui lui échappaient l'excitaient follement, elle le prenait maintenant entièrement en bouche et lui caressait les testicules. De délicieuses contractions vinrent bientôt chatouiller son entrecuisse brûlant. Si elle se redressait et qu'elle l'obligeait à s'asseoir sur le canapé, elle pourrait s'empaler sur lui et s'octroyer un orgasme fabuleux.

C'était l'option égoïste.

Elle pouvait aussi rester où elle était et se caresser pour permettre à Houston de jouir avant elle.

Elle n'eut pas le temps de prendre une décision. Houston saisit la pointe d'un de ses seins entre ses doigts et le pinça si fort qu'une décharge de plaisir la secoua. Elle s'immobilisa, laissa échapper un gémissement extatique et se frotta contre sa jambe.

— Oh, oui ! fit Houston en agrippant ses épaules secouées de tremblements.

— Pardon, dit-elle en aspirant une goulée d'air. Je suis désolée, je ne voulais pas jouir, je t'assure.

— Qu'est-ce qui t'a fait jouir, Karin ? demanda-t-il d'une voix tendue, son sexe en érection à quelques millimètres de ses lèvres.

— C'est de te faire ça… te sucer… J'adore ça !

Elle laissa aller sa tête contre son ventre, ferma les yeux et frissonna longuement, les jambes parcourues de secousses involontaires. Houston lui renversa la tête en arrière pour la forcer à le regarder. La passion que Karin lut dans son regard bleu outremer ranima son désir. Houston semblait prêt à la posséder sauvagement, et sur-le-champ.

— Debout. Si on ne va pas dans ma chambre tout de suite, je vais te prendre dans le salon.

— D'accord, chuchota-t-elle en plantant un dernier baiser sur son sexe en érection.

Il s'écarta vivement et la tira par le bras pour l'aider à se relever. Karin se redressa, chancelante, et dut s'appuyer contre lui pour retrouver son équilibre.

— Mon Dieu ! Sara ! s'écria-t-elle. Je l'avais complètement oubliée ! Si je ne l'appelle pas, elle va se demander ce qui se passe.

— Je pense que la réponse s'imposera d'elle-même, assura Houston avant de se pencher pour prendre son sein dans la bouche, tel un fauve s'emparant de sa proie.

Karin se fit cependant la remarque qu'aucune gazelle mordue par un lion n'éprouve l'envie de hurler de plaisir. Elle-même ne réussit à se taire qu'en fermant les yeux très fort et en pensant à l'opération du tendon d'Achille qui l'attendait le lendemain.

— Non, je dois absolument l'appeler.

Houston interrompit le tracé des délicieux motifs qu'il dessinait sur sa peau du bout de la langue, attrapa le combiné du téléphone sur la table basse en bout de canapé et le lui tendit.

— Fais vite.

— Compte sur moi, répondit-elle en composant le numéro d'une main, tapant de l'autre sur celle que Houston essayait de poser sur elle.

— Allô ?

— Sara ? C'est Karin. Je suis coincée chez Houston et je ne sais pas trop quand je vais pouvoir te rejoindre à la plage.

— C'est un code pour dire que tu vas coucher avec lui ? pouffa Sara.

— Chuut ! Si sa mère t'entendait ! chuchota-t-elle en réprimant un gémissement.

Houston, qui s'était faufilé derrière elle, s'employait à la débarrasser de son slip de bain.

— Je doute qu'elle s'en soucie. J'ai l'impression qu'elle est coincée sur la plage, si tu vois ce que je veux dire... Je suis la seule à ne pas être coincée, paradoxalement.

Karin se sentit d'autant plus coupable que Houston l'avait forcée à se pencher sur le canapé pour glisser le doigt entre ses cuisses.

— Je suis désolée, Sara, parvint-elle à articuler. Je croyais que tu avais l'intention de draguer ?

— Le seul type que j'ai abordé était marié. Il me faudra au moins six mois pour trouver le courage d'en aborder un autre.

— C'est trop bête... commença Karin.

— Je raccroche avant que cette conversation suffise à faire de moi une adepte du triolisme, l'interrompit Sara. Tu me sembles très occupée.

Houston lui mordillait la nuque. Karin poussa un glapissement et lâcha le téléphone, rouge de honte. Sara avait parfaitement compris ce qu'elle était en train de faire.

— Ta mère... commença-t-elle sans trop savoir pourquoi.

— Ma mère est occupée avec Larry, je sais, coupa-t-il.

Houston avait enfermé Larry et sa mère dans un petit compartiment tout au fond de sa tête et avait collé dessus une étiquette marquée *Plus tard*. Pour l'heure, il avait l'intention d'emmener Karin dans son lit et de la retenir jusqu'à ce qu'il ait oublié qu'il n'était pas digne d'elle et qu'elle ait oublié de son côté qu'il n'était qu'un chirurgien sur le point de perdre son boulot.

— Dans la chambre ! Zou !

Il n'avait pas pu tenir sa promesse de l'emmener dans sa chambre la première fois qu'elle était venue chez lui, et il avait l'impression qu'en l'y conduisant aujourd'hui, leur relation allait passer symboliquement à un stade supérieur. La seule fois que Karin s'était avisée de pénétrer dans sa chambre, il l'avait mise à la porte.

Tout en l'entraînant dans le couloir, il se retourna, et la vision de son corps nu lui donna envie de l'enlacer, de lui caresser les fesses, de presser contre lui cette chair voluptueuse. Ce qu'il tenta de faire dès qu'ils furent sur le seuil de sa chambre. Mais lorsque son attelle entra en contact avec le dos de Karin, il lâcha un juron, puis entreprit de défaire son bandage de la main gauche.

— Qu'est-ce que tu fais ? demanda-t-elle en se pressant contre lui.

— J'enlève ce truc ! Je veux te toucher avec mes deux mains.

Karin leva les yeux vers lui.

— Je croyais que tu devais le garder encore une semaine.

— Oui, mais je veux toucher ton corps sans que ce truc m'en empêche. Je le remettrai tout de suite après, assura-t-il.

Karin s'empara de sa main et en caressa la paume à travers le bandage.

— Laisse-moi faire, murmura-t-elle avant d'embrasser ses doigts un à un, effleurant à peine les deux qui étaient blessés.

Ce n'était pas ce qu'il avait en tête – que Karin étudie sa main pâle et inerte évoquant un poulet mort et plumé. Mais il eut soudain envie de lui faire confiance, de croire à un avenir incluant à la fois sa carrière et une femme dont il en était venu à comprendre qu'il pourrait l'aimer. Il ferma les yeux une seconde et crispa les mâchoires.

— D'accord.

— Tu sais que l'index et le pouce ne t'obéiront pas encore, le prévint-elle doucement en commençant à dérouler le bandage. Intervention ou non, trois semaines d'immobilité, c'est long. C'est pour ça qu'on prescrit toujours une rééducation.

— Je suis médecin, Karin. Tu n'as pas besoin de me dire tout ça.

Il s'était exprimé sans réel agacement, fasciné qu'il était par la vision de son corps nu incliné sur lui, sans la moindre inhibition. Il savait qu'elle n'aimait pas son corps. Il ignorait pourquoi, mais c'était ainsi. Elle se tenait pourtant devant lui, confiante, s'appliquant avec autant de délicatesse que d'efficacité à défaire son attelle, sans paraître se soucier le moins du monde qu'il pût l'observer à loisir.

— Ce que sait un médecin et ce qu'il ressent sont deux choses différentes, observa-t-elle.

Elle retira le bandage et caressa ses doigts pâles. La lacération et l'acte chirurgical avaient laissé de longues cicatrices rouges. Karin fit courir la pointe de sa langue le long des cicatrices. Le cœur de Houston fit un bond dans sa poitrine et son sexe se sentit à l'étroit dans son slip. La caresse de Karin ne reflétait ni pitié ni curiosité. C'était la caresse sensuelle et troublante d'une femme qui tient à connaître chaque centimètre carré de la peau de l'homme qu'elle désire.

Elle lui massa ensuite la paume du pouce, puis posa sa main raide sur sa propre taille.

— Voilà. Maintenant, tu peux me tenir des deux mains.

C'était délicieux. Il l'attira contre lui et son sexe durci se nicha entre ses cuisses accueillantes. C'était encore plus agréable que tout ce qu'il avait imaginé. Ses doigts valides couraient sur sa peau fraîche tandis que les deux autres demeuraient inertes, mais peu importait. Tout ce qu'il voulait, c'était caresser et aimer Karin dans un endroit où elle n'appartiendrait qu'à lui.

— Tu es parfaite, lui souffla-t-il à l'oreille, avant de lui en mordiller le lobe.

Ils étaient toujours sur le seuil de sa chambre. Houston y pénétra à reculons, l'attirant dans son sillage, jusqu'à ce qu'il sente la fraîcheur des draps contre ses genoux. Il ne s'était pas donné la peine de faire son lit depuis son accident et il n'avait qu'à repousser le drap pour y allonger Karin. Debout près du lit, il s'inclina et déposa un tendre baiser sur ses lèvres.

— Oh, gémit-elle en enfouissant les doigts dans ses cheveux.

Houston n'avait jamais aimé qu'une femme lui caresse les cheveux, mais avec Karin, c'était différent. Karin n'était pas n'importe quelle femme. Elle était tout pour lui, et plus encore. Il la poussa doucement, jusqu'à ce qu'elle se retrouve étendue sur le lit, les cuisses écartées.

Elle avait le souffle court, les joues empourprées, les yeux embrumés de désir… Jamais il n'avait vu plus belle femme de sa vie.

— Je n'ai encore jamais ressenti cela, murmura-t-il en se penchant entre ses cuisses pâles pour les embrasser.

— Quoi ?

Une douleur aiguë lui parcourut le crâne comme Karin lui tirait les cheveux. Levant les yeux, il la vit soulever les hanches pour inciter sa bouche à abandonner sa cuisse et à s'intéresser à sa fente. Elle ondulait comme si elle cherchait quelque chose à chevaucher…

Houston braqua les yeux sur son objectif. Le parfum de leurs chairs moites de désir emplissait la pièce, un désir qui les liait de la façon la plus intime qui fût.

— C'est la première fois que je suis à ce point fasciné par une femme, avoua-t-il avant de faire glisser la pointe de sa langue entre les replis de son sexe. J'aurais dû deviner que j'étais cuit la première fois que je t'ai vue à quatre pattes.

17

— Ma maladresse aura été finalement une bonne chose, gloussa Karin.

S'il persistait à faire courir sa langue sur elle, elle était prête à laisser tomber toute une boîte de scalpels.

Houston s'esclaffa, son nez la chatouilla et elle sentit son haleine tiède sur la chair sensible de sa cuisse.

— Pour toi, je ne sais pas, mais pour moi, aucun doute.

S'il savait ! Karin aurait voulu lui avouer ce qu'elle ressentait, mais elle n'avait pas envie de le voir se hérisser et battre en retraite alors qu'il acceptait enfin de s'ouvrir à elle, de se montrer ouvertement tendre, de laisser ses sentiments transparaître dans son regard.

Elle comptait pour lui, c'était visible. Il n'y croyait peut-être pas et ce n'était peut-être pas encore de l'amour, mais c'était déjà quelque chose. Quelque chose de réel et qui grandissait.

— Pour moi aussi puisque je suis ici avec toi.

La langue de Houston s'activa de nouveau.

— Hmm ! Là, c'est bon ! gémit-elle, les yeux rivés sur sa tête qui disparaissait entre ses cuisses.

C'était le genre de position qui la dérangeait en temps normal. Surtout en plein jour, avec la lumière qui entrait à flots dans la pièce. Mais avec Houston, elle se sentait désirable et séduisante. Ces courbes qui la tourmentaient depuis l'adolescence, ces collines blanches qui avaient élu domicile dans un cadre trop étroit pour elles étaient précisément ce qui le fascinait.

— Que penses-tu de Sara ? s'entendit-elle lui demander, histoire de s'attirer de nouveaux compliments.

Elle ne se lassait pas de l'entendre avouer la fascination qu'elle exerçait sur lui. De même qu'il avait besoin de s'entendre dire qu'il était toujours aussi brillant même s'il ne devait plus jamais mettre les pieds au bloc opératoire, elle avait besoin de l'entendre dire et répéter qu'il la trouvait belle et excitante.

Il fit une pause.

— Comment ça, ce que j'en pense ?

— Elle te plaît ? Elle est très mince.

Karin leva les bras au-dessus de sa tête et ondula des hanches pour l'inciter à continuer ce qu'il avait commencé. Il suça l'intérieur de sa cuisse, aspira fortement sa chair entre ses lèvres chaudes et le gémissement qu'elle émit cette fois reflétait la délicieuse souffrance qu'il éveillait au plus profond d'elle-même.

— C'est une manière détournée de demander une fessée ? s'enquit-il d'une voix à la fois calme et vibrante de désir contenu.

— Non. Pourquoi ?

— Parce que tu sais que ça m'énerve quand tu te rabaisses en te comparant à quelqu'un d'autre.

— Je ne me rabaisse pas.

Karin regrettait d'avoir parlé, regrettait qu'il utilise sa langue pour autre chose que pour la lécher. Les mordillements dont il lui gratifiait la cuisse ne lui suffisaient pas ; ils n'étaient que les vestiges distrayants d'activités autrement plus intéressantes.

— Je n'ai pratiquement pas fait attention à Sara. Tu es la seule femme qui m'intéresse.

Karin aurait été disposée à payer pour entendre Houston lui tenir de pareils propos, et il le faisait gratuitement.

— Pour quelqu'un qui prétend ne pas savoir parler aux patients, je trouve que tu t'en tires exceptionnellement bien.

Houston se mit à rire.

— On poursuit cette conversation ou je reprends où j'en étais avant que tu ne me demandes mon opinion sur ta copine maigrichonne ?

— Sara n'est pas maigrichonne, elle est superbe !

Karin comptait développer son point de vue, mais Houston l'en empêcha d'une caresse judicieuse qui lui fit creuser les reins.

— Oh, et puis, peu importe ! céda-t-elle.

— Je ne te le fais pas dire…

Il se mit à l'ouvrage avec tant d'ardeur qu'un frisson de pur plaisir secoua Karin. Seigneur, elle n'aurait jamais imaginé qu'un homme puisse être aussi incroyablement habile ! Au bord du vertige, elle se raidit, agrippa le drap, et ferma les yeux pour mieux savourer cette invasion intime. Sous les assauts répétés de sa langue, son ventre se contractait et les pointes de ses seins étaient douloureuses à force d'être dures.

Elle était sur le point de basculer dans l'abîme du plaisir lorsqu'il s'écarta et essuya du doigt ses lèvres luisantes. Karin laissa échapper un léger cri de déception… qui se mua en un gémissement désespéré quand Houston se leva. Il se débarrassa de son caleçon de bain et traversa la chambre, lui offrant une vue imprenable sur son dos admirablement musclé et ses fesses fermes. Mais belles fesses ou non, il l'abandonnait alors qu'elle était pantelante de désir.

— Où vas-tu ?

Karin lâcha le drap et le regarda s'approcher de la commode. Elle aurait bien roulé sur le flanc pour mieux le voir quand il se retournerait, mais elle craignait que le moindre mouvement ne l'envoie au septième ciel.

— Je vais chercher un préservatif. Sens-toi libre de te caresser en attendant, si tu veux.

Karin sentit son visage et son cou devenir brûlants.

— Je crois que ça ira.

Elle ne se voyait pas faire *ça* devant Houston. Devant personne, du reste. Mais lui moins qu'un autre, avec son corps superbe et son regard auquel rien n'échappait.

Il revint vers le lit après avoir enfilé un préservatif, une petite flamme malicieuse dans les yeux.

— Dommage, j'aurais bien aimé voir ça.

— Désolée, mais je ne crois pas que tu jouiras de ce spectacle avant longtemps.

Sa gêne se dissipa quand Houston atteignit le pied du lit, plaça les mains de part et d'autre de ses chevilles, et se pencha pour déposer un baiser là où sa langue s'était trouvée un instant plus tôt.

Là où Karin était trempée de désir.

Sa langue remonta jusqu'à sa hanche, dessina une trace humide jusqu'à son nombril qu'elle fouailla doucement. Karin lutta contre l'étrange sensation que cette invasion faisait naître en elle, contre le tiraillement brûlant au creux de son ventre, sur lequel le torse de Houston s'appuyait, puis reculait tour à tour.

Ignorant sa résistance, il poursuivit l'ascension de son corps jusqu'à blottir le nez sous sa poitrine ; il fit si bien aller et venir sa langue sur ses côtes que ses seins en durcirent de jalousie.

Lui saisissant alors la main, il la couvrit de la sienne et les fit glisser ensemble entre ses cuisses. Le contact du renflement humide de sa propre chair fit sursauter Karin.

— Arrête, lâche-moi !

— Chut, l'apaisa-t-il en maintenant fermement ses doigts contre son sexe tandis que sa langue assaillait ses seins de caresses délicieusement mouillées.

Karin se tortilla, gênée.

— Je ne peux pas, souffla-t-elle alors même qu'elle arquait le dos.

Elle persista à secouer la tête quand il introduisit leurs doigts en elle, que son propre corps les enveloppa de sa pulsation humide et chaude.

— Tu sens comme c'est bon ? Tu comprends pourquoi tu me rends fou ? demanda-t-il en nichant la tête entre ses seins. Tu es tellement merveilleuse, Karin.

Il fit aller et venir leurs index joints en elle, leurs paumes plaquées contre son mont de Vénus, et Karin crut manquer d'air. Lentement, il glissa leurs doigts sur le petit bourgeon dur qu'était devenu son clitoris.

— On va le faire ensemble, ma belle, toi et moi.

Karin était effrayée par la voluptueuse intensité de cette caresse sans cesse renouvelée. Elle était choquée, excitée et impatiente tout à la fois.

— Houston, murmura-t-elle d'une voix affreusement rauque.

— Oui ? fit-il en cessant un instant de lui laper les seins.

— Viens en moi, s'il te plaît.

La requête qu'elle venait de formuler d'une voix tremblante projeta le peu de maîtrise qui restait à Houston contre un mur où elle vola en éclats tel un morceau de cristal. Dieu qu'il aimait cette femme, son corps, son cœur généreux ! En cet instant, il était disposé à répondre à ses élans et à satisfaire tous ses désirs.

— Tout ce que tu voudras, mon ange.

Il se positionna entre ses cuisses et la pénétra d'une puissante poussée, jusqu'à la garde. Ses muscles intimes se resserrèrent autour de son sexe, lui arrachant un grognement.

Elle leva vers lui un regard éperdu de reconnaissance et sa chair se teinta d'un rose délicat tandis qu'il acceptait de laisser derrière lui ses ultimes illusions.

Karin était exceptionnelle. Il l'aimait. Et elle lui appartenait.

Il se retira, ne laissant en elle que l'extrémité de son sexe. Un gémissement déçu leur échappa avec un bel ensemble. Il s'immobilisa dans cette position une interminable seconde, puis la pénétra de nouveau, si vigoureusement qu'il en lâcha un juron. Karin lui griffa involontairement les épaules, mais il le sentit à peine tant il prit de plaisir à se perdre en elle, à lui faire sentir qu'il l'aimait et la désirait. Il accéléra le rythme, s'approcha dangereusement de l'explosion.

— Tu veux que j'arrête ?

Il voulait qu'elle jouisse avant lui. Karin eut un regard tellement horrifié qu'il aurait éclaté de rire si la crainte de succomber trop tôt ne lui avait fait serrer les dents.

— Non ! Je vais mourir si tu arrêtes !

Comme pour le retenir, ses mains quittèrent ses épaules pour se refermer sur ses fesses, et elle lui appliqua une petite claque, tel un cavalier incitant sa monture à accélérer.

Cette exigence fit grimper l'excitation de Houston – qui n'en avait pas besoin – en flèche, et il sut qu'il ne pourrait pas se retenir plus de quelques secondes.

— Tu aimes ça, hein ? haleta-t-il.

— Oui !

Elle lui appliqua une deuxième claque, puis ses hanches furent agitées de violents soubresauts tandis que l'orgasme la balayait comme un fétu de paille.

Houston cessa de résister pour basculer dans le plaisir à son tour, déversant en elle tout ce qu'il ne pouvait exprimer de passion et de sentiments à travers ses coups de reins frénétiques.

Ils vibrèrent ensemble, tremblants de la tête aux pieds, écumants, et Karin retomba sur le dos, les mains agrippées au drap, ses beaux yeux verts dilatés par l'extase.

— Je t'aime, murmura-t-elle.

Ruinant ainsi toute chance de sauver le cœur de Houston.

Baignant dans sa sueur, Karin s'efforça de réprimer un gémissement. Un gémissement de désespoir, cette fois. Comment avait-elle pu être assez stupide pour avouer ses sentiments à Houston au beau milieu d'un orgasme explosif ?

C'était à peu près aussi subtil que d'aborder la question du mariage quand on sort pour la première fois avec un homme !

Houston ne semblait cependant pas particulièrement horrifié. Pas du tout, même. Sans aller jusqu'à affirmer la réciprocité de ses sentiments, il affichait une expression sacrément satisfaite. Il poussa un soupir, lui adressa un sourire en coin et laissa son doigt courir sur son sein tandis qu'il la soulageait de son poids pour s'allonger à côté d'elle.

— Tu es tellement différente de moi, murmura-t-il, rêveur.

C'était vrai. Elle était bête et il était intelligent. Elle l'aimait et il ne l'aimait pas. Elle demeura immobile et s'efforça de garder son calme.

— Tu es si douce, enchaîna-t-il, son doigt se promenant sur son ventre et la courbe de sa hanche. Et moi, je suis dur.

C'était vrai aussi. De la tête aux pieds, tout n'était que fermeté chez lui.

— Mmm.

— Ta peau est si blanche, si pâle, alors que je suis sombre.

Il semblait si détendu que Karin s'autorisa à croire qu'il n'avait pas mal pris son aveu intempestif. Elle rit doucement et se tourna sur le flanc

— Tu ressembles à un marshmallow grillé.

Elle sentit son souffle caresser son épaule quand il rit à son tour.

— Je ne suis pas certain que ce soit un compliment, observa-t-il en entrecroisant leurs doigts, les paupières à demi closes. Tu parles avec les mains, et beaucoup. Moi, je suis silencieux.

L'inquiétude pointa en elle. Pourquoi énonçait-il des évidences, sinon en guise de préambule à un discours intitulé : *Voilà pourquoi ça ne peut pas marcher entre nous.*

— C'est vrai, répondit-elle, parce qu'elle était nue, qu'elle se sentait comblée, et qu'elle n'avait pas envie de gâcher ce moment.

S'il jugeait bon un jour de lui faire ce discours, elle ne chercherait pas à le contredire. Cela lui briserait le cœur, mais elle ne le supplierait pas, ne tenterait pas de le faire changer d'avis. Elle méritait un homme qui l'aime, et la chérisse, et la désire de toute son âme, pas un homme qu'il fallait convaincre de le faire.

— J'aime nos différences, conclut-il doucement.

Karin retint son souffle. Cette petite phrase avait dû beaucoup lui coûter, elle le devinait à l'émotion perceptible dans sa voix. Les larmes qu'elle avait retenues sans s'en rendre compte ruisselèrent soudain sur ses joues. S'appuyant sur le coude, elle se pencha sur lui et s'arrêta à un centimètre de ses lèvres.

Il dormait.

Glorieusement nu, la main reposant encore sur son ventre à elle.

Quand Karin se réveilla, Houston se tenait debout à côté du lit et la contemplait. Luttant pour garder les yeux ouverts, elle réprima un bâillement.

— C'est toi qui m'as soufflé dessus ?

Il s'accroupit et répondit avec un grand sourire :

— Ça doit être le vent.

— Alors le vent ferait bien de se laver les dents.

Non qu'il ait eu mauvaise haleine ; elle avait dit cela pour le taquiner. Elle s'étira tandis qu'il soufflait contre sa main pour tester son haleine.

— Je plaisantais ! s'esclaffa-t-elle.

— Bon, puisque tu es honnête, j'avoue : c'est moi qui t'ai soufflé dessus. J'essayais de te réveiller.

Le cerveau embrumé de Karin prit soudain conscience qu'il avait remis son caleçon de bain et qu'il avait une paire de ciseaux à la main. Elle se frotta les yeux, et réalisa graduellement qu'elle était vautrée sur son lit, nue, jambes écartées. Elle voulut dissimuler son embarras, mais n'y parvint pas. Après ce qu'ils venaient de partager, elle ne pouvait plus feindre.

Elle croisa néanmoins les chevilles.

— Tu n'as pas besoin de te cacher devant moi.

Il posa les ciseaux sur le lit, lui souleva la cheville et lui écarta les jambes.

— C'est beaucoup mieux ainsi.

— Trouve-moi un T-shirt que je finisse d'enlever tes fils, dit-elle.

Son hésitation lui fit l'effet d'un compliment. Il alla finalement chercher un T-shirt et le lui tendit.

— Tu remettras ton Bikini quand tu en auras terminé. On ira manger un morceau, et on retournera à la plage. J'ai envie d'aller un peu dans l'eau.

Karin enfila le T-shirt et s'abstint, non sans mal, de tout commentaire. Houston n'aurait pas apprécié qu'elle remette en question sa décision, d'autant que rien ne s'opposait à ce qu'il se baigne.

Quand sa tête surgit de l'encolure du T-shirt, elle respira avec délices l'odeur de lessive et d'after-shave qui imprégnait le tissu et sourit.

— D'accord, mais je vais le mettre dans le séchoir, alors. Rien de pire que d'enfiler un maillot de bain mouillé !

Glissant la main derrière sa nuque, Houston se pencha et déposa sur ses lèvres un baiser qui lui arracha un soupir.

— Je t'adore, Karin.

Petit à petit, il y arriverait. Bientôt, il avouerait qu'il l'aimait. Karin avait déjà des larmes en réserve pour cet instant.

Deux heures plus tard, ils étaient de retour à la plage et Houston tâchait de s'arracher les mots de la gorge.

Je t'aime.

Ce n'était pas difficile à dire. Cela ne lui écorcherait pas les lèvres. Karin ne lui rirait pas au nez. Le ciel ne lui tomberait pas sur la tête.

Mais il n'y avait rien à faire. Il n'arrivait pas à ouvrir la bouche et à articuler les mots.

Il ne s'attendait pas que sa famille soit encore à la plage. Ils étaient partis à midi et il était presque 18 heures. Ils avaient passé l'après-midi à faire l'amour, à dormir et à manger sans voir le temps passer. Cette fois, il n'y aurait pas de distraction. Il n'y aurait que Karin, l'océan et lui. Ils pourraient même attendre le coucher du soleil.

D'ici là, sa langue se serait peut-être décollée de son palais.

— Donc, tu as ta planche, fit Karin pour la troisième fois.

Houston savait que c'était sa façon de lui dire qu'elle était inquiète. Il comprenait son inquiétude et lui était reconnaissant de ne pas débiter la liste des raisons qui auraient dû l'inciter à ne pas remonter sur une planche de surf. Peu lui importait que sa main soit engourdie et qu'il n'ait pas encore remis son attelle en place. Il n'avait plus de points de suture, plus de bandage, il avait envie de retourner dans l'eau, et il était content de partager ce moment avec Karin.

— Je l'ai, répondit-il, ravi d'en sentir le contact familier.

La plage était pratiquement déserte. En temps normal, Houston ne surfait pas sur la plage privée de sa résidence, il allait plutôt du côté de l'anse d'Acadia, où les vagues étaient plus hautes. Mais là, il s'agissait juste de remonter sur une planche. Il s'arrêta au bord de l'eau, appuya sa planche sur le sable humide et se laissa gagner par la mélancolie du chant des mouettes.

— J'aime l'océan.

Je t'aime.

Les mots restèrent dans sa tête.

Les yeux fixés sur l'horizon, il caressa la main de Karin.

— Il est si puissant, si majestueux. Je n'imagine pas vivre ailleurs qu'ici.

— Moi non plus. C'est si beau, si chaud, comme si le soleil ne devait jamais cesser de briller.

Elle avança de quelques pas, laissa les vagues lui lécher les orteils et se mit à rire.

— Je ne vois pas pourquoi il cesserait de briller, d'ailleurs. Il se lèvera toujours à l'est pour se coucher à l'ouest. Je voulais simplement dire que lorsqu'il brille, on a du mal à imaginer qu'il puisse pleuvoir ou faire froid.

Houston adorait écouter Karin parler. Elle lui donnait l'impression de penser à voix haute, et il aimait cela.

— Est-ce que ce n'est pas l'heure où les requins se mettent en quête de nourriture et s'approchent du rivage ? demanda-t-elle subitement, l'air inquiet. C'est ici que c'est arrivé ?

Houston avait beau être bien placé pour savoir ce qui se passe quand un homme est confronté à l'instinct naturel d'un requin, la peur de retourner dans l'eau ne l'avait même pas effleuré. Il lui semblait hautement improbable qu'il se fasse mordre par un requin deux fois dans sa vie. L'océan faisait partie de son existence et il n'avait pas l'intention de s'en priver.

— Non, c'était dans l'anse, répondit-il. On surfe mieux, là-bas.

Il s'assit et tapota le sable à côté de lui. Quand Karin commença à se baisser, il la tira par le bras si bien qu'elle se retrouva sur ses genoux. Elle envoya promener ses tennis, et il hésita entre lui ôter lui-même son T-shirt ou la regarder s'en charger seule.

Comme elle nouait les bras autour de son cou, il lut la peur dans son regard.

— Tu es sûr de vouloir aller dans l'eau ? Imagine qu'il rôde dans les parages. Les requins ont un territoire étendu.

Houston eut envie de rire, mais n'osa pas.

— Ce requin ne m'en voulait pas personnellement, Karin. Je me suis trouvé sur son chemin par hasard. Il a dû me prendre pour un phoque. Il m'a goûté et recraché aussitôt. C'était sans doute un jeune et son erreur est à mettre sur le compte de son inexpérience en tant que chasseur.

— Chasseur, répéta Karin posant la tête sur son épaule. Brrr !

Il l'attira contre lui. Elle se blottit contre son torse et il sentit ses cheveux lui chatouiller le menton. La brise tiède qui dansait dans l'air du soir projetait de minuscules gouttelettes d'eau. Houston réalisa tout à coup que le temps que Karin passerait encore à Acadia Inlet était compté. Une fois qu'elle aurait terminé son internat en chirurgie orthopédique, elle irait sans doute dans un autre établissement. L'idée qu'il puisse un jour être privé de sa présence le heurta douloureusement.

— Combien de temps dois-tu encore rester à Acadia Inlet ? s'enquit-il d'un ton faussement détaché. Tu penses demeurer dans la région ensuite ?

— Je ne connais pas la date exacte de la fin de mon internat, répondit-elle après un court silence, mais je resterai sûrement dans la région. Je ne veux pas vivre à plus de cent kilomètres de ma mère ; elle n'a que moi. Je compte m'orienter vers l'orthopédie pédiatrique ; cela m'intéresse énormément.

De soulagement, il lui planta un baiser au sommet du crâne.

— Bonne idée.

— Merci, dit-elle. Et toi ? Quels sont tes projets ?

Il aurait bien aimé en avoir. Il faillit répliquer sèchement qu'il n'avait d'autres projets que de guérir. Mais Karin méritait mieux que cela. Elle méritait qu'il lui dise la vérité.

— Je vais te révéler un secret que j'ai du mal à m'avouer à moi-même, Karin. Je n'ose pas faire de projets parce que je ne suis pas sûr que j'arriverai un jour à plier le pouce. Et ça me fait peur. Ça me terrifie même.

Karin sentit les larmes lui picoter les yeux. Parce qu'elle avait de la peine pour lui, mais aussi parce que le fait qu'il lui ait confié quelque chose d'aussi personnel et douloureux la bouleversait. Elle lui caressa le torse, l'embrassa au creux du cou.

— Si tu n'avais pas peur, je me demanderais si tu es normal, assura-t-elle.

Il exhala, et elle sentit son souffle lui effleurer la joue.

— Moi aussi, je vais te dire un secret, Houston.

Un secret profondément enfoui en elle, auquel elle n'avait pas osé repenser jusqu'alors.

— Je ne veux pas être chirurgienne. C'est idiot, non ? Je croyais que c'était ce que je voulais, suivre la même voie que mon père. J'avais quinze ans quand il est mort et j'ai eu le sentiment que ça lui aurait fait plaisir. Mais je crois vraiment que je ne suis pas faite pour ça.

Houston resserra son étreinte et elle s'écarta légèrement pour voir son visage.

— Je suis d'une nature confiante et heureuse, tu sais, et j'ai adoré faire médecine, mais depuis que j'ai commencé mon internat, je nage en plein doute. Je me sens nulle.

En se révélant ainsi, elle se sentait vulnérable, mais comme Houston avait confessé ses craintes, elle était contente de pouvoir en faire autant.

— Tu es un excellent médecin, Karin, n'en doute jamais.

Vu qu'elle était assise sur ses genoux, il pouvait difficilement dire autre chose. D'un autre côté, la brosse à reluire n'était pas sa spécialité, aussi se sentit-elle mieux.

— Ça s'arrangera, Houston, murmura-t-elle en lui caressant la main. Tu guériras.

— Et toi, tu deviendras une chirurgienne hors pair.

Ils étaient peut-être en train de se bercer mutuellement d'illusions, mais assis, là, sur le sable, serrés l'un contre l'autre, ils semblaient si proches, si solides, que Karin s'autorisa à espérer qu'ils s'en sortiraient et que tout finirait pour le mieux dans le meilleur des mondes.

— Puisque nous en sommes aux révélations et confessions, fit-elle en plaisantant à demi, tu veux que je te dise ce qui me terrifie ? Ma pire phobie ? Ce sont les camions poubelles.

— Les camions poubelles ? s'esclaffa-t-il. Mais pourquoi ?

— Quand ils appuient sur le bouton, j'ai toujours l'impression que quelqu'un est piégé à l'intérieur et qu'il va se faire broyer. C'est horrible, ajouta-t-elle en réprimant un frisson. Je crois que c'est parce que j'ai vu *Terminator* quand j'avais neuf ans.

— Moi, j'ai une peur bleue des intoxications alimentaires, dit-il en frottant doucement les lèvres sur son front. J'ai une véritable phobie de la salmonellose.

Karin commençait à prendre plaisir à ce petit jeu.

— Quand j'avais douze ans, j'ai volé un tube de brillant à lèvres au drugstore, suite à un pari. Après, je me suis sentie tellement coupable que je suis allée le reposer sur le présentoir. Je ne m'en étais servie qu'une seule fois.

— Espèce de petite délinquante ! Allez, debout !

Karin se leva, et, les mains sur les hanches, se frotta les pieds sur ses mollets pour en ôter le sable.

— Et toi ? Tu n'as jamais rien fait de honteux ? voulut-elle savoir.

Houston lui caressa les mollets et les cuisses sous prétexte de brosser le sable qui y collait, puis termina par une petite tape sur le derrière. À quoi Karin répondit en lui en appliquant une sur la main.

— Quand j'avais seize ans, Jenny Stanislaski n'arrêtait pas de téléphoner à la maison et je demandais à Kori de dire que je n'étais pas là parce que je n'avais pas envie de lui parler.

— C'est ignoble ! s'exclama-t-elle d'un ton faussement horrifié.

— Inqualifiable, acquiesça-t-il. À présent enlève ce T-shirt, que je voie ton Bikini.

— Je n'ai pas l'intention de me baigner.

Houston approcha la main du bas de son T-shirt et ses doigts frôlèrent ses cuisses nues.

— Tu as l'intention de me laisser aller dans l'eau tout seul ? Sans protection ?

Ses doigts remontèrent et caressèrent le bas de son maillot de bain.

— Je croyais que tu n'avais pas peur ?

— J'ignore comment je vais réagir une fois dans l'eau, riposta-t-il d'un ton plus égrillard que terrifié.

— Bon, d'accord, fit-elle mine de céder en retirant son T-shirt.

Il émit un long sifflement et sourit de toutes ses dents quand elle lui jeta un regard incrédule. Elle savait depuis le début que ce Bikini était une erreur.

— Chaque fois que je te regarde, j'ai envie de cueillir une noix de coco.

Karin baissa les yeux sur son maillot de bain et réprima un cri quand il lui pressa un sein.

— J'en ai attrapé une !

— Houston ! Entre dans l'eau immédiatement !

— D'accord.

Il ramassa sa planche, et s'allongea dessus dès qu'il se fut un peu éloigné du rivage. Sa main flotta dans l'eau tandis qu'il se laissait dériver, et Karin sentit presque le soulagement qu'il éprouvait à retrouver l'élément liquide. Il se mit sur le dos et elle avança prudemment dans la mer.

— Viens ! cria-t-il sans relever la tête.

Elle le rejoignit le sourire aux lèvres. Elle nageait tout simplement dans le bonheur. Jamais elle n'avait vu Houston aussi détendu.

— Monte à côté de moi.

— Comment ?

La planche ne lui semblait pas précisément stable.

— Grimpe au bout. Je ferai contrepoids.

Karin agrippa la surface lisse, voulut se hisser dessus, puis s'interrompit, se demandant comment s'y prendre pour passer la jambe par-dessus. Elle se cramponna pour éviter de glisser et ses seins s'accrochèrent douloureusement à la planche. S'efforçant de garder l'équilibre, elle se pencha en avant, offrant à Houston une vue plongeante sur son décolleté.

— Heu… Je suis coincée.

— N'essaye pas de t'asseoir ou de te lever. Rampe à plat ventre.

C'était un bon conseil. Karin le suivit et se retrouva bientôt entre ses genoux, puis ses cuisses et enfin au niveau de son caleçon de bain qui présentait une bosse suspecte. Une bosse qui n'était pas là un instant plus tôt. Surprise par le tangage de la planche, elle s'accrocha à ses cuisses et ses seins recouvrirent la bosse.

Houston grogna.

Intéressant. Karin commençait à s'amuser, même si elle n'était pas totalement rassurée. Elle entreprit de ramper comme un bon petit soldat le long du corps de Houston. Leurs épidermes entrèrent en contact, ses seins s'écrasèrent contre son torse, et son ventre finit par se retrouver plaqué contre le sien. Sa bouche était juste au niveau de celle de Houston.

Le léger ballottement du surf faisait doucement rouler son corps sur le sien.

— Tu veux bien venir à la plage tous les jours et qu'on fasse ça ? demanda-t-il d'une voix rauque. Je crois que je viens de vivre une expérience de dédoublement du corps, ajouta-t-il avant de s'emparer de ses lèvres.

18

Houston emprunta le couloir menant à son cabinet de consultation en sifflotant. La veille, Karin avait remis son attelle en place, et sa carrière était toujours au point mort, mais il n'y pensait plus. Enfin, beaucoup moins qu'avant.

Karin serait près de lui tous les jours. Il était si heureux qu'il avait l'impression de flotter sur un nuage. S'il n'y prenait pas garde, il allait bientôt fredonner une chanson d'amour.

Karin avait passé la nuit avec lui, mais il n'avait pas réussi à prononcer la formule magique. Il aurait voulu lui dire qu'il l'aimait, mais il ne s'était pas senti prêt. Il le serait un jour, c'était le principal.

Elle n'allait pas partir. Ils étaient ensemble. Il transgressait toutes les règles qu'il s'était imposées, mais c'était sans importance. Il en avait assez d'être seul et avait récemment découvert que sa vie pouvait basculer du jour au lendemain. Il avait désormais l'intention d'en profiter sans se préoccuper de l'avenir.

Comme il passait devant le bureau de Tim Sheinberg, il jeta un coup d'œil à l'intérieur.

— Salut, Houston ! fit Tim. Tu as une minute ?

Il avait des patients à voir, mais il était en avance. Il s'était réveillé à l'aube, n'avait pas réussi à se rendormir et avait décidé de se rendre à l'hôpital en laissant Karin dormir tranquillement.

— Bien sûr, Tim. Qu'y a-t-il ? demanda-t-il en s'appuyant au chambranle.

— Comment ça se passe au bloc avec le Dr Adkins ?

Le Dr Sheinberg s'adossa à son siège, désinvolte, mais sa question n'était pas innocente. Houston le sentit tout de suite.

— Très bien.

C'était un peu exagéré. Karin était compétente – vraiment –, mais elle était trop lente, elle hésitait trop longtemps avant de prendre une décision. Il savait pourquoi désormais, mais il se retrouvait dans une position délicate.

Protéger Karin, en espérant qu'elle se ressaisirait, ou dire la vérité, dans l'intérêt des patients.

— Entre et ferme la porte, dit Tim en se redressant.

Merde. Houston s'exécuta et s'assit en face de Tim en s'efforçant de paraître détendu.

— Quelque chose ne va pas, Tim ?

Visiblement, ça coinçait quelque part. Tim pianotait d'une main sur son bureau et tripotait nerveusement sa cravate de l'autre.

— Houston, on se connaît depuis longtemps toi et moi. Tu es un chirurgien remarquable. Irréprochable. Nous sommes amis, n'est-ce pas ? Il nous est arrivé de traîner ensemble dans les bars.

L'inquiétude de Houston augmenta. Il aimait bien Tim et le respectait professionnellement, mais il ne voyait pas où il voulait en venir.

— Nous sommes amis, en effet, acquiesça-t-il. C'est d'ailleurs sur ta recommandation que je suis venu travailler ici.

Tim hocha la tête et le dévisagea attentivement.

— Dis-moi la vérité, Houston. Est-ce que tu couches avec l'une de mes internes ?

Houston sentit son visage devenir brûlant. Il fut à deux doigts de nier, indigné qu'on assimile ce qu'il partageait avec Karin à une vulgaire coucherie. Il préféra garder le silence.

Tim soupira.

— Écoute, Houston, en temps ordinaire, ta vie sexuelle ne me regarde pas. Mais là, j'ai un problème. Nous sommes en présence d'une interne en deuxième année pour qui les choses ne se présentent déjà pas très bien. C'est un excellent médecin qui a un contact extraordinaire avec les patients. Ils lui font confiance et elle fait preuve d'un rare dévouement. Mais tu sais aussi bien que moi que ses compétences en tant que chirurgienne sont tout juste moyennes.

Houston n'était pas certain de le savoir. À moins qu'il ne le sache et n'ait pas envie de l'admettre. Ni de l'entendre dire à voix haute.

Il trouvait d'autant plus déplaisant de voir se confirmer les raisons qui l'avaient fait hésiter à fréquenter Karin qu'il venait tout juste de se convaincre que c'était sans importance.

— Elle manque encore d'expérience.

— Il faudrait surtout qu'elle se ressaisisse et qu'elle prouve de quoi elle est capable, répliqua Tim en le fusillant du regard. Coucher avec toi est bien la dernière chose dont elle ait besoin ! Si les choses se passent mal, tu y perdras quelques plumes, mais pour Karin, ce sera beaucoup plus grave. Je comprends que tu aies envie de t'amuser, mais penses-tu sincèrement que tu auras toujours envie de rire si ça tourne mal ?

Houston fourragea dans ses cheveux, furieux contre lui-même.

— Je ne m'amuse pas avec Karin, et je ne veux surtout pas qu'elle pâtisse de cette histoire, Tim.

Un grand sourire illumina le visage tanné du Dr Sheinberg.

— Content de te l'entendre dire.

Il fit pivoter son fauteuil et regarda l'écran de son ordinateur.

— Nous allons remédier au problème, d'accord ? Si vous ne travaillez pas ensemble, rien ne s'oppose à ce que vous vous voyiez en dehors. Nous allons donc transférer le Dr Adkins à l'hôpital Saint-John, juste à côté.

— Qu'est-ce que c'est que cette histoire ?

Karin relut les mots qu'elle avait sous les yeux comme si cela pouvait suffire à les rendre compréhensibles. Sara cessa de mâcher son sandwich le temps d'articuler :

— Quoi ?

Karin mordit dans une tomate cerise en imaginant que c'était la tête de Houston Hayes. Dire qu'elle avait été assez bête pour lui faire confiance. Pour lui dire qu'elle l'aimait. Pour faire l'amour avec lui sur une *planche de surf*. Elle lui avait confié ses doutes et il l'avait trahie. Eh bien, il n'allait pas tarder à découvrir que certains requins peuvent mordre hors de l'eau.

— On me transfère à Saint-John, lâcha-t-elle, au bord des larmes.

— Mais pourquoi ? On a le droit de te transférer sans te demander ton avis ?

La feuille sur laquelle les mots infamants étaient inscrits trembla dans la main de Karin.

— Je ne crois pas, mais écoute un peu ça. Écoute bien. C'est de la main du Dr Sheinberg, évidemment.

Mais c'était Houston qui l'avait trahie. Qui l'avait utilisée. Qui lui avait laissé croire qu'elle pouvait lui faire confiance.

La colère le disputait à la souffrance et à l'amertume tandis qu'elle commençait à mi-voix, de façon que les personnes présentes dans la cafétéria ne puissent l'entendre :

— *Le Dr Adkins est une praticienne hautement qualifiée qui possède des connaissances étendues tant en médecine générale qu'en orthopédie. Elle entretient d'excellentes relations avec ses collègues et ses patients, et s'est parfaitement intégrée à l'équipe.*

Karin inspira un grand coup.

Sara se tamponna les lèvres avec sa serviette avant de demander :

— Quel rapport avec ton transfert ? C'est très élogieux.

— Attends la suite.

Sa voix tremblait quand elle reprit :

— *Le Dr Hayes, chirurgien de l'équipe, déplore cependant le manque d'assurance du Dr Adkins en chirurgie orthopédique réparatrice et la recommande au service de chirurgie orthopédique pédiatrique de l'hôpital Saint-John.*

Sara en demeura bouche bée.

Attitude qui reflétait précisément les sentiments de Karin. Comment Houston avait-il pu lui faire ça ? La forcer à quitter l'hôpital sans même prendre le temps d'en discuter avec elle. Cela revenait à tamponner sur son dossier professionnel : *Ne confiez jamais un scalpel à cette femme*.

— Mon transfert prendra effet à partir du premier octobre, d'après la fiche que le Dr Sheinberg a bien voulu me remettre en même temps que ce torchon.

— C'est Houston qui a recommandé ton transfert ? Je n'y crois pas. Il n'a pas pu faire ça !

— Si, il a pu.

Luttant contre l'envie de rouler la feuille en boule pour la lancer à travers la cafétéria, Karin se prit la tête entre les mains et éclata en sanglots.

Houston avait ruiné sa carrière.

— Je ne sais pas quoi te dire, Karin, murmura Sara. Il a peut-être cru te rendre service.

— Ben voyons, riposta Karin sans relever la tête. Tu appelles ça rendre service, toi, quand on sabote ta carrière ? Je n'aurais jamais dû sortir avec un confrère. Je suis bien punie !

C'était Houston qui lui infligeait cette punition. Sa façon à lui de la repousser après qu'ils eurent été si proches la nuit passée.

Contrôle. Houston voulait exercer le contrôle en permanence et la percevait comme une menace. Elle s'était prêtée à un jeu de pile ou face auquel elle était sûre de perdre. Pile, je couche avec lui, face, je tombe amoureuse de lui.

— Tu as le coude dans ta salade.

Karin sursauta, et découvrit une grosse tache de sauce sur sa manche. Génial. Elle l'essuya rageusement avec une serviette et décréta :

— Je vais lui parler.

— Tu crois que c'est une bonne idée ? risqua Sara. Personnellement, je doute que lui parler soit la meilleure chose à faire dans l'immédiat.

— Tu as raison. Je vais me contenter de l'étrangler.

Sara secoua la tête.

— Ce n'est pas ce que je voulais dire. Je crois que tu n'es pas en état de discuter avec lui de façon rationnelle.

— Rationnelle ? Parce que tu trouves ça rationnel, toi, peut-être ? s'écria Karin en agitant la lettre de Sheinberg. Houston Hayes ignore le sens du mot rationnel. Moi, je suis *née* rationnelle !

— Ce n'est pas l'impression que tu donnes pour l'instant.

Karin inspira un grand coup. Sara n'avait peut-être pas tort. Mais il ne s'agissait pas seulement de sa carrière. Il s'agissait aussi de son cœur. Houston s'était appliqué à le déchiqueter et à l'écraser sous son talon.

— Bon, ça va mieux, là. Je n'ai plus envie de le tuer. Juste de le castrer.

— Je te le déconseille, l'avertit Sara. Tu risques de le regretter plus tard.

— Ça n'a aucune importance vu que je ne m'enverrai plus jamais en l'air avec lui. Et certainement pas sur une planche de surf !

— Tu as fait l'amour sur une planche de surf ? s'extasia Sara. C'était bien ? Il faut absolument que je me trouve un surfeur !

Oui, c'était bien. Et mieux que ça, même !

— Pourquoi ? rétorqua Karin. Pour qu'il te déshabille, te berce de mensonges et bousille froidement ta vie ensuite ?

Ses yeux étaient embués de larmes et sa voix évoquait celle d'un perroquet ivre. Elle ferma brièvement les yeux, s'efforçant de se ressaisir.

— Je vais le voir, déclara-t-elle en se levant. Je serai posée et rationnelle.

Dût-elle en mourir.

— Bonne chance, dit Sara. Évite de lui lancer des trucs à la figure ou de sauter sur son bureau pour lui serrer le kiki.

— Même pas en rêve !

Karin n'avait jamais eu l'intention de l'étrangler. Lui flanquer une gifle semblait nettement plus approprié.

Le document infamant à la main, elle quitta la cafétéria au pas de charge, en se répétant qu'elle devait se montrer raisonnable, calme et intelligente.

Surgir dans son bureau en vociférant comme une marchande de poissons n'aiderait en rien sa cause. Elle voulait amener Houston à revenir sur son stupide commentaire dénué de fondement et qu'il annule son transfert.

Quand elle atteignit son cabinet, elle avait pratiquement recouvré son sang-froid et adopté une attitude professionnelle – si l'on oubliait la tache de sauce sur sa manche et le hideux froncement de sourcils qui lui déformait les traits.

Trois patients se trouvaient dans la salle d'attente et la secrétaire avait l'air fatigué. Quand Karin s'approcha d'elle, elle poussa un long soupir.

— Si vous acceptez de me remplacer jusqu'à la fin de la journée, je vous donne toutes mes économies.

— À ce point-là ? répondit Karin.

— Je suis en ligne depuis vingt minutes avec une compagnie d'assurances au sujet de la facture d'un patient, le Dr Hayes a pris du retard dans ses rendez-vous, et je me suis cassé un ongle. Je me les étais fait poser hier et ça m'a coûté vingt-cinq dollars ! ajouta-t-elle en étalant sa main sous le nez de Karin.

— Si ça peut vous consoler, ce n'est pas mon jour non plus. Je viens en découdre avec le Dr Hayes.

— Ne le fâchez pas trop, dit la secrétaire en faisant la grimace. Une fois que vous serez partie, je l'aurai sur le dos jusqu'à la fin de la journée.

Karin eut un rire forcé.

— Je ferai de mon mieux.

Aucun dossier ne se trouvait dans le support à côté de la porte du cabinet de consultation, ce qui signifiait que Houston était avec un patient. Karin s'adossa au mur, disposée à attendre. La pendule murale affichait 13h2. Il lui restait trente-huit minutes de pause-déjeuner. Elle attendrait trente-sept minutes s'il le fallait.

Moins de cinq minutes plus tard, la porte s'ouvrit et Houston apparut pour remettre le dossier dans son support.

— Karin ! C'est gentil de passer. On déjeune ensemble ? demanda-t-il en s'approchant d'elle, visiblement dans l'intention de l'embrasser.

Elle s'écarta vivement.

— Il faut que je te parle.

— Qu'y a-t-il ? fit-il en haussant les sourcils.

— En privé.

Il feuilleta le dossier qu'il avait à la main d'un air perplexe et parfaitement innocent.

— J'ai presque terminé. Après ta pause, ça te va ?

Elle secoua la tête.

— Non, ça ne peut pas attendre, répondit-elle sèchement. J'aimerais une explication, ajouta-t-elle en lui tendant sa fiche de transfert.

— Qu'est-ce que c'est ?

Il jeta un coup d'œil intrigué à la fiche, puis consulta sa montre.

— Mon avis de renvoi. Transfert à l'hôpital Saint-John à compter du premier octobre. Dans une semaine.

Cette fois, il crispa la mâchoire.

— Et alors ?

En dépit de la colère qui montait en elle, elle s'efforça au calme. Elle affronterait cette situation en adulte.

— De toute évidence, tu es au courant. J'aimerais savoir pourquoi tu as jugé utile de dénigrer mes compétences.

Il regarda à droite et à gauche, se pencha vers elle et demanda prudemment :

— De quoi parles-tu ?

— Je parle du fait que tu as dit au Dr Sheinberg que j'étais une chirurgienne lamentable qui ferait bien de retourner à la faculté de médecine.

Bon, d'accord, c'était exagéré. Eh bien, qu'il l'attaque en justice !

— Quoi ? Entre dans mon bureau.

Il voulut la prendre par le coude, mais elle se dégagea. Pas question qu'elle se laisse traiter en gamine capricieuse. Houston se rembrunit.

— Il faut que nous mettions cela au clair, mais je n'ai pas plus de cinq minutes à t'accorder, Karin. J'ai des patients qui attendent.

— Tu ferais bien de commencer à parler très vite, alors.

L'envie de faire une scène au beau milieu de la salle d'attente était grande. Karin y résista, cependant. Elle le contourna et entra dans le bureau. Houston y pénétra à sa suite.

— Je ne suis pas sûr de comprendre ce qui te met dans cet état, attaqua-t-il. Tim et moi avons discuté, et nous avons décidé qu'il était préférable pour tout le monde de procéder à ton transfert avant que notre relation s'ébruite. Je n'ai jamais dit que tu étais une chirurgienne lamentable qui méritait de retourner à la fac. Si c'est ce qui est écrit là-dessus, on a déformé mes propos.

Déformé. C'était effectivement ce qu'elle avait fait. Les larmes roulèrent sur ses joues et elle les essuya d'un revers de main rageur.

— Alors comme ça, Tim et toi vous êtes confortablement installés dans son bureau pour décider de *mon* avenir ? Vous ne manquez pas de culot ! Et je peux savoir qui a informé Tim de ce qu'il y avait entre nous ?

Houston se frotta le menton.

— Apparemment, il a des yeux et des oreilles. Les gens parlent... Bref, on n'avait pas le choix.

— Pourquoi ce n'est pas toi qu'on transfère ?

Son petit doigt lui soufflait que cette solution n'avait même pas traversé leurs esprits virils.

— Comment as-tu pu me faire ça ? On ne transfère pas un interne à moins d'avoir une bonne raison, genre faute professionnelle grave. Tout le monde va se demander ce que j'ai fait. Tu le sais aussi bien que moi. Tu savais que ça allait me nuire. La nuit dernière...

L'espace d'un instant, elle fut incapable de parler. Houston lança le dossier qu'il tenait à la main sur son bureau et lui caressa les cheveux.

— Ce n'est pas du tout comme ça que ça devait se passer, mon ange.

Elle frissonna quand il l'embrassa sur le front et eut soudain envie d'étouffer sa colère, de le laisser la convaincre qu'elle s'était trompée. Ses épaules s'affaissèrent et elle se mordilla la lèvre.

— Je n'ai jamais cherché à nuire à ta carrière. J'ai essayé de t'aider, de te protéger.

L'espace d'un instant, elle avait hésité. Elle avait failli lui faire confiance, croire aux sentiments qu'elle avait éprouvés la veille entre ses bras, et lus dans ses yeux. Mais ses paroles la firent retomber brutalement sur terre. Il avait tout fait sauf l'aider.

— Arrête de raconter n'importe quoi, Houston ! s'écria-t-elle en agitant la feuille sous son nez et en s'écartant de lui. C'est ta façon à toi de me repousser. La nuit dernière, nous avons été trop proches. Tu m'as révélé des facettes de ta véritable personnalité, et j'ai commis la monumentale erreur d'avouer que je t'aimais. Du coup, il faut que tu mettes de la distance entre nous.

— Mais pas du tout !

Il se demanda si elle n'avait pas raison.

Non, elle se trompait. Il voulait seulement qu'elle soit heureuse, et qu'elle n'ait pas à payer pour l'erreur qu'il avait commise. Il voulut la toucher, l'apaiser, mais elle écarta sa main.

Il était confronté à un énorme problème et ne savait absolument pas comment s'en sortir. Karin était furieuse. Il l'avait mortellement blessée et il avait honte.

— Je ne voulais pas que le Dr Sheinberg laisse entendre que tu n'étais pas compétente. Je reconnais que j'aurais dû t'en parler avant, mais on ne peut rien faire de mieux au stade où l'on en est. En tant que chirurgien, ma priorité, c'est l'intérêt des patients, pas le tien. Même si personne ne découvre jamais ce qu'il y a entre nous, nous ne pouvons plus travailler ensemble. On se distrait mutuellement. Tu ne serais pas heureuse.

Et, soupçonnait-il, jamais elle ne se sentirait à la hauteur tant qu'il serait au bloc avec elle. Mais il eut soudain très peur. Au lieu de lui présenter des excuses, il venait de défendre sa position, et elle semblait à présent au-delà de la fureur.

Elle paraissait anéantie. Il ne l'avait jamais vue dans cet état. Ses larmes le rendaient fou de douleur. Il l'avait prévenue qu'il la ferait pleurer tôt ou tard, et elle n'avait pas voulu l'écouter.

— Comment oses-tu décider de ce qui me rendrait ou non heureuse ? Tu n'en sais strictement rien ! J'aime la chirurgie, déclara-t-elle sottement d'une voix tremblante.

Houston ne savait comment arranger les choses ; il ne comprenait même pas ce qu'il avait fait de mal. Leur relation posait problème, et il s'était arrangé avec Tim pour limiter les dégâts. Karin n'était pas raisonnable. À défaut d'une autre solution, il persista à se concentrer sur les évidences.

— Tu n'aimes pas la chirurgie, Karin. Tu as horreur de ça. Je t'ai vue, ça fait des mois que je travaille avec toi. Tu aimes la médecine, d'accord, mais pas la chirurgie. Tu t'es engagée dans cette voie parce que c'était ce que ton père aurait souhaité – c'est toi-même qui me l'as dit. La pédiatrie te conviendra sans doute mieux.

— Ça ne te regarde pas et n'a rien à voir avec ce dont nous discutons ! Le fait que tu sois au courant pour mon père ne t'autorise pas à prendre des décisions à ma place.

— Je n'ai pris aucune décision à ta place.

Enfin, si, peut-être.

— De toute façon, on n'avait pas le choix, Karin, s'empressa-t-il d'ajouter. Que ce soit pour ta carrière ou pour la mienne.

— Comment arrives-tu à tout compartimenter ainsi ? À faire ce que tu as fait en sachant que j'allais en souffrir ? Tu m'avais prévenue et je ne t'ai pas cru. Tu es mille fois plus froid que je ne l'imaginais.

La froideur dont elle l'accusait enveloppa alors Houston à la façon d'une armure. Ses paroles le meurtrirent, mais il s'en protégea d'un haussement d'épaules. Frapper avant d'être frappé.

— Tu n'as pas eu l'air de me trouver si froid quand tu étais dans mon lit, hier.

Karin agita l'index et s'adressa à lui d'une voix qu'il ne lui avait jamais entendue :

— Ne joue pas à ça, Houston ! Ne te sers pas de ce qui s'est passé entre nous. Je ne le tolérerai pas.

Elle avait raison, mais il était à bout d'arguments. Il avait besoin d'elle dans sa vie et ne voulait pas la perdre alors qu'il venait à peine de la trouver.

— En tant qu'homme, pas en tant que chirurgien, je veux ton bonheur. En tant que chirurgien et en tant que confrère, je cherche uniquement à te protéger. Tu peux le comprendre ?

— Mon bonheur ? Mais qu'est-ce que tu sais de mon bonheur ?

Il voulut la toucher, mais, une fois de plus, elle écarta sa main.

— Je sais que tu n'es pas heureuse, Karin. Il suffit de te regarder pour s'en rendre compte et je me demande comment tu peux ne pas le voir. Tous les choix s'offrent à toi, tu peux faire tout ce que tu veux, et pourtant, tu t'accroches désespérément à ce que tu n'aimes pas. Mais ce n'était pas de bonheur qu'il s'agissait ; non, il s'agissait juste de préserver ta carrière.

Son entêtement le stupéfiait, mais si elle tenait vraiment à être chirurgienne, il ferait son possible pour qu'elle y parvienne. Il agita la main droite devant elle avec un petit sourire.

— Moi, je n'ai plus le choix. Je ne peux plus faire ce que j'aime. Te voir lutter jour après jour me remplit de tristesse. Et je me dis que j'ai de la chance, finalement.

Cette fois, il obtint une réaction. La colère la déserta subitement. Elle se mordit la lèvre, puis se jeta à l'eau.

— Est-ce que tu as fait ça pour me nuire ?

— Non, bien sûr que non. Au contraire.

— Est-ce que tu veux vivre une vraie relation avec moi ?

Houston se sentit soudain oppressé. Oui, c'était ce qu'il voulait. Vraiment. Mais se l'entendre demander ainsi, de façon aussi définitive, sérieuse et brutale… Il paniqua. Il n'était pas assez bien pour elle, il ne pourrait lui apporter ce qu'elle méritait. Un seul jour à la fois, c'était tout ce qu'il avait à offrir. Prendre plaisir à être avec elle, sans faire de projets, sans se soucier de l'avenir.

— Je ne suis pas très doué pour les relations, et je traverse la phase la pire de mon existence. Je suis pratiquement infirme, Karin.

Le simple fait de prononcer ce mot lui donnait envie de rentrer sous terre. Mais quand on ne peut ni conduire ni écrire, quel autre terme employer ?

Karin ne lui manifesta pas la moindre sympathie.

— Ta main n'est pas encore entièrement fonctionnelle, et alors ? Tu veux aussi tout maîtriser en permanence. Quant à moi, je suis grosse et complexée. Chacun ses défauts, Houston.

Ce n'était pas un défaut. C'était une incapacité potentiellement permanente.

— Ce n'est pas la même chose, Karin.

Elle sentit qu'il s'éloignait d'elle. Il dérivait, prenait ses distances, et elle était fatiguée de jouer à cache-cache avec lui.

Une seule chose l'inciterait peut-être à rester, décida-t-elle.

— Réponds-moi honnêtement, Houston. Est-ce que tu m'aimes ? murmura-t-elle, souhaitant qu'il lui dise contre toute attente ce qu'elle avait envie d'entendre.

Il se tendit visiblement. Ses épaules se raidirent. Sa mâchoire se crispa. Mais ses yeux eurent beau refléter toute la tendresse qu'il ressentait, ses lèvres demeurèrent obstinément scellées. Après lui avoir accordé bien plus de temps qu'il n'en fallait pour répondre, Karin pivota en ravalant un sanglot.

Un soupir lui échappa tandis qu'elle se dirigeait vers la porte.

— Je commence à Saint-John le lundi premier octobre. J'espère que votre main guérira, docteur Hayes.

— Karin ! Tu ne vas pas partir comme ça ?

Si. Parce qu'il n'avait été qu'un fantasme dans sa vie, au même titre que John Taylor, le chanteur de Duran Duran.

— On peut discuter, insista-t-il.

Elle hésita un instant avant de tourner la poignée de la porte, puis carra les épaules. Non. C'était terminé. Elle méritait mieux. Elle avait droit au banana split *avec* chantilly, sauce au chocolat, vermicelles multicolores, cigarette russe *et* ombrelle japonaise.

— Au revoir, docteur Hayes.

19

Houston s'efforçait sans grand succès de ne pas montrer que la conversation du kinésithérapeute lui tapait sur les nerfs.

Cela faisait quatre semaines qu'il suivait ces séances, et chacune d'elles avait été un supplice. Cela faisait cinq semaines que Karin était sortie de sa vie, et l'automne s'écoulait lamentablement, lui rappelant jour après jour que tout était sa faute, qu'il avait tout gâché, et qu'il n'y avait aucun moyen de réparer son erreur.

Aucun.

Il avait l'impression de marcher sur une corde raide, et qu'au moindre coup de vent, il s'écraserait sur le sol avec un bruit mat qui se répercuterait dans le vide. Il ne comprenait ni quand ni pourquoi les choses avaient déraillé. C'était arrivé, point final, et il se retrouvait assis sur cette chaise, à subir l'intarissable bavardage de Frank, qui lui racontait le merveilleux barbecue qu'il avait organisé avec sa femme le week-end précédent.

Ce week-end, Houston l'avait passé enfermé chez lui à broyer du noir. Et à se remémorer une adorable chirurgienne aux cheveux hérissés qui l'avait battu froid après avoir quitté son bureau, et qu'il n'avait vue que quatre fois en quatre semaines, chaque rencontre plus douloureuse que la précédente, car il était évident qu'elle ne lui pardonnerait pas. Il l'avait perdue définitivement.

C'était fini.

— Alors, vous passez un automne agréable, docteur Hayes ? demanda Frank en recouvrant sa main d'une poche de glace. Déjà Thanksgiving, vous vous rendez compte ?

Non. C'était le pire automne de son existence, et l'approche imminente de Thanksgiving lui rappelait qu'il était seul. Sa mère avait Larry. Kori avait Christian. Lui n'avait personne.

Frank entreprit de lui masser le pouce et l'index, et il s'efforça d'ignorer le fait qu'il les sentait à peine. En dehors de cette séance quotidienne, il ne sollicitait jamais sa main droite. Il ne pouvait bouger ni le pouce ni l'index. Ceux-ci refusaient de lui obéir.

Il n'était pas prêt à l'admettre, mais ne pouvait cependant l'ignorer. Ça le poursuivait en permanence. Il avait appris à conduire avec une main et demie, et à gribouiller de la main gauche, mais il ne pouvait plus exercer son métier. Il recevait encore des patients en consultation, mais les dirigeait vers ses confrères lorsqu'il y avait une intervention.

— Bien. Essayons de faire plier ceci, et voyons ce que ça donne.

Frank recula sa chaise à roulettes pour lui laisser plus d'espace. Houston jeta un coup d'œil autour de lui, histoire de s'assurer que personne ne faisait attention à lui. Heureusement, les deux autres patients qui se trouvaient là avec leurs kinés étaient plus intéressés par leur propre corps que par ses exploits. Il baissa les yeux sur sa main et tenta de plier l'index. Il voulait y arriver. La phalange inférieure tressauta, mais le bout du doigt demeura inerte.

— Bon, c'est bien. Très bien. Voyons maintenant si vous arrivez à serrer ça, reprit Frank en lui tendant une petite balle en mousse.

Houston prit la balle et sentit la sueur lui perler au front. Il n'arrivait pas à serrer cette balle et il le savait. Cela faisait une semaine qu'il essayait, sans résultat. Il ne se sentait pas de taille à affronter un échec supplémentaire.

— On ne pourrait pas zapper cet exercice, aujourd'hui ?

— Ce ne serait pas vous rendre service. Vous savez qu'il faut travailler si vous voulez retrouver votre motricité.

Frank avait raison, évidemment. Mais sa bonne humeur agaçait Houston. Il prit la balle, et essaya de la serrer. Rien ne se produisit. Il fit une nouvelle tentative.

Toujours rien.

— Essayez encore, l'encouragea Frank en se penchant vers lui pour l'aider.

Houston se leva. Il ne supportait plus qu'on soit sans cesse obligé de l'aider. Il ne supporterait pas une seconde de plus cette humiliation. Il fit passer la balle dans sa main gauche et écarta la chaise d'un coup de pied.

— Je n'y arrive pas ! Je ne peux pas serrer cette foutue balle et vous le savez très bien !

Il lança la balle contre le mur situé derrière Frank de toutes ses forces.

— Je n'y arriverai jamais !

La balle rebondit contre le mur, puis roula sur le sol. Frank alla la ramasser et Houston, les bras ballants, se fit l'effet d'un gamin de deux ans qui vient de piquer une crise.

— Vous vous sentez mieux ? s'enquit doucement Frank.

— Oui. Non. Je ne sais pas.

Il se laissa retomber sur sa chaise et se passa la main dans les cheveux avec un soupir d'exaspération.

— Désolé, mais je ne sais plus où j'en suis.

— Ce n'est pas grave, répondit Frank d'un ton bonhomme. Vous traversez une phase difficile. Encore que j'aie l'impression qu'il n'y a pas que votre main qui vous tracasse…

Il y avait sa main, sa vie, Karin, tout.

Que ce soit sur le plan physique ou émotionnel, il se faisait l'effet d'une loque. Avec une main et un cœur qui ne servaient plus à rien.

Il était amoureux de Karin. Il le savait aussi clairement qu'il savait qu'il n'arrivait pas à plier le pouce. Mais il n'avait pas eu le courage de le lui dire. Il était resté planté devant elle comme un abruti et l'avait laissée partir.

Il l'aimait. Sa générosité, son sourire, son intarissable bavardage. Tout, il aimait tout en elle. Il voulait qu'elle revienne.

La question était : voudrait-elle encore de lui ? Il n'avait pas grand-chose à lui offrir. Il n'était pas doué pour entretenir une relation, il avait peur d'être père, et il allait bientôt se retrouver au chômage.

Mais il ne le saurait que s'il essayait.

Il prit la balle que Frank lui tendait et fit de son mieux pour la serrer.

— Ça prendra du temps, docteur Hayes. Des semaines de rééducation.

Sa main refusa de bouger.

— Est-ce que vous utilisez la main droite, chez vous ? s'enquit Frank. Il est essentiel que vous appreniez à vous adapter à ce que vous arrivez à faire avec. Vous ne devez pas ignorer votre main, mais vous ne devez pas non plus vous attendre qu'elle fonctionne comme avant. Vous devez réapprendre certaines choses, modifier votre approche.

Facile à dire. Mais pour la première fois, Houston entendit les paroles de Frank, les entendit *vraiment*, et comprit qu'il disait vrai. Il ne pouvait ni ignorer le problème ni attendre un miracle.

Les vingt minutes qui suivirent furent consacrées à des exercices qui demandaient une telle concentration que Houston en eut presque la nausée. Il éprouva un véritable soulagement quand Frank mit fin à la séance.

— À demain, docteur Hayes. Même heure.

— Merci, Frank.

Houston se leva, fit rouler ses épaules pour se détendre, et décida d'aller trouver le directeur de l'hôpital.

Il savait ce qu'il avait à faire.

Il allait donner sa démission.

Ensuite, il irait s'agenouiller devant Karin et la supplierait de lui laisser une seconde chance.

Assise sur son canapé, Karin prit le dernier mouchoir de la boîte et se moucha. Elle avait le nez complètement bouché. Le mouchoir usagé alla grossir le tas formé par les précédents et elle traversa le salon pour aller se laver les mains.

Elle était enrhumée, et donc, épuisée, déprimée, les yeux larmoyants et l'esprit brumeux. Ce qui illustrait parfaitement ce qu'elle éprouvait depuis cinq semaines.

Elle ignorait où elle avait puisé la force de travailler sans fondre en larmes après la scène qui avait eu lieu dans le bureau de Houston, mais elle y était parvenue. Son internat à l'hôpital d'Acadia Inlet s'était achevé abruptement, mais calmement. Elle avait pris ses fonctions à Saint-John, et avait rapidement découvert que l'orthopédie pédiatrique lui plaisait énormément. Si tout se passait selon ses vœux, dans moins d'un an, elle terminerait son internat à l'hôpital pour enfants de Daytona. Elle laisserait derrière elle les ultimes vestiges de sa vie à Acadia Inlet, et s'efforcerait d'oublier qu'elle avait un jour rencontré le Dr Houston Hayes et qu'elle en était tombée amoureuse.

Ce qui lui prendrait au moins quatre-vingts ans. Car elle pensait à lui tous les jours et se demandait si elle n'avait pas fait une erreur en le quittant. À moins qu'elle n'ait imaginé qu'il puisse éprouver quelque chose pour elle. Avec le recul, elle en était de plus en plus convaincue.

Qu'il ait été attiré par elle ne faisait aucun doute, mais peut-être n'avait-il vu en elle qu'une sorte de défi. Une conquête. Une nouveauté à explorer, dont il savait qu'il finirait par se lasser. Sans cette attaque de requin, leur histoire ne serait probablement pas allée au-delà de la première nuit. Une nuit censée demeurer sans lendemain, d'un commun accord.

Il y en avait cependant eu d'autres ; les blessures de son cœur en témoignaient.

Tandis qu'elle se savonnait les mains, il lui sembla entendre la sonnette de l'entrée retentir. C'était peut-être sa mère qui, alertée par son instinct maternel, lui apportait de la soupe et des mouchoirs en papier imprégnés d'aloès. Son nez rougi en aurait eu grand besoin. Ou alors c'était la voisine qui venait se plaindre parce qu'elle l'entendait tousser à 3 heures du matin.

— J'arrive ! cria-t-elle en s'essuyant succinctement les mains sur son pantalon de pyjama.

Elle attrapa quelques mouchoirs dans une boîte neuve au passage, les coinça dans sa ceinture et ouvrit la porte.

Elle faillit la refermer aussitôt.

Houston se tenait devant elle en jean et chemise noire. Il avait les mains dans les poches et la dévisageait intensément, un petit sourire au coin des lèvres. Plus beau que jamais.

— Salut.

— Salut, coassa-t-elle, ponctuant sa réponse d'un reniflement.

Son esprit, qui fonctionnait au ralenti grâce au décongestionnant, ne comprenait pas ce que Houston fabriquait sur son paillasson, mais elle avait pleinement conscience de ne pas être à son avantage.

— Tu es malade ? s'enquit-il d'un ton inquiet.

Merci d'avoir remarqué que j'étais encore plus moche que d'habitude.

— J'ai un rhume.

Karin se retourna et alla chercher le verre d'eau qui se trouvait sur la table basse du salon en patinant sur ses pantoufles. Tout plutôt que d'endurer son regard. Elle avala une gorgée d'eau.

— Tu as pris quelque chose ? Tu te débouches régulièrement le nez ? Tu ne vas pas travailler, j'espère ?

Elle se laissa tomber sur le canapé en soupirant, épuisée. Elle n'avait pas la force de s'occuper de lui. Pas envie, non plus. Pas maintenant qu'elle avait réussi à se persuader qu'elle finirait par l'oublier. Elle était malade, vulnérable, et il l'abrutissait de questions comme s'il se souciait vraiment d'elle.

— Tu es là pour une raison précise, Houston ? Je peux faire quelque chose pour toi ?

Il se figea au milieu de la pièce, subitement pris de court.

— Je passais prendre de tes nouvelles.

Karin le fixa d'un air incrédule, et il se demanda ce qu'il était censé faire ensuite. Ça lui avait paru pourtant si simple. Il irait voir Karin, s'excuserait, lui avouerait ses sentiments, l'inciterait à se déshabiller par des cajoleries et elle reviendrait dans sa vie.

Il ne s'était pas attendu qu'elle le regarde comme un immonde extraterrestre.

— Comme tu peux le constater, ça ne va pas fort.

C'était évident. Ce qui l'était moins, c'était ce qu'il devait faire.

— Tu veux que j'aille te chercher quelque chose ? Tu as du Gatorade ? Il faut que tu fasses le plein d'électrolytes.

Karin se contenta de le regarder, puis elle tira un mouchoir de la ceinture de son pyjama et essuya son nez rouge et irrité. Il devait absolument dire quelque chose. Il croisa les mains derrière le dos, fronça les sourcils et lâcha :

— J'ai démissionné aujourd'hui.

Le mouchoir atterrit sur les cuisses de Karin.

— Vraiment ? Pourquoi ?

Admettre la vérité fut moins pénible qu'il ne l'avait craint.

— Je ne peux plus envisager de diriger une intervention chirurgicale. Mon pouce ne retrouvera jamais toute sa mobilité.

Une lueur de sympathie s'alluma dans les yeux de Karin. Rien à voir avec de la pitié. C'était plus chaleureux, plus tendre ; cela ressemblait à la façon dont elle le regardait avant. Peut-être qu'il comptait encore pour elle, malgré tout.

— Je suis navrée, Houston.

— Moi aussi. Mais je ne me vois pas abandonner complètement la médecine. Cela fait trop partie de moi. Je n'ai pas encore décidé précisément de ce que je vais faire, mais j'espère trouver à m'employer dans un cabinet orthopédique.

L'idée avait germé dans son esprit en sortant de l'hôpital et ce qui n'avait été qu'une idée commençait à prendre forme. Il savait que c'était ce qu'il voulait faire – continuer à utiliser ses compétences en orthopédie en dehors de la sphère chirurgicale.

— Et j'aimerais t'associer à ce projet.

Il n'avait pas su qu'il allait dire cela avant que les mots aient franchi ses lèvres, mais il trouva que c'était une excellente idée.

— On formerait une équipe du tonnerre, toi et moi. On se complète bien, je trouve.

Karin en demeura bouche bée.

— C'est une perspective aussi alléchante que de faire un régime à base de liquides. Je ne pourrai jamais travailler avec toi, Houston ! Je ne supporte même pas de poser les yeux sur toi !

Pour étayer son propos, elle enfouit le visage dans un autre mouchoir.

Merde ! Il était en train de tout gâcher une fois de plus. Qu'est-ce qui lui avait pris d'aborder les choses sous l'angle professionnel ? Il s'accroupit devant elle et posa la main sur son genou.

— Je suis désolé, Karin, je m'y prends très mal. En fait, je suis venu te dire que je t'aime. Je t'aime et tu me manques atrocement.

Cette confession ne parut pas l'émouvoir.

— Bravo, marmonna-t-elle à travers son mouchoir. Il t'a fallu seulement cinq semaines pour t'en rendre compte.

— Je ne suis pas toujours en phase avec mes émotions.

Elle laissa échapper un ricanement et lui lança son mouchoir à la figure.

— Mais pourquoi tu t'acharnes ainsi sur moi ? J'ai quitté l'hôpital sans faire de scandale, tout ce que je demande, c'est d'être loin de toi, de retrouver un semblant de dignité, et tu viens jusque chez moi pour me harceler et me débiter un tissu de mensonges !

— Ce ne sont pas des mensonges !

Houston n'avait jamais été aussi sérieux de sa vie. Il l'aimait et souhaitait désespérément l'entendre dire qu'elle l'aimait aussi.

— Je t'aime vraiment, Karin, et même avec une main qui ne fonctionne qu'à moitié, je suis meilleur aujourd'hui que je ne l'étais avant de te rencontrer.

Il lui caressa le genou.

— Tu m'as aidé à guérir, Karin. Physiquement et émotionnellement. Je pensais que je ne serais jamais capable d'aimer à cause de mes parents. J'avais peur qu'aimer signifie perdre tout contrôle, et tu m'as apporté la preuve que je me trompais, que cela n'avait rien à voir.

Il lui pressa le genou pour l'inciter à le regarder, mais elle s'appliquait à détacher deux mouchoirs collés ensemble et semblait très absorbée par sa tâche.

— Mon kiné m'a expliqué que je devais m'habituer à utiliser ma main différemment au lieu d'essayer de m'en servir comme avant. Quand j'ai compris ce qu'il voulait dire, j'ai compris que c'était vrai aussi pour nous. Les sentiments que j'éprouve pour toi n'ont rien à voir avec la façon égoïste que j'avais d'approcher les femmes avant de te connaître. T'aimer me rend heureux, et je veux être éternellement heureux auprès de toi.

Voilà. Il avait vidé son sac et cela faisait un bien fou. Il enfouit le visage contre ses cuisses, lui embrassa la jambe.

— Je savais déjà ce que j'éprouvais il y a cinq semaines et j'aurais dû te le dire, mais j'ai eu peur. Peur que tu me broies comme un camion poubelle. Je m'en veux terriblement.

Il s'en voulait de l'avoir blessée et d'avoir perdu du temps.

Karin le regarda lui embrasser les cuisses et se demanda si elle n'était pas victime d'une hallucination. Elle fut incapable de s'empêcher de lui caresser les cheveux et sentit son cœur faire un bond joyeux dans sa poitrine.

— Karin, mon ange, je t'aime. Pardonne-moi, s'il te plaît, la supplia-t-il.

Les yeux de Karin s'emplirent de larmes. Elle savait ce qu'il lui en coûtait de la supplier ainsi.

— D'accord, d'accord. Je te pardonne.

Il soupira, releva la tête.

— Merci, souffla-t-il.

Ses doigts cherchèrent les siens. Il la dévorait des yeux, visiblement bouleversé et Karin se laissa submerger par le flot de tendresse qu'il lui inspirait.

Avant de lui éternuer en pleine figure.

Elle tira un autre mouchoir de sa ceinture, les yeux larmoyants.

— Je suis désolée !

Houston se frotta le visage contre l'épaule et éclata de rire.

— Je t'aime, répéta-t-il.

Karin ne comprenait pas bien pourquoi, mais elle n'avait pas l'intention de mettre sa parole en doute.

— Est-ce que tu es en train de dire que tu veux t'engager dans une relation sérieuse avec moi ?

Mieux valait s'assurer qu'elle avait bien compris.

— Oui.

Pour la première fois de sa vie, les mots manquèrent à Karin. Pour revenir en force et se déverser à jet continu :

— Tu es sûr et certain ? Parce que je ne supporterai pas de revivre l'épreuve que je viens de traverser. Tu ne pourras pas changer d'avis et te défiler de nouveau. Je comprends pourquoi vous avez décidé mon transfert, le Dr Sheinberg et toi, mais tu aurais quand même dû me consulter. Je sais que tu voulais me protéger. Tu crois vraiment qu'on pourrait travailler ensemble ? Ça me plaît de travailler avec des enfants. Tout se passe très bien et je ne fais plus rien tomber. J'ai parfaitement confiance en moi. C'est pourquoi j'envisageais de me spécialiser en orthopédie pédiatrique…

Elle s'interrompit pour reprendre son souffle. Houston lui souriait comme un bienheureux tandis que sa main remontait le long de sa jambe.

— Tu es une déesse. C'est ce que j'avais dit au bloc, non ? Eh bien, c'est vrai.

Il lui embrassa de nouveau la cuisse et Karin voulut écarter sa tête, mais il était plus fort qu'elle et déterminé.

— Tu n'avais pas exactement dit ça, je te rappelle et… Mais qu'est-ce que tu fais ? Je n'ai rien d'une déesse. Je suis malade. J'ai mauvaise haleine et le nez qui coule.

— Tu es une déesse, s'entêta-t-il. Une déesse de l'amour. Une déesse du sexe.

Ses doigts s'immiscèrent entre ses cuisses et il déposa un baiser sur sa peau, entre son pantalon de pyjama et son T-shirt.

— Je dirais plutôt la déesse des mouchoirs en papier.

Mais son corps répondait déjà à ses caresses.

— Alors c'est vrai ? murmura-t-il, sa main se frayant un chemin sous l'élastique de son pyjama. Tu me pardonnes ? Tu m'aimes encore ? Tu acceptes de m'offrir une seconde chance ?

Oh, oui ! Le quitter lui avait été une telle souffrance...

— Alors c'est vrai ? demanda-t-elle à son tour. Tu assumes, pour ta main ? Et ta jambe, comment ça va ?

— Oui, j'assume. Quant à ma jambe, elle a parfaitement cicatrisé, grâce à la chirurgienne de choc qui s'est occupée de moi.

Karin ferma les yeux, submergée par l'émotion.

— Tu veux bien répondre à ma question, mon ange ? reprit-il.

— Pardon ?

— Est-ce que tu m'aimes ?

Karin s'essuya le nez, le cœur battant. C'était elle tout craché ! Le jour le plus romantique de sa vie, elle avait le nez qui coulait comme une fontaine !

— Oui.

Houston eut un sourire de triomphe. Karin fouilla à tâtons dans la corbeille au bout du canapé et sentit la pointe acérée de la dent de requin. Refermant les doigts dessus, elle tâcha de se ressaisir. Elle avait voulu avoir Houston pour toujours et elle l'avait. Elle était un sacré bon médecin et son père aurait été fier d'elle.

— Pour commencer, déclara-t-elle en s'efforçant d'ignorer ce que faisait la main de Houston entre ses cuisses, je ne veux pas travailler avec toi. Je veux t'aimer, vivre avec toi, être ton amie et ton amante, mais crois-moi, je ne veux plus jamais travailler avec toi. Près de toi, je ne suis pas vraiment au top de ma compétence professionnelle.

Houston s'esclaffa.

— Qu'est-ce que tu as dans la main, mon cœur ?

— Elle était plantée dans ton mollet, répondit-elle en lui tendant la dent de requin.

Il regarda la lumière se refléter sur la surface lisse de la dent, longue d'un peu plus de deux centimètres. Que Karin n'ait pu se résoudre à s'en débarrasser le bouleversa.

— Tu sais, d'une certaine façon, c'est grâce à ce salaud de requin qu'on est ensemble, observa-t-il. Je pense qu'on devrait garder cette dent. Tu pourrais t'en faire un pendentif. Avec un bijou comme ça et ton petit Bikini tropical, tu auras tout de la bimbo des plages quand tu viendras me voir surfer.

Karin éclata de rire.

— Même pas en rêve ! Je préfère que tu m'apprennes à surfer.

— Marché conclu. À partir de maintenant, on fera tout ensemble.

Le sourire radieux de Karin lui mit du baume au cœur et il se sentit soudain merveilleusement détendu. Glissant les pouces dans la ceinture de son pyjama, il tira dessus.

— Voyons quel est le motif de ta petite culotte aujourd'hui… Des cœurs, peut-être ?

C'eût été de circonstance.

— Non, fit Karin, le souffle court.

Un trèfle à quatre feuilles s'étalait sur le devant de sa culotte, la tige allant se perdre au creux de ses cuisses. Les doigts de Houston effleurèrent le motif.

— C'est parfait, déclara-t-il. J'ai justement l'impression que la chance me sourit aujourd'hui.

Le 15 avril :
Les sœurs Lockwood —1. La belle et l'espion ☙
Julie Anne Long (n° 8925)
1820. Susannah Makepeace a grandi dans le luxe et reçu la meilleure éducation. Elle a tout, sauf l'amour d'un père distant. Le jour où celui-ci meurt assassiné, Susannah apprend avec stupeur qu'il la laisse sans un sou ! Mise au ban de la société, la jeune fille quitte Londres pour s'installer au village de Barnstable. Elle y rencontre Christopher Kit Whitelaw, un drôle de personnage qui se dit naturaliste et prétend avoir besoin de ses talents de dessinatrice pour constituer un herbier. Comme il est aussi très séduisant, Susannah accepte. Bientôt d'étranges incidents se produisent et il devient vite évident que quelqu'un cherche à la tuer…

La viking insoumise ☙ **Johanna Lindsey (n° 3115)**
Norvège, IXe siècle. Kristen Haardrad a été capturée par Royce de Windhurst, mais jamais elle ne s'avouera vaincue. Le Saxon n'en revient pas. Elle ose lui résister ! Une jeune Viking blonde, fière, qui éveille en lui un désir irrésistible. La prendre de force serait trop facile. Elle sera sienne, de son plein gré, par amour. Mais Kristen n'a qu'une idée : venger la mort de son frère. Le meurtrier ? Royce, bien sûr !

La mariée fugitive ☙ **Karyn Monk (n° 6841)**
Décidément assister à un mariage est une perte de temps ! Des affaires urgentes attendent Jack Kent en Écosse. En outre, il connaît à peine le duc de Whitcliffe, un vieillard arrogant. Quant à Amelia Belford, la richissime jeune Américaine sur laquelle le duc a jeté son dévolu, Jack ne l'a jamais rencontrée. Il s'esquive dans le jardin. Soudain, un léger cri lui fait lever les yeux vers la balustrade. La mariée vient de l'enjamber pour se laisser choir dans le vide. Et la voilà qui se relève pour s'enfuir à toutes jambes, dans un nuage de tulle et de dentelle !